Micheline Cumant

Je joue du violon et je déteste les gares

*Et accessoirement, j'aimerais bien
me trouver un mec...*

2018 Micheline Cumant
Édition : BoD – Books on Demand
12/14 rond-point des Champs-Élysées, 75008 Paris
Imprimé par Books on Demand GmbH, Norderstedt, Allemagne
Dépôt légal : Avril 2018
ISBN : 9782322119547

Toute ressemblance avec des personnages ayant existé...
Eh bien, non, tous les faits relatés ont bien eu lieu...
Il va sans dire que les noms de lieux et de personnages ont été changés...
On sait vivre, tout de même !
Mais si quelqu'un se reconnaît... tant pis pour lui ou pour elle !

I.

Eh bien voilà, c'est moi, Marie-Agnès, là, essayant d'avancer parmi la foule, aïe mes pieds et attention à mes bagages. Sur un quai de gare, nous nous dirigeons vers la sortie, le troupeau et moi.

Un quai de gare, un de plus. Plein de monde, de la pluie, et puis moi qui n'ai presque plus un rond et le cafard. Où vais-je, je n'en sais rien, mais cette foule me presse, m'oblige à descendre les marches du passage souterrain, puis à les remonter, qu'est-ce que c'est que cette ville que je ne connais pas, et cette pluie alors que nous sommes dans le sud de la France, cela ne colle pas, arrêtez, je ne veux pas descendre ici, je remonte dans le wagon, non, je ne veux pas aller ici, c'est trop laid.

Mais voilà, le train est reparti, me laissant ici. Je n'ai jamais été copine avec les trains, je déteste les gares, j'ai horreur des escaliers, j'abomine la foule et je suis obligée de suivre le même chemin, c'est pire qu'une manif », c'est une fuite, non, un troupeau, je suis un mouton comme tous ces gens qui rentrent chez eux après Pâques en famille ou ailleurs, mais qu'est-ce qu'ils font, pourquoi vont-ils ici, dans ce hall de gare gris, qui sent le rance, la sueur et la boue, et dehors, sur ce trottoir. Aïe ! Ne me poussez pas, mes valises sont lourdes et je tiens à mon violon, mon seul ami, mon seul viatique, pourquoi est-ce que je l'emmène ici, sous cette pluie qui ressemble plutôt à une douche. Je traverse la rue, histoire de me repérer.

Ah ! Un hôtel. Pas luxueux, mais convenable, j'ai besoin de me refaire non pas une beauté, mais une propreté, et de rassembler mes idées qui sont pour l'instant froissées avec mes affaires dans les valises et le sac. Et de vérifier l'état de mon violon, quoiqu'il soit protégé dans son étui. Et de sortir agenda, carnet d'adresses, et puis les notes que j'ai gribouillées au hasard des idées dont m'a illuminée le compartiment de deuxième-classe-assise. Oui, parce que c'était encore un de ces vieux trains, avec des compartiments, où l'on se regarde en chiens de faïence avec ses voisins de transport. Heureusement, ils n'étaient pas bavards, le gros monsieur n'a fait que ronfler, la dame âgée lisait une revue en somnolant, le petit militaire avait gardé obstinément le nez collé à la vitre, comme s'il cherchait quelque chose dans l'obscurité, et les autres, je ne les ai ni regardés ni entendus.

J'entre dans l'hôtel, je commande un café et je demande une chambre. La dame : « Vous êtes toute seule ? » d'un air très étonné. Et alors ? J'ai besoin de ma maman pour prendre le train ? Il y a des progrès à faire touchant à la condition féminine, çà, je l'ai toujours dit. C'était bien la peine de faire mai 68, de voir dépaver les rues du cinquième arrondissement de Paris, de gueuler des slogans, pour s'entendre dire que c'est bizarre, une femme qui voyage seule. C'est vrai, on est en province. Je ne connaissais pas ça, mes rares déplacements avaient jusqu'à présent duré une journée, ou deux, pour un concert et tout était organisé, nous restions entre nous, musiciens.

C'est vrai, je suis musicienne. Violoniste. Et présentement, je cherche du travail, au hasard d'une gare. Et aussi à me loger. Enfin, à vivre, quoi ! En attendant, je me jette sur un café qui me fait l'effet d'un philtre de jouvence, me réchauffe les intérieurs, enfin pas tout à fait, j'ai les pieds mouillés. La chambre est correcte, la douche ? « Au fond du couloir », me dit la dame, une nouvelle fois étonnée. Ah, bon, elle ne prend sans doute jamais de douche ? Non, dans « l'Hôtel de la Gare », elle ne doit avoir comme clients que des voyageurs de commerce. Ils ne doivent pas se laver, la douche crache un jet vaguement tiède, elle se vide mal, on s'en contentera. Reposons-nous, maintenant.

Une petite station sur le plumard tant pour se reposer que pour d'un doigt léger se regonfler le sensitif, on ne sait jamais je risque de me retrouver demain dans un collectif convenable où ce genre de plaisir solitaire serait mal venu.

Et c'est toujours dans ces moments-là que des pensées suprêmement agaçantes arrivent. Un Tel, et Truc, et Machine, et surtout le numéro un, qui a duré, que j'ai quitté en y laissant des plumes et toutes mes illusions. Enfin, non, des illusions, j'en avais gardé un peu, il y a eu l'autre, le deuxième — plus exactement, le deuxième important — que je viens de quitter. Soyons honnête, qui m'a obligée à le quitter. Pour raisons économiques, psychologiques, affectives… et de carrière. Enfin, carrière… de boulot, soyons modeste. Et puis Paris.

Paris, mon Paris, lui aussi j'ai dû le quitter parce que pas de fric, pas de métier stable, amis disséminés en France et en Europe. La famille, n'en parlons pas ! La musique, ce n'est pas un job convenable pour une jeune fille que l'on a élevée pour être institutrice. Et le mec qui partait pour je ne sais où, raisons professionnelles. Disait-il, du moins. Non, c'était vrai, j'avais vu ses papiers, pour un stage. Lui, il n'était pas musicien, du coup on se croisait plus qu'on ne se rencontrait, je ne fonctionnais pas aux heures de bureau. Séparation pour incompatibilité d'horaires. Mais enfin, puisqu'on était à Paris, où l'on peut tout faire, tout voir… Mais où l'on est regardé comme un zombie quand on trimballe un violon. Encore heureux que l'on ne m'ait pas imposé le violoncelle ou la contrebasse, dans l'école de musique où j'ai débuté !

Je m'endors vaguement, et voilà que je revois le numéro un. Robert, Bob, Bobby, Bibi, il essayait d'être violoniste, je l'avais rencontré dans un orchestre d'amateurs qui prenait de jeunes professionnels pour renforcer l'effectif. Payé deux sous, mais l'ambiance était bonne et on nous offrait le restaurant. J'étais devant, à côté d'un copain du Conservatoire, un gars super doué qui depuis avait démarré une fulgurante carrière de soliste. Le Bibi, lui, il était au fond des seconds violons, raclant son instrument comme il pouvait, mais il amusait tout le monde par ses réflexions et ses grimaces. Moi, je débarquais, je ne m'étais pas rendu compte qu'il était à voile et à vapeur. J'avais rigolé à une de ses sorties, le chef l'avait rembarré gentiment, en ayant visiblement du mal à garder son sérieux, et mon voisin, très — trop — sérieux avait grogné : « Zut, il va se taire, l'autre pédé ! » J'avais ressenti comme une douche froide, mais trop tard, j'étais accrochée à ce clown en perpétuelle représentation.

Après, au restaurant, je m'étais collée à lui, il m'avait coincée entre la porte des cuisines et celle du vestiaire, le baiser avait duré, duré… – du moins, j'en avais eu l'impression — et je ne savais plus où j'habitais lorsque j'étais revenue récupérer mes affaires, tout juste capable de reconnaître mon étui à violon, n'arrivant plus à retrouver mon manteau.

Comme je savais qu'il suivait des cours dans une école de musique privée, j'étais allée me promener dans le quartier. Je l'avais rencontré, l'étreinte avait été passionnée, d'ailleurs des gens s'étaient retournés en nous voyant, avec des réflexions amusées ou choquées, selon leur degré d'évolution. Je l'avais suivi, et j'avais passé ma première nuit, il avait été très gentil, car j'avais l'impression que mon inexpérience devait être pénible pour un mec qui collectionnait les aventures des deux sexes. Ça, il ne me l'avait pas caché. Je ne savais pas où je mettais les pieds, enfin, les pieds… vous comprenez, quoi ! Excusez, c'était le coup d'envoi, bref, le premier ! Je disais ouf, j'en avais marre de la virginité, du style convenable, d'être la bonne petite élève bien sage de mes profs, de mes copains et copines. Pas de mes parents, ils ne parlaient de moi qu'en disant « elle est étudiante, pour être professeur de musique ». Pas violoniste, mais prof, c'est convenable, c'est fonctionnaire, c'est bien ancré dans les mentalités bourgeoises ou ouvrières, avoir casé son rejeton dans la fonction publique sanctifie, sans doute. Musicienne d'orchestre, cela voulait dire des tournées, des hôtels, un travail instable, et cetera… La mère d'une amie m'avait glissé « Marie-toi d'abord, s'il a une situation correcte, tu pourras avoir un travail d'appoint ». Instrumentiste, c'est un travail d'appoint. Grrr…

J'avais emménagé chez Robert, par coup de chance il demeurait assez près du conservatoire et je pouvais aller y travailler mon instrument. Quand je rentrais, je mettais la clé dans la serrure et souvent j'entendais : « Occupé, reviens plus tard ! » Accompagné de quelques chuchotements, je l'avais même entendu répondre une fois au mec avec qui il s'ébattait : « C'est rien, c'est Carmen, celle qui me fait le ménage ». Là, je n'avais pas aimé. En plus, cela arrivait en général quand je rentrais le soir, donc le conservatoire était fermé, le jardin public à côté aussi, j'allais au bistrot et je retrouvais des copains à qui j'éprouvais le besoin de dire que j'avais oublié ma clé et que j'attendais mon colocataire. Et il y avait des fois où je n'avais d'autre ressource que d'attendre, assise sur les marches de l'escalier.

Il y avait mes copines, Manuela et Isabelle, l'une était fille de concierge, l'autre de PDG, nous étions ensemble au lycée. Manuela était puéricultrice, Isabelle planchait sur sa thèse de doctorat en droit. Nous avions en commun de supporter des mères un peu spéciales, la mienne qui voulait me voir rester célibataire pour pouvoir m'occuper d'elle dans ses vieux jours, celle de Manuela qui rêvait de voir sa jolie fille épouser un prince de contes de fées, et celle d'Isabelle qui était constamment en déprime, usant tous les psychiatres et psychanalystes du seizième arrondissement. Quand je leur avais raconté mon aventure, elles avaient dit « Ah, quand même ! Tu t'y mets », en se marrant. Manuela, avec son esprit pratique, avait même ajouté « Pardon, tu t'es fait mettre ». Effectivement, nous avions le même âge, mais elles « s'y étaient mises » nettement plus tôt.

Et nous avions discuté. Nous étions en 1968, la pilule venait d'être autorisée en France, et nous voulions bénéficier de cette liberté. Les mecs qui disaient « je fais attention », ou la méthode Ogino, bouh ! Nous étions la preuve vivante que cela ne marchait pas vraiment, ayant été toutes les trois non désirées. Sauf pour Manuela, chez elle, on aimait les enfants, mais elle était la cinquième d'une famille modeste, et ses parents avaient eu recours aux services d'une faiseuse d'anges par la suite. Isabelle avait essayé de parler de la pilule à sa mère, celle-ci avait poussé des hauts cris : « Je ne veux pas grossir ! » Elle avait fait le tour des médecins de famille, d'étudiants en médecine, et était finalement tombée sur une femme membre du planning familial qui l'avait éclairée. En vacances au « Club Med' », elle avait pu avoir une ordonnance, il est vrai qu'à dix-sept ans, elle en paraissait largement plus. Quant à Manuela, elle était contente d'avoir trouvé une chambre, car sa mère n'aurait jamais admis que sa fille touche à « ça ». Pour cette brave dame, cela se passait toujours de la même façon : on fréquente un gars, il vous met enceinte, on l'épouse. Pour le reste, on « se débrouillait ». Et on n'en parlait pas.

C'était Manuela qui, par l'intermédiaire d'une infirmière qu'elle connaissait, avait pu avoir l'adresse d'un médecin. Je me sentais gourde d'y aller… Le toubib, un gentil petit vieux, m'avait posé des questions indiscrètes, je m'étais efforcée de ne pas bafouiller, mais ouf, j'étais repartie avec l'ordonnance. En fait, le brave homme en avait assez de voir s'effondrer en larmes des adolescentes en situation peu intéressante qui « ne savaient pas comment on faisait » et le suppliaient de les aider, ou des mères de famille déjà nombreuse épuisées à qui un médecin bien pensant avait dit « surtout pas de nouvelle grossesse, vu vos problèmes cardiaques actuels… », et à qui on reprochait de « se tromper dans leurs calculs intimes ».

J'avais parlé de cela avec Robert, il disait que c'était à la femme de choisir et était content que les choses évoluent. Il m'avait appris qu'il avait eu une fille, d'une petite voisine de sa tante à Lille, à seize ans on peut « batifoler », on l'avait prié de disparaître de la région, il ne savait pas ce qu'il était advenu de sa copine et de l'enfant. Bon, après, il avait découvert les mecs, là il n'y avait pas de risques, mais fréquenter les saunas « spécialisés » lui avait fait faire connaissance avec les chaudes-pisses et autres véroles, et lui et ses copains avaient tout un réseau de médecins qui les soignaient sans leur faire la leçon. Parce que, pour ça non plus, on ne pouvait pas aller voir n'importe qui.

Un jour, j'allais dans un cinéma du Quartier latin avec Robert, quand nous avions rencontré Manuela. Je le lui avais présenté, elle avait été sympa, mais m'avait glissé « Tu as de drôles de goûts ». On ne risquait pas de se piquer les mecs.

J'avais eu mon prix au Conservatoire — seul regret, mon Bibi n'était pas venu m'écouter pour le concours —, Isabelle avait soutenu sa thèse et était entrée à l'école de la Magistrature à Bordeaux. Manuela était toujours là, mais ses parents avaient des soucis de santé et elle et son frère se relayaient pour les aider. Ma bourse d'études avait pris fin, je logeais toujours chez mon copain. J'avais fait une saison à l'orchestre des prix, et ensuite je m'étais lancée dans le métier, je vivotais entre concerts, enregistrements, leçons et remplacements dans des conservatoires.

Robert, lui, pointait au chômage. J'avais appris qu'en fait, il avait commencé par travailler dans une entreprise qui avait fermé. Ceci lui ayant paru un signe du destin, il s'était inscrit dans une école privée de musique pour « reprendre ses études ». Ses parents, qui n'y connaissaient rien, l'avaient aidé, mais leurs ressources n'étaient pas extensibles et il bossait son violon tant bien que mal entre deux aventures masculines ou féminines, espérant réussir un concours pour entrer dans un orchestre. Apprenant que j'allais en passer un, il s'y était inscrit lui aussi. Nous étions arrivés bras dessus bras dessous. J'avais joué, pour moi tout s'était bien passé, puis on avait appelé Bibi, qui était arrivé en rigolant, en faisant un clin d'œil à un des membres titulaires de l'orchestre, avec qui il avait eu une aventure, et au bout de deux lignes de fausses notes, on l'avait remercié. Le fait qu'il soit arrivé avec moi n'avait pas plaidé en ma faveur, mais ils m'avaient demandé de faire quelques remplacements. Je commençais à m'inquiéter pour mon avenir, traîner un rigolo à mes basques n'allait pas m'aider.

Heureusement, Bibi, qui avait décidé de s'appeler « Roberto de Marchi », du nom du créateur du rôle de Mario Cavaradossi dans l'opéra *La Tosca,* avait décidé de devenir comédien. Il fréquentait un metteur en scène, un petit maigrichon tout gentil, qu'il avait su subjuguer et qui lui avait obtenu quelques petites figurations, et travaillait un rôle pour un spectacle consacré à Molière, révisé par l'équipe d'une Maison de la Culture de la région parisienne.

Le petit ami de Bibi n'ayant aucune expérience des rapports hétérosexuels, la future vedette avait entrepris de compléter sa culture en la matière en me faisant participer à leurs ébats. Également, j'avais rencontré une de ses partenaires de théâtre, Nicole, une grande femme sportive, ancienne prof de gym à qui l'on avait fait comprendre que ses goûts étaient incompatibles avec la moralité de l'éducation nationale. À vingt-deux ans, je paraissais en avoir quinze, elle était en manque de chair fraîche et j'avais tout de suite cédé, ravie d'ennuyer un peu mon copain, car Nicole n'avait aucune intention de partager ses ébats avec lui. « Il a beau se faire prendre, c'est tout de même un mec », disait-elle. Et puis, ç'avait été bizarre... Je me croyais comblée avec Bibi, mais j'avais découvert certaines sensations avec Nicole, qui était un peu plus à l'écoute du corps de ses partenaires. Entre femmes, c'est sans doute plus facile et j'avais été très surprise de mes réactions, je lui avais avoué que jamais je n'avais connu cela, l'existence du « point G » m'était inconnue. Elle avait dit : « Ça ne m'étonne pas ! Les mecs, tout ce qu'ils savent faire, c'est vous enfourner, quand ils ne vous engrossent pas... » La réputation de bon amant de Bibi en avait pris un coup. Était-ce pareil avec les hommes ? Là, je ne pouvais pas me mettre à la place de ses partenaires mâles. Et en ce qui concernait ses aventures féminines, apparemment elles avaient plus d'expérience que moi, ou leur sensitif fonctionnait plus rapidement. Ou elles s'en fichaient... Bref...

Il y eut une période bizarre, j'avais trouvé un engagement de deux mois dans un théâtre de province, je faisais l'expérience des fosses d'orchestre. Mais également celle de « la province ». On me disait : « oh, c'est joli comme région, tu pourras faire de belles balades dans la campagne ». Ouais, quand ? Nous étions coincés au théâtre par les répétitions, samedis, dimanches et fêtes, de la Toussaint au Premier de l'an, et après chaque représentation du dimanche, tous ceux qui n'étaient pas du coin, nous foncions à la gare pour regagner Paris, pour y revenir le mercredi en traînant les pieds. Bibi me parlait des chanteurs, me demandant comment un tel avait interprété telle œuvre, je ne pouvais rien lui dire, dans le fond de la fosse, on n'entend rien. En plus, les mecs étaient collants, le chef un tyran, et nous étions logés dans un dortoir de colonies de vacances loin du centre-ville, on ne faisait que s'enrhumer. J'avais dit ouf quand la saison s'était terminée.

Grâce à Nicole, je trouvai quelques concerts, dans des théâtres de la périphérie. Le plus drôle fut l'orchestre d'un cirque où elle officiait comme acrobate, et où elle avait fait engager Maître Roberto comme clown. Le rôle lui convenait à merveille, il avait le chic pour trouver le gag qui allait faire rire au bon moment. Néanmoins, il considérait cet office comme « alimentaire », ayant pour ambition de faire carrière dans le théâtre classique — à l'extrême rigueur, dans le cinéma —, aussi avait-il prié Nicole de ne pas mentionner son nom dans les programmes. Elle n'en avait pas tenu compte, ils s'étaient fâchés, elle l'avait traité de tous les noms, je m'étais éloignée en me demandant lequel je devais plaquer.

J'étais allée raconter la chose à Manuela, qui m'avait dit « Enfin, tu as compris que c'est un minus ! » Cela ne m'avait pas plu, mais je savais qu'elle avait raison. Enfin, un peu. J'étais restée coucher chez elle, et, le lendemain, elle m'avait remis la clé d'une chambre de service dans un immeuble tenu par une amie de sa mère, en me prévenant qu'il ne fallait pas recevoir qui que ce soit, mais que je pouvais jouer du violon toute la journée, il n'y avait que deux personnes qui habitaient là, dont un clandestinement, les autres pièces servant de dépôts d'archives. Je me l'étais tenu pour dit et avais pleuré toute une semaine, essayant seulement de faire bonne figure en allant récupérer mes affaires chez Robert qui ne comprenait rien à ce qui se passait et à qui j'avais raconté que ma mère était malade.

Un beau jour, je m'étais réveillée en ayant l'impression d'être passée dans un tunnel de lavage, et en même temps d'avoir enfin posé des valises trop lourdes : je n'avais plus aucun sentiment pour lui. Rien. Aucune envie. J'étais surprise : c'est donc comme cela que ça se passe ? Une accumulation, une crise, et après, on est nettoyé ? Bizarre, tout de même. Enfin, j'étais délivrée. Pour le moment.

Avec Manuela, j'étais allée voir « West Side Story », et tout le long du chemin de retour nous avions chanté *« Who knows? »* Car, autant elle que moi, nous avions eu des aventures qui nous avaient laissé de mauvais souvenirs, mais nous nous sentions vides, on a besoin de penser à quelqu'un, de se focaliser sur une personne en qui on a confiance et contre qui on a envie de se blottir. « Encore, toi, tu as la musique ! » Me disait-elle. D'accord, elle adorait son métier, mais aurait bien voulu donner un peu de la tendresse qu'elle réservait aux petits enfants dont elle s'occupait à quelqu'un de sérieux et à des enfants à elle. Moi, sur ce dernier plan, j'étais plus dubitative, mais je n'aimais pas être seule. Nous attendions.

Il y eut un intermède, Isabelle qui arriva chez Manuela, en transit vers Amsterdam, car elle était enceinte. Elle avait arrêté sa pilule un petit mois, mais voilà qu'était passé un beau garçon… cela la rendait furieuse d'être aussi stupidement tombée dans le panneau. Elle était accompagnée de deux nanas, une à qui elle payait le voyage, une petite employée complètement paumée, qui avait déjà un enfant en nourrice, et une autre qui n'avait pas voulu prendre la pilule parce qu'elle « ne voulait pas grossir » et qu'elle avait entendu dire que c'était cancérigène. Mais son mec ne voulait pas utiliser de préservatifs, c'était bon pour Papa ! Il avait « fait attention », et affirmait que c'était elle qui s'était gourée dans ses calculs. Sûrement ! Résultat, un voyage vers la Venise du Nord. Isabelle n'avait pas le moral, et m'avait demandé de l'accompagner. J'avais accepté, ç'avait été pour moi une escapade touristique, mais le spectacle de ces pauvres filles contraintes de se cacher me donnait froid dans le dos. Nous étions revenues avec ses deux copines, toutes trois soulagées et affirmant qu'« on ne les y prendrait plus ». Retrouvant Manuela, nous avions fait une sortie cinoche-resto, « Orange Mécanique » nous avait fait rigoler, et nous ne parlions plus que de « Ludwig Van », chantant à tue-tête la neuvième symphonie. La violence du film ne nous atteignait pas, à notre âge nous n'avions peur de rien. Surtout Isabelle, qui avait l'impression que rien de pire ne pouvait plus lui arriver.

J'étais finalement entrée dans un orchestre, qui tournait bien. Mais François, le chef, jeune, enthousiaste, ne se rendait pas compte de la masse de travail administratif qu'il y a à gérer, et oubliait de remplir les vignettes, n'envoyait pas les papiers à la Sécurité Sociale, ne précisait pas aux directeurs de salle qu'il fallait des chaises, les programmes arrivaient après le début du concert… Bref, malgré de bonnes critiques, l'orchestre se disloqua et un concert à Saint-Séverin fut le dernier. Il y avait eu de l'orage entre le chef et deux des musiciens. Un peu plus, ils en venaient aux mains, finalement ils avaient décidé de respecter le lieu, le concert se déroulant tout de même dans une église, mais après cela, tout serait fini.

La chorale était arrivée à l'heure, s'était tant bien que mal installée, les solistes également. Nous n'avions pas pu répéter longtemps avec eux, mais tout se passait bien, pas de faux départs, ils chantaient juste, nous suivions le chef qui, tout le monde en convenait, savait diriger. Il y avait un solo de ténor, nous avions juste répété le début. Il fallait faire très attention.

Le chanteur entonna son air. Je sursautai : il avait une voix extraordinaire, prononçait parfaitement, bougeait à peine, tout coulait comme une source régénératrice. Il acheva son air, le public applaudit, il salua, et se tourna. À ce moment, nos regards se croisèrent et je frémis, me noyant dans ces yeux qui semblaient rire, comme si la musique l'amusait. C'était cela, il s'amusait. Après tout, la musique classique ou baroque n'impose pas de prendre un air constipé, Bach ne devait pas être un mec sinistre, tout de même !

J'attaquai le morceau suivant avec une demi-seconde de retard, mais tout continua. La voix du chanteur portait le discours des instruments, les chœurs étaient un mur infranchissable, la soprano ressemblait aux petits anges du retable, pourquoi ce concert était-il le dernier ? Mes yeux se posaient constamment sur cette silhouette, ce visage qui m'attirait, c'était celui d'un magicien…

Nous rangeâmes nos instruments, je reçus comme les autres mon enveloppe avec mon dû, je ramassai mes affaires et sortis. Il m'attendait. Moi, ou quelqu'un d'autre ? Non, j'étais sûre que c'était moi. Il me demanda si je voulais prendre un verre avec eux, je le suivis pour rejoindre le flûtiste et les trois choristes qui se dirigeaient vers le café.

Comme nous n'avions pas eu le temps de faire connaissance, le ténor fit les présentations à table : le flûtiste était son frère, et l'une des choristes sa femme.

Bing ! Qu'avais-je cru ? Les emballements artistiques, c'est dans la tête que cela se passe, pas dans la vie. Séparons, s'il vous plaît. Comme certains disent, jamais dans le travail. Mais ils en ont de bonnes : à part dans la rue ou dans le métro, nous ne fréquentions personne, pas le temps. Pas de sport, il ne faut pas s'abîmer les mains, et nous n'avions guère de moyens financiers pour sortir. Quand étais-je partie en vacances pour la dernière fois ? Ah, oui, au Tréport avec mes parents, il y avait à peu près huit ans de cela. Il faut que j'en parle à Manuela, comment trouver l'âme sœur quand on ne vit pas aux mêmes heures que les autres ?

Un mois plus tard, achetant un accessoire rue de Rome, je me cognai dans le chef d'orchestre, toujours aussi enthousiaste, toujours aussi inconscient du fait qu'il avait fait couler une entreprise intéressante, et il m'entraîna vers le plus proche café. Serais-je partante pour un concert ? T'inquiète pas, ce n'est pas moi qui m'occupe de la partie financière, c'est l'éditeur. On va sans doute faire un disque. C'est payé… Oh, je ne sais plus combien, mais… Tu peux me redonner ton téléphone ?

Je lui rappelai que je n'avais pas le téléphone, mais que je passais régulièrement au café du coin, où le barman servait de boîte aux lettres, qu'il pouvait contacter X, Y… et Manuela, qui avaient des chances de me trouver. Il nota mon adresse, ah, oui : son visage s'éclaira, eurêka ! Il pouvait m'envoyer un télégramme. Ce cher François venait de s'apercevoir que cela existait, que tout le monde n'avait pas le téléphone, ni une voiture, ni l'eau courante.

À ma grande surprise, tout était bien organisé. Le concert fut un succès, l'enregistrement se passa sans anicroche. On nous donna rendez-vous pour enregistrer d'autres œuvres, et on nous présenta Hervé M..., un critique musical. Le chef, occupé avec les organisateurs, et sachant que j'avais quelques connaissances en musique baroque, me poussa vers le critique qui cherchait visiblement quelqu'un de moins excité à qui parler. J'appris qu'il sortait d'une école de journalisme, qu'il aimait la musique, mais ne cherchait pas pour l'instant à se spécialiser, qu'il avait un article à écrire pour une revue et devait rédiger la pochette du disque. Je lui décrivis les œuvres de façon concise, et lui donnai quelques références d'ouvrages de bons auteurs. Il me fit parler des études musicales, fut très surpris d'apprendre que certains instrumentistes n'avaient qu'une culture technique et considéraient l'histoire de la musique comme une perte de temps, et ouvrit de grands yeux quand je lui dis que j'avais passé mon bac par correspondance en travaillant mon violon quatre à six heures par jour, et que je n'étais pas une exception. Lui-même avait une bonne culture artistique, ayant un peu étudié l'histoire de l'art et aimant l'histoire, mais, avec une maîtrise de droit, il s'intéressait sur le plan professionnel à la chronique judiciaire.

On me donna mon enveloppe, je saluai le chef, les collègues, et sortis avec Hervé. Très tard, ou plutôt très tôt le lendemain, le restaurant fermait, nous étions toujours en train de discuter. Je ne l'avais pratiquement pas regardé, sans doute lui non plus n'avait pas remarqué si j'étais brune ou blonde, nous sortîmes et marchâmes jusqu'à chez lui.

Il était donc le numéro deux.

Après, l'orchestre avait continué, nous étions enthousiastes, l'organisateur avait décidé d'écumer les banlieues, pour porter la bonne parole de Bach et Vivaldi, avec l'espoir que les populations laborieuses parviendraient à décrocher de devant leur télévision. À part les soirs de match, avaient ajouté deux d'entre nous, on peut être musicien et aimer le football. En plus, le père de l'un des musiciens étant le maire d'une petite commune de l'est de Paris, nous avions monté un embryon d'école de musique.

Mais bon, les rêves sont une chose et la réalité une autre. Le nerf de la guerre finit par faire défaut, un concert, ça va, mais parvenir à en donner dix par mois était du domaine de l'utopie. L'organisateur faisait son travail, les papiers étaient en règle, mais il se faisait payer lui aussi, le chef ne comprenait pas que « ces paperasseries » ne soient pas dévolues à un bénévole, et à force de maladresses il commençait à avoir mauvaise réputation dans le milieu. En plus, il avait claqué la porte de l'école de musique où il enseignait le solfège, sous des prétextes fallacieux, et du coup nous avions tous été remerciés en bloc par l'adjoint au maire. J'étais repartie à la pêche aux remplacements.

Il y eut un concours, j'avais des chances. Je me défonçai pour travailler le programme, et arrivai gonflée à bloc. On me laissa jouer. Et puis, à la fin, je voyais les membres du jury chuchoter, secouer la tête, soupirer, je perçus un « Dommage ! ». Et on me dit :

— C'est très bien, vous trouverez sûrement un poste. Mais en attendant, donnez le bonjour à votre copain. »

Quel copain ? Robert, bien sûr. Le gars était un de ses ex, sans doute. Je précisai que je ne l'avais pas vu depuis un an, on ne m'écouta pas. J'avais donc une casserole à traîner.

II.

Et puis Hervé était parti en stage aux États-Unis, bon, d'accord, c'était génial pour lui, mais moi, cela me laissait sur le carreau. Il fallait que je comprenne... Oui, ça va, je comprends, c'est pour ton boulot, tes ambitions vont un peu plus loin que la rubrique des achats et ventes de la gazette de Trifouilly-les-Oies, tu parles bien anglais, oui, je comprends. Et moi qui avais refusé un engagement en Allemagne pour rester avec lui... Dans la série je suis idiote... Ça, je ne l'avais pas dit à Manuela.

Mais, du coup, je n'avais plus de logement, puisque j'étais installée chez lui, le propriétaire ne voulant pas louer à « une artiste, en plus une femme seule ». De toute façon, le loyer était trop cher. La chambre de l'amie de Manuela n'était plus libre, du coup, j'avais rameuté les copains, et Juan, un pianiste, un ex de Robert, qui à la suite d'une déception amoureuse était reparti dans sa famille en Espagne, m'avait dit de venir chez lui dans la banlieue de Barcelone, il donnait des leçons de piano, jouait du jazz dans des boîtes, et on pourrait donner quelques concerts, il connaissait un peu de monde pour me recommander. Je ne parlais pas espagnol, mais Juan m'avait fait travailler de façon accélérée, pensant que j'allais pouvoir donner des leçons.

Il y avait eu deux concerts, dans un très bel endroit, mais payés un minimum. Juan m'avait présenté des amis musiciens, mais ils étaient surtout des jazzmen, et il n'y avait pas pour le moment de concours de recrutement pour les orchestres. J'étais repartie pour Paris, une copine en tournée m'avait laissé sa chambre. Je passai une soirée sympathique avec Manuela et son mec, « le bon, cette fois ». Le lendemain, j'avais contacté quelques personnes à droite et à gauche, participé à un concert à Rouen, et, revenue à Paris, un collègue me prit à part dans un coin de bistrot, pour me parler franchement : je devais me faire oublier quelque temps, à cause de « mon copain le pot de colle ». Ce fichu Robert faisait parler de lui, il y avait eu un scandale avec un directeur de théâtre, bref… Nicole avait également disparu, sans doute en province, j'étais à l'hôtel et avais besoin de disparaître. J'envoyai une lettre à Juan, qui me répondit aussitôt « mais viens ! », il avait eu lui aussi des problèmes à cause de Bibi, quand il jouait dans un groupe de jazz et que l'autre prétendait expliquer à des musiciens chevronnés l'art de l'harmonie. Il ajoutait qu'il venait de trouver un ami, tout se passait bien, ils étaient en train de s'installer tous les deux. J'étais un peu gênée, ne voulant pas les encombrer, et avais décidé d'explorer les opportunités musicales dans le Sud, pas trop loin de l'Espagne au cas où je doive me replier chez mes amis.

Quand j'avais quitté Paris, il faisait gris, moche, froid, c'était même excessif pour un mois d'avril, et là, dans le sud de la France, il pleuvait, une sorte de douche glacée comme si on avait de là-haut renversé une cuvette. Dans l'hôtel, je rangeai mes affaires, aucune catastrophe n'était survenue, tout était intact, et j'avais empoigné le Bottin du téléphone qui calait la porte de la douche pour chercher des adresses.

Ne voulant pas raconter ma vie à tout le pays — l'hôtel n'avait pas de cabine téléphonique —, et profitant d'une accalmie des éléments météorologiques, j'étais sortie et avais marché jusqu'à quelque chose qui ressemblait à un bureau de poste. Là, j'avais entrepris d'appeler ceux que je croyais

« possibles » : deux écoles de musique de la région cherchaient des professeurs, mais non, pas de violon, de piano, mais non, pour l'année prochaine, une association de concerts n'existait plus, une personne que je connaissais vaguement m'avait dit « oh, ma pauvre, la musique est bien délaissée dans la région ! Venez donc me voir, que l'on bavarde ! » Je n'avais pas envie de participer à un concert de gémissements. Le conservatoire local ? Mais non, est-ce la peine ? J'avais entendu dire que tout était bouché dans la région, et il faut des diplômes spécifiques… J'avais quand même composé le numéro. Tiens, personne pour répondre ? C'est vrai, il est assez tôt. Ah, si.

Une secrétaire décrocha, avec une voix pourvue de décibels qui m'obligèrent à éloigner le récepteur de mon oreille. Vous cherchez quoi ? Non, il n'y a plus de place en classe de violon. Non ? Vous jouez du violon ? Un orchestre ? Oui, il y en a un, il joue au théâtre. Pour des places, il faut les réserver au théâtre même… Pardon ? Parlez plus fort !

Elle faisait toute seule les questions et les réponses, je n'arrivais pas à placer un mot. Finalement, elle me dit de venir, le directeur serait là… elle ne savait pas vraiment à quelle heure, mais il venait tous les jours. Si c'est pour des places, c'est au théâtre, hein ? Pas ici, ici c'est le conservatoire ! Où c'est ? Ben dans la rue… Où est la rue ? Vous ne connaissez pas l'avenue Victor Hugo ? Dans le centre, près de la mairie, après vous cherchez le musée, il y a un grand parc à droite, nous on est à gauche. Vous savez bien où est la mairie !

Je répondis oui, n'ayant pas envie de devenir sourde et m'apercevant que cette brave dame ne comprenait pas que l'on ne connaisse pas l'avenue Victor Hugo locale. J'en connaissais une, à Paris seizième, une autre à Boulogne-Billancourt, une autre à Montrouge, ce brave Hugo avait sa rue dans presque toutes les communes de France, mais je ne connaissais pas celle d'ici. Trouvons une nouvelle avenue Victor Hugo à ajouter à notre cartographie de l'hexagone.

Heureusement, dans cette ville où l'accent des gens m'obligeait à leur faire répéter ce qu'ils disaient, et réciproquement, il y a comme partout en France des panneaux lisibles, indiquant la mairie, le théâtre, le musée. Non, il n'y avait pas le conservatoire, mais j'avais cru comprendre que c'était par ici. Je me risquai à demander l'avenue Victor Hugo, un brave papy me répondit dans une langue que je ne comprenais pas, pour m'expliquer par signes que j'y étais. Il n'y avait pas de plaque à cet endroit, mais c'était une avenue assez grande, je repérai les numéros de rue, et finalement arrivai devant un vieil immeuble d'où s'échappaient des sons de piano, des gammes hésitantes, le son d'une flûte. Et il y avait une plaque. Ouf, j'avais trouvé. Maintenant, il faut voir si le directeur est là, en essayant de ne pas avoir à faire la conversation avec la secrétaire qui a une voix comme une trompette de cavalerie.

Sur le palier, j'entendis une voix féminine tonitruante… zut, ce doit être la même, qu'est-ce que je fais… Cela ne me disait rien qui vaille. Il y eut une voix masculine, calme, posée, et la trompette de cavalerie s'arrêtait pour laisser parler son interlocuteur… Alors ce doit être quelqu'un d'important. J'étais devant la porte, hésitant à frapper, quand un homme sortit et me demanda ce que je cherchais. Il était le directeur.

Je fus très surprise. Je m'expliquai, rapidement, il eut un grand sourire et me fit entrer dans son bureau. Apparemment, les on-dit qui prétendaient que tout était bouché dans la région étaient complètement faux, venez vite, ici les bons musiciens sont rares, on paye, on paye. Et voilà, j'ai signé pour le prochain concert.

III.

Je suis rentrée à Barcelone deux jours, j'ai fait la connaissance d'Élie chez qui Juan venait d'emménager. Autant Juan, qui avait vécu longtemps en France, avait l'air d'un titi parisien, ayant été à l'école dans le quartier de Ménilmontant, autant Élie avait tout du jeune homme de bonne famille, soigné et même maniaque dans sa tenue, travaillant dans l'événementiel et féru d'art moderne, de littérature, observant tous les mouvements artistiques qui se faisaient jour en Espagne, fréquentant metteurs en scène, musiciens et peintres d'avant-garde. Tous deux ont ouvert le champagne pour fêter mon engagement, nous sommes allés nous promener sur les Ramblas et avons failli nous faire piétiner par une foule excitée, car ni mes amis ni moi ne nous intéressions au football et il venait d'y avoir un match important, que Barcelone avait gagné… ou était-ce l'Espagne ? Enfin, ça hurlait, ça dansait… nous n'avons pas dormi de tout le week-end. J'ai eu bien du mal à faire mes gammes, mon violon semblait me dire qu'il n'appréciait pas le bruit extérieur, ma sonorité n'était pas des meilleures. Mais je m'appliquais tout de même, n'ayant pas l'intention d'être ridicule lors des répétitions à venir.

Voilà, je me suis levée très tôt, j'ai gagné la gare, le train était à l'heure, ouf, j'ai passé la frontière sans encombre, je suis descendue du train… oui, encore un train, mais aujourd'hui il fait beau. J'ai juste une petite valise, et le violon. Où est-ce, déjà, le théâtre ? Ah, voilà, la mairie, la fameuse avenue Victor Hugo, et après il faut suivre les panneaux. Ça y est, je suis devant la porte.

Et je m'arrête. C'est bizarre, tout de même, que l'on m'ait engagée comme ça, de suite. Bon, évidemment, un prix du Conservatoire, ça vous pose, le directeur sait ce que cela exige comme niveau. Au fait, est-ce lui qui va diriger ? Et qu'est-ce qu'on va jouer, déjà ? C'est un opéra, non, une opérette, je crois.

Bon, je suis en avance, personne ne me voit, du moins je l'espère, je reste là, devant la porte où il y a marqué « Entrée des Artistes » en jolies lettres dorées, une grande porte avec des décorations. Je fais mine d'examiner les moulures, au cas où quelqu'un arriverait. J'entre, ou pas ? J'hésite, je trouve toujours bizarre que l'on m'ait engagée comme ça. Bon, on n'est pas à Paris, il y a sûrement moins de musiciens, mais j'hésite. C'est bête, l'être humain.

Et voilà la fosse aux ours. L'orchestre d'opérette de province dans toute sa splendeur. Quelques bons musiciens, dont les professeurs du conservatoire local, quelques bons amateurs, et de jeunes élèves, des retraités, et d'autres… Ce que j'entends… aïe, le Bibi serait parmi les musiciens, il ne déparerait pas ! On fait avec ce que l'on trouve. Plusieurs viennent de villes voisines. Le chef arrive : un homme âgé, avec une tête rigolote, qui assène une claque dans le dos à un trompettiste, embrasse sur les deux joues une violoniste qui semble aussi âgée que le théâtre, et qui doit être une notoriété musicale locale, je comprends qu'elle enseigne dans le conservatoire de la ville voisine. Je me présente : « Ah, c'est vous l'Espagnole ? *Hablas francès ?* » Je précise que je suis française et loge provisoirement à Barcelone. Un type qui a l'air de toiser tout le monde avec un dédain souverain m'indique une chaise au fond du groupe des premiers violons, en me demandant si j'ai eu la partition pour la travailler. Non ? Vous déchiffrez bien ? Le chef qui apparemment a été renseigné par le directeur précise que j'ai un premier prix du conservatoire de Paris, l'homme me regarde de haut en bas et dit entre ses dents à son copain : « On va voir ce qu'elle vaut, la Parisienne… bof, on pourra toujours en faire quelque chose… » Et, se tournant vers moi : « Ici, on fait de la bonne musique, pas de l'à-peu-près ! » Et il s'installe à la place de premier violon.

Charmant comme accueil. Raciste anti-parisien, et sexiste, en plus. Je m'assieds, on s'accorde, ma voisine de pupitre me montre la partition et me dit « J'ai mis des indications, j'espère que ça ne va pas vous gêner pour lire ». Ce qui me gêne, c'est qu'elle ne sait pas s'accorder, son violon est un peu faux. J'esquisse un geste pour l'aider, elle accepte volontiers de me laisser tourner les chevilles et resserrer un tendeur qui vibre. Même, elle dit merci. Ça change. Gentille, mais elle joue faux. Contentons-nous de suivre le chef.

Un passage difficile, il est tout gribouillé, je dois mettre le nez dessus pour pouvoir lire, mais j'arrive à le jouer. On s'arrête, on me regarde, le premier violon précise : « Ce n'est pas jouable, je l'ai simplifié ». Le chef a l'air de rigoler et signale que j'ai pu le faire. Alors, qu'il travaille. « T'as qu'à faire tes gammes, la petite, elle y arrive », dit-il.

J'essaie de ne pas me faire remarquer, mais bon, je joue juste, enfin il me semble. Parce que, arrivé là… Le chef arrête tout le monde :

— Dites, les altos, c'est faux ! Accordez-vous, au moins !

On reprend. Nouvel arrêt.

— Les altos ! Yves, dit-il au premier alto, aide-les à s'accorder, on ne va pas y passer la journée !

Le nommé Yves, dont j'apprendrai plus tard qu'il est le professeur du conservatoire, s'accorde, empoigne l'alto de son voisin, l'accorde, et va pour prendre celui de l'instrumentiste qui est derrière. Le monsieur pousse un cri d'orfraie :

— Non ! N'y touchez pas ! Les chevilles sont collées, il n'a pas bougé depuis deux ans ! »

Là, la majorité des musiciens explose de rire. Le chef descend de son siège et s'approche du monsieur, lui dit quelques mots, puis se tourne vers le nommé Yves, qui acquiesce et dit au pseudo-altiste : « Je t'en trouverai un jouable, t'en fais pas ». Et l'autre s'en va.

Où est-ce que je suis tombée...

J'ai presque envie d'appeler Bibi pour qu'il vienne renforcer cet orchestre branlant. Non, ne pensons pas à cet individu, c'est de sa faute si je suis perdue dans cette fosse pleine de vieux fauves déplumés, je n'avais qu'à... enfin, c'est aussi la faute d'Hervé, et puis je n'ai pas voulu aller à Stuttgart... Zut ! C'est de ma faute, tout ça ! J'ai laissé les sentiments passer en premier, la musique doit primer, pas les histoires de cul ! Redescendons sur terre... J'apprends de ma voisine qu'il va y avoir des renforts, mais ils ne viennent que demain. Bon, cela peut s'arranger. Je fais un rapide tour d'horizon, la population est du même style que celle de pas mal d'orchestres. Côté cordes : majorité féminine d'âge mûr, les jeunots au fond. On y papote, on y tricote, on s'y plaint de sa santé. Côté vents : majorité masculine, les jeunots bizutés au milieu des anciens. On y rigole, on y drague, on s'y plaint de sa santé.

J'entends le chef s'écrier « Déshabille-toi ! Tout de suite ! » à l'adresse d'un musicien. Qu'est-ce... Le gars rigole et enlève son pull vert. Je me souviens que, dans les théâtres, la couleur verte est réputée porter malheur. On dit que c'est à cause de la mort de Molière, dans un habit vert de qualité médiocre, qui à l'époque était teinté avec de l'oxyde de cuivre, produit toxique. C'est du moins ce que l'on dit. Donc, le chef est superstitieux, il suit les traditions. J'en ai la confirmation lorsqu'un musicien, voyant la poignée de son étui cassée, demande à son voisin « Tu n'aurais pas une ficelle ? », le chef lui saute dessus : « On dit *un fil* ou *un bout,* malheureux ! » Oui, ça vient des superstitions des marins. En une demi-répétition, j'ai droit à toute la gamme des traditions théâtrale. Et encore, les chanteurs ne viendront que demain.

On enfile nos notes, l'altiste perturbateur est parti, le tout est à peu près juste. Ma voisine ne sait pas tourner les pages, je m'en charge, mais elle est perdue à chaque tourne. Je dois constamment profiter d'un silence pour lui montrer où on en est.

« Un quart d'heure de pause », dit le chef en posant sa baguette. J'avais repéré les toilettes, j'y cours de suite, puis j'examine le groupe. Il me semblait bien... Oui, le clarinettiste, le gros barbu, c'est Jean-Marc, un ancien copain du conservatoire, c'est vrai, il est de la région. Il me saute dessus :

— Tiens ! On se connaît, non ? Marie-Agnès ! Qu'est-ce que tu fais là, t'as émigré ou quoi ?

J'explique sommairement, lui aussi, il est à présent professeur au conservatoire local, sa famille habite à quelques kilomètres d'ici, il est content d'avoir pu décrocher ce poste, il va se marier bientôt. On discute un moment :

— Tu te rappelles de cette cinquième symphonie de Beethoven avec Schtroumpfouzoff au pupitre, c'était quelque chose ! Tu avais joué aussi dans le concerto de Brahms avec la soliste japonaise, une splendeur !

On échange nos souvenirs de musiciens, jusque là tout se passe bien. Mais ensuite :

— Et ton copain ? Il parlait de Bibi, l'autre il ne l'avait pas connu.

— Divorcé d'avec…

— Ah, super ! Tu te souviens, la soirée chez Machin, ah, tu étais bien partie ! Et l'autre terreur qui te chassait… Et le jour de la salle des fêtes, quand on nous avait offert à boire avant le concert ? Heureusement qu'on t'a raccompagnée, tu ne savais plus où tu habitais. J'espère que tu n'as pas changé, parce qu'ici, qu'est-ce qu'on s'embête ! »

Pan, paf, et re-boum, toute votre vie pourtant pas si longue qui vous niagarade sur la tête, tout juste si le copain - un brave gars au demeurant, on a partagé la même vache enragée, pointé ensembles au chômage des artistes, et on s'est trouvé mutuellement du travail — tout juste donc s'il ne fait pas à l'assistance attentive à l'extrême la description détaillée de votre anatomie, dont il n'a qu'entendu parler, dans des circonstances où l'on raconte tout, sauf la simple et souvent décevante réalité. Ça n'empêche pas les mecs de me regarder avec des yeux intéressés. Effectivement, j'ai pu remarquer que l'élément féminin « en état de marche », c'est-à-dire pas trop vieux ni trop moche, est assez minoritaire. C'est vrai, on est en province, et laisser sa jeune fille sortir le soir pour jouer dans un orchestre… Il y a même une dame d'un certain âge qui attend, tranquillement assise dans la coulisse, en faisant des mots croisés, j'apprends que c'est la mère d'une violoniste… laquelle ? Celle-là ? Elle a dépassé la trentaine, et sa mère vient la chercher ! Il y a aussi une dame assez élégante, la quarantaine bien soignée, qui suit sur la partition... C'est la femme du flûtiste, elle est pianiste, elle vient par intérêt musical. Enfin, bon, ajoute le copain discrètement, elle le surveille aussi... Faut être prudente !

Et moi qui cherche à me loger, y aurait-il un plumard désintéressé dans le tas ? On rigole et quelqu'un dit : « Chez Enrico ». Qui c'est ? On re-rigole. Bon, je vois, un bouc émissaire local, soit obsédé tombeur, soit au contraire timide ou homosexuel, je ne sais pas, l'intéressé est absent. Bon, sérieusement...

La violoniste qui fait partie des meubles, qui connaît tout le monde, me fait signe, elle va vers le foyer des danseuses et appelle une petite Espagnole à qui elle dit quelques mots. La danseuse me fait un grand sourire et me dit « Mais bien sûr, tu viens ! J'ai deux piaules voisines, une pour mon mec et moi, l'autre pour mon petit frère, mais il n'y est jamais. De toute façon, il y a de la place, on a des matelas, on a l'habitude. Moi, c'est Anna, et toi ? » « Marie-Agnès, enchantée, c'est sympa ». La fille est gentille, mais ses fringues sont un peu crades. Elle me glisse : « Il y a juste un lavabo, pour se doucher on va dans notre foyer, au début de l'après-midi il n'y a presque personne, faut pas oublier de s'enfermer les mecs sont casse-pieds ici ». Oui, ça, je viens de remarquer les regards dans le style du loup de Tex Avery dès qu'un élément féminin consommable passe à moins de cinquante mètres.

Je salue les musiciens, le chef me dit « Tu viendras me voir demain avant la répétition, tu ne vas pas rester dans le fond, c'est ridicule. Et ne te laisse pas faire par Sa Majesté le grand con, hein ? Le délégué syndical c'est Alain, le trombone, il est aussi régisseur, c'est pratique, tu dois t'adresser à lui pour les questions matérielles ». Ma voisine de pupitre me court après : « Vous voulez la partition pour travailler, ou je peux l'emporter ? » Je la lui laisse, elle me remercie. Elle, elle n'est pas dérangeante, sauf dans les nuances *forte,* vu qu'elle joue faux.

Nous sortons, Anna, Jean-Marc, et moi, traversons deux rues et entrons dans un vieil immeuble, elle me dit qu'il est « historique ». Hum, un peu chef-d'œuvre en péril… Deuxième étage, attention à ne pas s'accrocher, il y a des clous qui dépassent de la rampe, entrons. La chambre est spacieuse, peu meublée, le seul élément valable est une gigantesque armoire ancienne, le reste consiste en matelas par terre, coussins, tissus indiens tendus sur les murs, un meuble de cuisine bancal, une table de camping et des chaises pliantes dans un coin. La danseuse me montre la porte de la chambre voisine, qui communique, même quasi-absence de mobilier, à part une batterie de jazz et des tabourets, des micros, une console, son frère est batteur dans un orchestre de bal. Son matos est là, donc il n'est pas loin, peut-être va-t-il rentrer, je te mets un matelas dans ce coin, ça va ? De ce côté, j'ai une copine qui vient quelquefois, là c'est son sac tyrolien, avec son matelas pneumatique, tu les laisses là. T'inquiète pas pour ton violon, elle n'a pas la clé, il n'y a que moi, mon ami et mon frère, et on fait attention. Évidemment, si quelqu'un force la porte, mais qui irait chercher par ici…

Ah, oui, elle a un compagnon, il est là ?

— Jack ? Non, il ne rentre pas ce soir, il fait les marchés avec son pote, ils vendent des fromages de brebis, le copain vit dans une communauté qui élève des moutons. »

La communauté hippie. Je vois d'ici le mec, barbu-chevelu à la Jésus-Christ — exact, il y a une photo, là — tunique indienne et médaille « *Peace and Love* ». Juan avait été tenté de rejoindre un groupe de ce genre, il aimait les animaux et la nature, mais se lever tôt le matin quand il fait froid et se laver en tirant de l'eau du puits n'était pas son genre, on ne se met pas de l'eau de toilette de marque pour aller tondre les moutons !

J'entasse mes affaires, je fais brûler un bâton d'encens, histoire de chasser les miasmes. Tiens, ça sent aussi autre chose, une herbe bizarre. Ça, je n'y tiens pas, je n'ai pas envie d'être malade. Et voilà que j'entends quelqu'un arriver.

— Salut ma vieille ! Ouh, la la, une réunion de famille ! Bonjour mes chéris !

— Je te présente mon frère Enrico, me dit Anna, le nez dans l'armoire d'où elle extrait des couvertures.

— En personne, Enrico, le bel Andalou, le batteur vedette de l'orchestre *Los Toros,* le préféré des minettes !

Le voilà, donc, Enrico. Je comprends les plaisanteries de tout à l'heure, le gars ne cache pas ses goûts que les coincés disent pervers. Il me saute au cou, m'offre un chewing-gum, me demande d'où je viens, fait la grimace quand je dis que j'habite à Barcelone, il n'aime pas les Catalans qui sont d'après lui trop radins, lui il est l'Andalou au regard de braise… Ah, t'habites avec deux mecs ensemble ? Juan, et Élie ? Ton pote a pu dévoyer un Catalan[1] ? Trop fort, le mec !

J'étouffe de rire. Jean-Marc, lui, fronce le nez, il ne veut pas paraître bourgeois, mais il a encore besoin d'évoluer. Et il va pour sortir, disant « Bon, salut, j'ai ma fiancé-E qui m'attend », en appuyant sur le *E* final. Je lui lance « Tu peux me l'amener, que je lui apprenne les voluptés grecques, eh, analphabète ! »

Enrico me regarde :

---

[1] Élie est un prénom typiquement catalan.

— T'as l'air sympa, mais ici, t'auras du mal. Du mâle, du mâââle, du mâââle ! braille-t-il sur un air de vocalises d'opéra. Tu m'en laisseras, dis ?

— Toi, ta gueule, dit Anna, la concierge est au premier, on va avoir des ennuis.

— Ça va, la frangine ! Et ton mec, Jésus-Christ superstar, il braille pas, des fois, quand il a forcé sur la fumette ? »

Enrico reçoit une gifle et sa sœur, calmée, s'assied en tailleur en dégustant une cigarette qui n'a pas une tête de franche citoyenne gauloise. Son frère prépare des sandwiches, m'en offre un, sort des canettes de bière et de coca tièdes, on papote, et plus tard je m'endors au sein de cette famille accueillante, dans les fumées orientales et les criailleries de l'étage en dessous, le tout agrémenté de chansons de la part d'un groupe de supporters de rugby qui passent dans la rue.

IV.

Je joue dans la fosse, à côté du premier violon. Au programme, une opérette pour gentils retraités nostalgiques, il y a des airs assez jolis, mais le ténor ne s'appelle pas Luis Mariano, loin de là… À un moment, il se positionne bien en avant de la scène, en disant aux choristes « Reculez, les chœurs, je ne suis pas assez en avant » avec un faux accent basque. Je retiens mon fou-rire et dois faire un gros effort quand je croise le regard de Jean-Marc qui rigole tellement qu'il est incapable de souffler dans son instrument. Le chef le morigène, la vedette là-haut s'énerve : « Ces feignants dans la fosse, ils peuvent se taire ? » Là, ça grogne franchement, une trompette fait entendre un hennissement de cheval, et puis tout se calme. Le metteur en scène gueule après les choristes, la chanteuse vedette ne veut pas forcer sa voix et on ne l'entend pas, du coup le chef lui sort « Dis donc, la Callas, change tes piles, qu'on t'entende au moins ! »

Je ne m'affole pas, c'est l'ambiance habituelle, tout va se mettre en place après. Évidemment, les deux vedettes ne vont pas s'améliorer d'ici à samedi. En attendant, on se fait incendier par le chef qui a besoin de se défouler sur ses effectifs, il en casse même sa baguette.

Et puis il y a un air de la soprano, avec un solo de violon. Mon voisin attaque, fait une faute de mesure, la chanteuse ralentit, accélère, le premier violon n'arrive pas à suivre. Le chef me fait signe, j'obtempère, mais l'autre continue à jouer, du coup c'est cacophonique, je me fais rabrouer par le premier violon soliste, le chef le fait taire. L'ambiance est tendue.

Le lendemain, on me fait asseoir au premier pupitre, et mon voisin refuse d'abord de se mettre derrière moi, le chef appelle le régisseur-délégué-syndical pour en venir à bout. Mais les autres violonistes me regardent de travers, en face un flûtiste a l'air mécontent, hum… Que fais-je ? En plus, j'ai des démangeaisons, ça me gratte partout, sous les bras, dans les fesses… Il ne manquait plus que ça, j'ai attrapé des morpions ! Rien d'étonnant, chez Anna c'est un défilé perpétuel de mecs et de nanas pas très propres, sa copine qui dort à côté de moi a dû en ramener. Anna a dû contaminer tout le corps de ballet !

Je vais la trouver à la pause, elle paraît étonnée, elle n'a jamais eu ça. Non, pas chez elle, ce doit être dans la fosse, ce n'est jamais nettoyé. À la sortie, je fonce vers une pharmacie. J'arrive tout près de celle du bout de la rue, et zut, il y a une musicienne dans la boutique, je préfère que l'on ne me voie pas demander « ça », elle va entendre et risque de le raconter à tout le monde. Je descends la rue, je tourne, tout droit, je suis un peu perdue dans ce quartier. Ah, tiens, une autre pharmacie, personne ? Bon, ça va. J'achète ce qu'il faut, j'ajoute un shampoing anti-poux, du train où vont les choses, je risque d'en avoir besoin aussi. Je retourne au théâtre et file sous la douche, effectivement, j'ai des marques. Avant de me coucher, je me colle une bonne dose de poudre.

Le lendemain, je rencontre Enrico, qui me dit qu'il préfère coucher le moins souvent possible chez sa sœur, elle ne comprend pas, et en plus elle force un peu trop sur l'herbe folle. D'ici à ce que les flics s'amènent, vu que le mari fait un peu de trafic et que son copain cultive du shit entre les plants de tomates et les pieds de vigne… Je me dis qu'il vaut mieux que je trouve un logis plus « clean », Enrico est bien d'accord, mais il ne connaît pas… Ah, sauf…. À tout hasard, je peux aller trouver José, dit Jojo, le concierge qui est aussi accessoiriste, il est sympa et déteste le mec d'Anna, il l'a embauché pour des petits travaux et l'autre ne fichait rien et le traitait d'exploiteur.

Jojo est un gros type jovial, qui me colle deux grosses bises, me fait entrer et sa femme, aussi bavarde que lui, mais on ne comprend pas un traître mot de ce qu'elle raconte, elle est d'origine étrangère, slave ou nordique, me fait asseoir d'autorité et me sert un café. J'expose succinctement mon problème, et Jojo me demande si je suis capable de faire le ménage. Un peu surprise, je dis que j'ai tout de même l'habitude de passer le balai chez moi, alors il m'emmène dans le fond du théâtre, nous suivons le couloir des loges, montons quelques marches, tournons un coin, et là il y a trois loges pleines de poussière, sauf une qui a l'air d'avoir été occupée récemment.

— Ces loges, elles ne servent pas souvent. Si tu veux bien passer le balai de temps en temps, tu peux coucher là, tu prends le canapé de celle qui a une fenêtre, les autres c'est sinistre et ça pue, on n'arrive pas à aérer. Il y a un lavabo, les w.c. sont là, pareil, il faut nettoyer, tu demandes des produits à ma femme. Tu entres par chez moi, t'inquiète pas, il y a toujours quelqu'un, ne rentre pas à trois heures du matin quand même pour ne pas réveiller mes gosses. Seul problème, il n'y a pas de clé, ton violon c'est mieux que tu le laisses chez moi, ou que tu demandes un placard qui ferme au régisseur. Je te préviens, il y a des machinos qui viennent là, pour dormir ou autre chose, mais tu ne risques rien, ben aussi il y a de temps en temps le petit Enrico, c'est comme ça qu'il connaît. Évidemment, c'est pour dormir, tu peux toujours apporter des sandwiches, mais pas de cuisine, et on ne fume pas, surtout, il n'y a pas d'extincteur, pas de sortie de secours, c'est pour ça qu'on dit que cette partie-là est condamnée, on peut avoir des ennuis avec la sécurité. Alors, motus. La journée, il y a des musicos qui font du… de la musique qui fait du bruit, tu vois ? Du truc à danser. » « Du rock ? » « Ouais, comme on n'entend pas de la salle ni des coulisses, ils peuvent s'entraîner, mais je dois les surveiller pour qu'ils ne fument pas. »

Je le remercie, il me sauve. Lui et sa femme ont l'air bien braves, même si leur marmaille est plutôt mal élevée, leurs moyens d'éducation sont rudimentaires, t'es sage t'as une sucette, tu fais le con tu reçois une trempe. Je vais chercher ma valise chez Anna, elle et sa copine me regardent avec des yeux vides en roulant leurs cigarettes. J'arrive au théâtre, Madame Jojo — on l'appelle comme ça, elle a un prénom à coucher dehors vu son origine indéfinie d'Europe du Nord — m'arrête pour me demander si, comme je viens de Paris, je sais comment ça marche, la pilule. Je la renseigne volontiers, elle paraît embêtée d'avoir à se rappeler de prendre un truc tous les jours. Mais il faut qu'elle fasse quelque chose, il y en a sept, ça commence à faire beaucoup, et ça lui fait mal aux reins à force. Faut aller à l'hôpital, ou chez un toubib ? Ça, c'est sur ordonnance, mais je ne connais pas… Et au fait, j'ai encore deux plaquettes, mais il faudra bien que je me réapprovisionne, je ne suis plus à Paris. Il faut partir à la chasse au médecin évolué, en trouver un qui ne vous fasse pas la leçon. Elle a un gynéco ? Un quoi ? Ah bon, d'accord, elle a juste été faire les visites obligatoires, j'apprends qu'elle a accouché dans tous les endroits possibles et imaginables de la ville et des environs, dans le camion des pompiers, dans les cuisines d'un restaurant, dans les vestiaires du théâtre, dans la rue… Elle a un gamin qui est un peu plus brun que les autres, normal qu'elle me dit, celui-là elle l'a eu dans un vignoble, entre deux plants de raisin noir, elle et son Jojo faisaient les vendanges. Le vin, c'est foncé, alors le gamin est foncé. C'est tout simple.

Bon, si ça les tranquillise de le croire…

V.

La représentation a eu lieu, sans problème particulier, à part une nuit où je n'ai pas fermé l'œil, à cause d'une chanteuse qui s'ébattait bruyamment avec un machiniste dans la loge d'à côté. Et puis, à la générale, le metteur en scène a dragué une violoniste qui était la femme d'un autre musicien, le mari lui est sauté dessus, et personne ne mouftait, il paraît que c'est habituel, a dit ma voisine de pupitre, la dame qui fait partie des meubles. Elle, elle joue plutôt bien, elle a étudié un peu à Paris, mais c'était juste après la guerre, c'est comment Paris maintenant ? Elle trouvait qu'il y avait trop de monde, elle avait peur de prendre le métro, bref elle est rentrée chez Maman et est devenue professeur de violon et de piano. Depuis, elle s'est mariée, et elle est maintenant « la prof de violon du coin », sa fille enseigne le piano dans un conservatoire de la région, son fils joue de l'accordéon, il est commerçant, elle a des petits-enfants qui étudient la musique. Tous les musiciens, elle les connaît, elle a eu la plupart d'entre eux comme élèves, et sait tout de leur vie publique et privée.

Elle est très surprise quand je lui dis que je prends le train seule, que je vais à Barcelone, que là-bas je vis chez deux copains. Elle se souvient des réfugiés au moment de la guerre d'Espagne, elle était petite, elle en avait peur. Le gars que j'ai supplanté est un de ses anciens élèves, il est le fils de l'adjoint au maire et sera bientôt conseiller municipal. J'ai droit à un exposé sur la vie politique locale, je n'y connais rien, je n'ose pas lui dire que je n'ai jamais voté…

Le ténorino d'opérette a chanté faux, la diva s'est souvenue des ordres du chef, il fallait qu'on l'entende, alors elle n'a pas quitté la nuance *fortissimo*. Elle hurlait plus qu'elle ne chantait. Une danseuse s'est cassé la figure, paraît-il — dans la fosse, on ne voit rien de ce qui se passe sur le plateau, et on entend à peine —, mais le décor était assez joli, Jojo avait pris soin d'ajouter des fausses fleurs qui avaient presque l'air vraies, des cactus en carton qui piquaient vraiment, sa femme avait bien travaillé avec l'habilleuse pour coudre des costumes corrects aux figurants, bref les spectateurs étaient contents.

À la sortie, je salue le chef, qui me dit « à dans un mois, tu seras là ? » J'assure que oui. Je rencontre le directeur du conservatoire, dont il m'a été dit qu'il détestait l'opérette, mais en tant que notoriété locale, il se doit de venir à la représentation, d'autant plus qu'il est membre du conseil municipal, et que le maire est là. Évidemment. Il a amené sa famille, femme, enfants, belle-mère, belle-sœur et neveux, les jeunes qui sont déjà des ados ont l'air de s'être ennuyés ferme, et à la sortie ils foncent dehors, se donnant rendez-vous au bistrot avant d'aller en boîte. Le directeur me signale qu'il y a prochainement un concert symphonique, c'est lui qui dirige, et un concert à l'église, avec la chorale. Bien sûr qu'il peut compter sur moi, il me soigne, il s'est même assuré que j'avais été payée comme il faut. Bon, je suis bien vue du directeur et du chef, je ne sais pas si cela durera, mais profitons-en pour le moment.

Ceci étant, je vois des regards hostiles, à un moment je me retourne brusquement, ayant senti une main baladeuse. J'ai un peu discuté avec le régisseur-délégué syndical, lui se contente de me renseigner sur les horaires, les papiers, les programmes, ou alors il discute politique. À part cela, je n'ai pu parler qu'avec Jojo et sa femme, les autres musiciens se contentent de mater mes jambes — oui, bon, il fait chaud, j'ai mis une jupe courte, et alors, vous n'avez jamais rien vu ? J'ai dîné un soir avec Jean-Marc, nous avons continué à évoquer nos souvenirs d'aventures orchestrales, il m'a parlé du diplôme qu'il avait passé pour être professeur titulaire, il paraît qu'il n'y avait pas grand monde qui cherchait un poste dans la région, et comme sa famille était dans le coin, il a été vite accepté. Tu parles qu'on ne va pas courir après un poste par ici, vu le niveau… Je n'ai pas beaucoup le moral. En plus, je commence à m'ennuyer sur le plan intime, les mecs sont trop vieux, ou bien ils ont l'air idiots, ou patibulaires. Je cause toujours un peu avec Anna, elle m'a dit que j'avais raison, pour les bébêtes, elle s'est fait passer un savon par les autres danseuses, du coup elle a vaporisé partout du DDT, ça pue le produit toxique, maintenant, son mec a hurlé que ce n'était pas bon pour la nature… J'ai rencontré Enrico, celui-là il est sympa, mais toujours pressé. Entre sa batterie à transporter, les minettes qui le suivent comme des petits toutous, et ses copains pour les galipettes, il a l'air de jouer « Carmen » en permanence. Au moins, il est drôle.

J'ai raté le train pour Barcelone, je partirai demain matin, je préviens Jojo. Non, je n'ai pas besoin de laisser des affaires, j'ai peu de choses. Il est content, j'ai nettoyé la loge et les deux cagibis voisins, ça fait un peu moins minable. Madame Jojo me dit qu'elle s'inquiète pour son fils aîné, il traîne un peu par là, un de ces jours on va le trouver avec sa petite copine. Le père la rassure, il s'est rendu compte que le gamin était un peu précoce, il lui a acheté des préservatifs et lui a expliqué. « Des quoi ? » « Des capotes, c'est comme ça qu'on dit quand on va chez le pharmacien ». « Ah, bon ! Ça s'achète à la pharmacie, comme ça ? » « Ben ouais » « Mais alors, pourquoi tu n'en mets pas ? »

Je suis partie prendre mon train, je sens que le couple va avoir une discussion un peu sérieuse…

VI.

Et me revoilà, encore un train. Bon, ce n'est pas un voyage trop long, il faut descendre à la frontière et changer de train, c'est tout. Je m'amusais bien à Barcelone, Juan m'a présenté un copain violoncelliste avec qui on a un peu travaillé pour un éventuel petit concert chez des amis d'Élie, à la campagne. Mais bon, il faut retourner gagner sa vie. J'ai écrit à Manuela et à Isabelle, en leur racontant mes aventures, en ajoutant de jolies cartes, j'espère qu'elles me répondront.

Histoire de m'occuper, j'ai un peu bossé l'espagnol avec mes amis, j'ai assez d'oreille pour me débrouiller. Mais en plus, Élie m'a prévenue, ici on parle plutôt le catalan, le castillan c'est pour les ploucs. Juan a rectifié : « C'est pour les franquistes ». C'est vrai, on est toujours sous la dictature du vieux Franco. Du coup, Juan et Élie m'ont demandé de leur rapporter des revues pornos, ils m'ont donné l'adresse d'une maison d'édition, et chargée de leur trouver le programme des cinémas. Oui, parce que les films érotiques, ou même simplement à sujet un peu érotiques sont interdits en Espagne, alors tu penses, les films pornos ! Du coup, le fin du fin de l'intelligentsia, c'est d'aller en bande à Perpignan, Narbonne, Béziers, ou même Toulouse ou Montpellier, voir des films. En plus, les Catalans étant de bons commerçants, les films offensant la morale conservatrice sont sous-titrés en espagnol. Les copains qui viennent chez eux ont l'habitude, ils connaissent les horaires des trains ou des cars, l'adresse des hôtels pas loin des cinémas, les employés parlent espagnol et catalan. Juan, lui, refuse d'apprendre le catalan, c'est du moins ce qu'il dit, en fait il le comprend très bien, mais il ne parle que français ou espagnol, histoire de.

Et me voici sur la scène du théâtre, cette fois, pour le concert à venir. Le directeur m'a remise au poste de premier violon, le grand dadais derrière fait la tête, heureusement la dame-qui-connaît-tout-le-monde est bien gentille. Une violoncelliste et un contrebassiste à qui j'ai dit bonjour ne m'ont pas répondu, le flûtiste a ostensiblement regardé mes fesses, je suis en pantalon, mais il est assez serré. Jojo m'a accueillie gentiment, et Jean-Marc m'a invitée à dîner avec sa fiancée et ses futurs beaux-parents, en me prévenant qu'ils étaient « des gens convenables ». Je l'ai assurée que je savais me tenir en société, et j'ai promis que je ne mangerai pas avec mes doigts. J'ai passé une soirée très ennuyeuse, le dîner était bon, mais la copine de Jean-Marc est très timide, visiblement elle est inhibée devant son père, le copain frime et joue au grand musicien, la belle-mère est un peu coincée, je me demande ce que je fais là. Mon collègue s'est sans doute senti obligé de m'inviter. Je disserte sur la musique, c'est le seul sujet que je peux aborder sans danger. Bon, aussi les monuments de Barcelone, les expositions, ça passe. Eux me décrivent la cité de Carcassonne. La revue touristique terminée, il n'y a plus guère de sujets de conversation. Jean-Marc parle de sport avec le beau-père, je pense à autre chose. J'ai l'impression de retomber en enfance, quand mes parents faisaient la revue des photos de vacances avec les voisins du dessus, histoire de dire que la petite a bien grandi depuis l'an dernier.

J'apprends que nous allons jouer non seulement ici, mais aussi dans plusieurs villes voisines. Il y a un concerto pour piano, interprété par un récent lauréat d'un prix international. Le soliste débarque, et fait visiblement de gros efforts pour rester calme. Le violoniste derrière moi, le frustré, se plaint de ce que « ce monsieur a des exigences », le flûtiste renchérit, le délégué syndical les fait taire, le chef arrive à calmer tout le monde et à faire jouer à peu près en mesure. Il y a une grosse erreur dans la partition, je m'en rends compte, j'attends la pause pour le dire au chef, qui me demande aussitôt de corriger sur les autres partitions. Et de nouveau on me regarde de travers. Est-ce que je vais tenir ?

Arrivent des musiciens en renfort, eux ne sont visiblement pas du coin, j'arrive à pouvoir discuter, en plus il y a deux violonistes, un peu plus âgés que moi, qui ont étudié également au Conservatoire de Paris, je les connais, nous avons joué dans les mêmes orchestres. On ressort les blagues classiques, les manies de tel ou tel professeur, de la secrétaire, du concierge, le marchand de musique qui sait tout, mais traite les clients comme des collégiens... J'apprends que mon professeur vient de prendre sa retraite, que sa répétitrice est devenue celle d'un autre enseignant, que tout le monde est catastrophé en apprenant la nomination du successeur, un grand virtuose, mais qui est toujours par monts et par vaux, les élèves ne le verront pas souvent, on attend de voir qui il va prendre comme répétiteur. La routine, quoi. Un jeune clarinettiste se fait chambrer, j'ai remarqué qu'il est un peu le souffre-douleur, de par sa timidité, en plus apparemment il n'aime pas le rugby ni le foot. J'ai eu droit à la photo porno dans ma partition, ma voisine a sursauté, choquée, je l'ai balancée — la photo, pas ma voisine — vers les instrumentistes à vent et ai continué à jouer sans réagir, j'ai l'habitude.

Après la générale, le pianiste se retrouve tout seul dehors. Sortant à ce moment, je lui demande ce qu'il veut faire, il me dit qu'il a envie de prendre un verre tranquille, de bavarder, sans être en représentation et sans se faire regarder de travers. Je comprends que, bien qu'il soit à l'aube d'une brillante carrière, il a le bourdon à force de traîner sa valise dans des chambres d'hôtel et de devoir être constamment en représentation. À la terrasse du café, il me demande si je suis de la région. Je lui explique rapidement ma situation, cela le fait rigoler. Apprenant que j'habite chez un couple de garçons, il me dit que lui aussi, il a un ami dans la région parisienne. Il a du mal à lui téléphoner, l'autre a des horaires de bureau. Eh oui, c'est ça la vie d'artiste, incompatibilité d'horaires… Nous passons un bon moment, mais deux musiciens passent à ce moment-là et se moquent de nous. Le lendemain, j'ai droit à des commentaires plus bas que la ceinture. Quels ploucs !

Le concert a lieu, tout se passe bien, comme d'habitude. Demain, nous allons prendre le train. Je m'endors dans ma loge, ayant fermé la porte avec soin, m'étant installée au mieux, mais je ne peux m'empêcher de rêver. Bibi, non, cela ne me fait plus rien. Nicole, un petit regret, où est-elle, d'ailleurs ? Hervé ? Non, ne pensons pas à lui, ne gambergeons pas, il est parti loin. C'est de bonne guerre, j'ai plaqué Bibi, je me suis fait plaquer par Hervé. Et ce n'est pas ici que je trouverai l'amour de ma vie, apparemment… Bon, je ne connais encore personne, que les musicos et le personnel du théâtre. Je revois en rêve le visage d'Hervé, je me réveille presque en pleurant. Zut, alors, qu'est-ce qui m'arrive ? Mais ça suffit, je dois surmonter cette crise, ce n'est pas possible ! Avec Bibi, je me suis réveillée un beau jour, plus rien. Le sentiment s'était éteint. Pourquoi ne m'arrive-t-il pas la même chose, là, maintenant que j'ai besoin de toute mon énergie ?

Le théâtre où nous arrivons est un vieux bâtiment croulant, l'extérieur ne paye pas de mine et l'intérieur ne vaut guère mieux. Les chaises sont bancales, nous font mal aux fesses, le local où nous posons nos affaires est plein de poussière. Dans la salle, les fauteuils grincent. Et il n'y a pas de responsable du matériel, des lumières, pas de Jojo pour s'occuper de la logistique. Le concert n'est pas une réussite.

Au retour, tout le monde est énervé. On nous donne nos chèques, on les empoche et on part. Le directeur, lui, est venu en voiture, amenant le pianiste, il le ramène à la gare, car le virtuose prend un autre train. Il ne salue personne. Le journal local lui consacrera-t-il un entrefilet ? Apparemment, il s'en moque, il prend la fuite. J'aimerais bien…

Je me retrouve dans un compartiment à côté du régisseur, Alain, qui depuis un moment se colle à moi. Bon, lui il est plutôt correct, il aime rigoler, mais est bien élevé. Enfin, c'est du moins l'impression qu'il donne. À peine sommes-nous assis qu'il m'empoigne. Eh, du calme, ne m'étrangle pas, tu aurais des ennuis, je ne suis pas du genre sado-maso ! Il adoucit ses efforts, je me demande pendant une seconde si je me laisse faire ou si je le repousse l'air offensé. Et puis zut, je m'embête, et en plus j'ai le bourdon. Je me suis juré que « plus jamais dans le travail »… mais je n'ai pas fait vœu de chasteté. Un flirt poussé, cela ne compte pas. J'ai assez de difficultés pour trouver du travail, pour me loger, pour vivre, je ne vais pas en plus avoir du vague à l'âme en pensant à Un Tel, et Truc et Machine ! Bref, on se paye un peu de bon temps dans le compartiment, la vieille violoniste qui roupille dans son coin ne nous gêne pas, le petit clarinettiste, tant pis, il faut bien qu'il apprenne comment se font les choses. Il dort, de toute façon, ou il fait semblant.

Bon, ça calme. Je dormirai mieux cette nuit.

Et le lendemain, on repart pour… ailleurs. Nouveau train. Tiens, les mecs ont l'air de s'être calmés, on me dit bonjour, on me parle. Le concert a lieu, dans des conditions correctes cette fois, je joue assez bien mon solo, une dame me félicite, le flûtiste grognon me fait un geste d'encouragement. Bon, apparemment, flirter avec le délégué syndical ne m'avait pas dérangé le coup d'archet. Souplesse du poignet bien entraînée mène à tout. C'est ça, un parcours initiatique ? À moins qu'ils ne m'aient classée dans la catégorie « marie-couche-toi-là » disponible en cas d'urgence, donc pratique. Jean-Marc a l'air content, il m'avait décrite comme une rapide, sans doute, et là, je viens de lui donner raison. Bof, je m'en fous, ils ne m'intéressent pas plus que ça. Faisons attention, tout de même, un mec de temps en temps, je ne suis pas contre, si je peux les choisir et que cela ne tourne pas au viol collectif. Heureusement, au théâtre, je suis en sécurité, Jojo m'a dit qu'il ne laissait entrer personne le soir et ne donnait pas la clé. Oui, bon, mais si c'est Alain, ou le chef, ou un autre habitué… Je me barricade comme d'habitude, mais rien ne se passe. Demain, nous allons répéter en petit groupe, pour un concert à l'église. J'espère que je vais me réveiller à l'heure…

Pour être réveillée, je suis réveillée. Et beaucoup trop tôt pour mes habitudes. À côté, il y a un de ces ramdams… ça se bagarre, ou ça copule ? Ah, non, ça baise. Un mec, à la voix… oui, deux mecs. Pas grave, mais je ne peux pas me permettre de me rendormir, c'est pour le coup que j'arriverai en retard. J'aimerais bien savoir qui c'est, quand même. Tiens, je connais cette voix… oui, c'est Enrico. Avec qui ?

Mince, avec Jojo. Je n'y aurais jamais pensé. Le gros Jojo, avec le petit éphèbe andalou, quel spectacle ! Et dire que c'est moi qui ai fait le ménage dans ces loges, ils vont bientôt m'appeler Marie-bonniche, enfin bref. Bon, je me lève ou pas ?

Je choisis de me lever, je sors dans le couloir et je gagne les douches. Je prends soin de m'enfermer, j'ai pu constater qu'Anna avait raison, il y a toujours un ou deux mecs qui louchent du côté du foyer des danseuses. En revenant, je tombe sur Enrico, à poil dans le couloir, qui sort des toilettes.

— Tiens, salut ! Tu vas où comme ça ?

— Ben, je loge ici, tu sais bien. Je m'habille et je vais à ma répétition.

— Tu bosses le matin ? Mais c'est de l'esclavage ! Un musico, c'est un nocturne ! Salut ! »

Et il retourne dans la loge. Je n'entends plus rien, sans doute Jojo est-il rentré chez lui faire un énième gamin à sa femme. À moins qu'elle ne l'ait décidé à acheter des capotes… Ben oui, mais dans ce cas, si elle en pond un autre, il saura que… Oh, et puis, qu'ils se débrouillent, je lui ai expliqué, à elle, je lui ai même donné l'adresse du Planning familial dans le coin, elle peut y aller pour trouver un toubib. Tiens, au fait, je n'ai qu'à y aller moi aussi pour renouveler mes pilules. Pas envie de dépenser mon fric chez plusieurs toubibs bien pensants qui me parleront comme à une première communiante ! Pff, quand donc les mentalités vont-elles évoluer ?

VII.

Il y a eu deux journées de calme, de paix. J'en avais besoin. Une répétition ordinaire, nous avons travaillé correctement, le directeur du conservatoire connaît son métier. Nous avons eu le temps de nous installer comme il faut dans l'église, les œuvres sont belles, le curé est aux petits soins, tout se passe bien. Évidemment, ce n'est pas payé comme d'habitude, mais c'est correct, et c'est de la belle musique. Ma voisine de pupitre m'a invitée pour un pique-nique avec les gens de la chorale le lendemain, nous sommes allés dans un joli coin. À part le monsieur qui conduisait la voiture où je suis montée, qui demandait à tous de secouer ses chaussures pour « ne pas salir mes tapis de sol neufs ». J'ai regretté de ne pas avoir d'appareil photo, mais quelqu'un en a pris, m'a promis de m'en donner une, nous étions près des ruines d'un château moyenâgeux, les couleurs étaient magnifiques.

Tout le monde avait l'air de très bien se connaître, mais à part la chef de chœur et la violoniste, personne ne se souvenait du prénom de son voisin. Nous avons un peu discuté de la situation en Espagne, du devenir du pays, car le Generalissime Franco était gravement malade, et son chef de gouvernement Carrero Blanco avait été assassiné. Plusieurs disaient que Juan Carlos allait devenir roi. Pour une fois, j'avais pu suivre la conversation, à Barcelone nous savions ce qui se passait, tout de même. On me demanda si j'aimais la tauromachie, le football, si je savais que les bourgeois de là-bas se déplaçaient en bandes pour aller voir des films pornos en

France… On m'adjura de rester dans la région, de trouver un petit copain « pour ne pas m'ennuyer », j'ai tâché d'éluder les questions indiscrètes pour parler de musique, et je suis parvenue à me faire raconter l'histoire de l'endroit où nous étions, il y avait eu un alchimiste, des sorcières… On marcha un moment entre les vieilles pierres, attention, il y a peut-être des oubliettes, tiens, là, il y a eu un bûcher, certainement l'Inquisition était passée par là… « Idiot, ne raconte pas des horreurs pareilles devant les enfants, tu ne vois pas qu'il y a eu un feu de camp, ils ont dû faire un barbecue ! »

On me raccompagna près du théâtre. Au coin de la rue, il y avait Alain qui me prit le bras. « On peut entrer ? » J'hésitai une demi-seconde, me souvins que je n'avais pas oublié ma pilule ces derniers jours, et le laissai entrer dans ma loge. Zut, il n'y a pas qu'Enrico qui a le droit de s'ébattre ! La nuit fut gentillette, sans passion, mais sans incompatibilité. Une étreinte normale, quoi. Je sus qu'Alain souhaitait rester discret… après les galipettes dans le train, je me demandais ce qu'il appelait discrétion ! Mais bon, avec les machinos, les danseuses, Enrico et Jojo, les nouvelles risquaient de se répandre plus loin que prévu, évidemment.

Le lendemain, je rentrai à Barcelone chargée des revues et des programmes de cinéma demandés. Apparemment, la chose était courante, les employés de la boutique m'avaient seulement demandé « En français ou en espagnol ? Les deux ? » et m'avaient remis les programmes des cinémas. Juan et Élie furent très contents, mais ils étaient inquiets, il y avait eu des attentats de l'E.T.A., et la garde civile était sur les dents, on se méfiait des spectacles de rue et des rassemblements. Ah, s'ils pouvaient annuler la prochaine rencontre de football, souhaitai-je. Mes deux compères poussèrent des hurlements

« Tu n'y penses pas ! C'est pour le coup que ce serait la *revolución* ».

Leurs amis arrivèrent, une dame très BCBG, qui ressemblait à une duègne de l'ancienne Espagne, son mari, un homme d'affaires sérieux, leur fille, très jolie, très élégante, qui était mariée à un jeune ingénieur, et ils nous remercièrent beaucoup pour les horaires, ils prendraient le train à telle date, iraient à tel hôtel, il fallait juste savoir si leurs amis X… voudraient venir. Comme s'ils préparaient une excursion vers des monuments historiques ou une soirée à l'Opéra. Après leur départ, Élie m'expliqua "Mais enfin, ici c'est interdit, ailleurs non, alors ils veulent avoir les mêmes droits que les autres citoyens de pays évolués, sortir de cette ambiance étouffante ! Felipe — c'était le prénom du mari — est membre du parti communiste espagnol. Oui, c'est le directeur d'une grosse société, il en est le principal actionnaire, mais il est pour le progrès, pour l'évolution des mœurs, et pour le droit à la démocratie, il milite pour que le Parti soit reconnu. Actuellement, on attend. Que va-t-il se passer après la mort du vieux ?"

Ce fut l'une des rares fois où nous discutâmes politique, sur un ton sérieux. Mes amis me conseillèrent de me trouver un logement, au moins une chambre, en France, pour avoir une adresse légale. Car on ne savait jamais, s'il y avait une menace d'attentat et que l'on ferme la frontière… Et puis, dis donc, tu as toujours un compte en banque, il te faut une adresse. Là ou ailleurs… Évidemment, on ne te chasse pas, tu viens quand tu veux, mais puisque tu bosses là, légalise ta situation. Et si tu trouves un autre boulot, il faut bien que l'on puisse t'écrire ! Et puis, tu ne vas pas constamment te taper des mecs dans les trains ou les vestiaires de théâtre, non ?

Des mecs, ils en avaient de bonnes… j'en avais trouvé un, une fois, c'est tout.

54

— Bof, me dit Juan, tu t'en fous de ta réputation, tu le dis toi-même. Alors, vas-y, s'ils sont affamés ! N'oublie pas ta pilule, c'est tout ! »

Ils avaient raison. Mais brusquement, je pensai à Paris. Ma ville, mon Paris qui m'avait chassée... À cause de l'autre abruti. Il fallait que je laisse passer du temps. Mais combien de temps ? Pouvais-je changer de lieu, me fixer là ? Je n'étais pas vraiment tentée. À part le jour du pique-nique, où j'avais pu respirer, entendre quelques propos intelligents et admirer la beauté de la nature, j'avais surtout subi des imbécillités, des propos graveleux, ou au contraire coincés. Bosser mon violon, ça, je pouvais toujours. Écouter de la musique, on pouvait toujours trouver un poste de radio. Et la région était très belle. Mais pourquoi faut-il qu'un aussi beau paysage renferme des gens aussi stupides ? Des mecs aussi obsédés ? À cause du climat, ou étaient-ils tous consanguins ? Peut-être était-ce moi qui me bloquais, à Paris aussi j'avais rencontré des cons, entendu des idioties, la preuve, je m'en étais coltiné un... Il me fallait faire un effort. Ne soyons pas racistes !

VIII.

Et nous étions repartis pour un opéra, avec paraît-il de bons chanteurs. Le problème était que, de la fosse d'orchestre, on n'entend pas vraiment le plateau. À part ceux du premier rang, comme moi, au premier violon. Mais les altos et les contrebasses, eux, n'entendent rien. Heureusement, le chef connaissait son affaire. J'ai été prévenue qu'avec lui, les musiciens se tenaient tranquilles : il était compétent, et natif du coin. En plus, il était rigolo. Bon, il a quelquefois des réflexions un peu déplacées, comme tout à l'heure, à l'adresse du timbalier qui s'escrimait à cogner *fortissimo* : « Eh, dis, mon vieux, on n'est pas à la corrida ! » Ma voisine m'a appris que ce musicien a pendant des années joué parmi les musiciens des arènes de Nîmes. Et aussi dans un cirque. Il est âgé, il fait ce qu'il peut, mais surtout il est bien engagé en politique, et même Alain, pourtant délégué syndical, est prudent avec lui. En plus, il a une tête de rastaquouère, on l'imagine dans le maquis armé d'un tromblon. Présentement, le chef, qui aujourd'hui a décidé d'être de mauvaise humeur, se défoule sur le pupitre des altos, le nommé Yves proteste, le chef rétorque que « ce n'est pas à lui qu'il s'adresse, mais à sa voisine, la grande girafe ». La personne en question, une grande maigre à l'air pincé, marmonne dans sa barbe qu'« elle se plaindra au chef du personnel à la mairie ». Les mecs à côté rigolent, elle les traite de « petits cons », un trompettiste fait hennir son instrument, le chef pique une colère, le timbalier qui somnolait croit que c'est à lui d'attaquer et cogne sur sa grosse caisse, tout le monde braille, bref c'est une répétition normale. La preuve, au fond il y a un bassoniste qui quand il ne joue pas fait des mots croisés, et une harpiste, qui ne joue qu'au deuxième acte, mais qui doit être là, « c'est le règlement », alors pour s'occuper elle tricote, ce qui lui vaut quelques quolibets des jeunes violonistes du fond. On reprend « à la reprise ! » Laquelle ? On finit par deviner, tiens, pendant deux minutes et quinze secondes cela ressemble à du Verdi.

À la pause, le chef et le timbalier continuent leur querelle, se traitant de tous les noms d'oiseaux imaginables, et voilà qu'ils s'empoignent, on les retient. Un violoniste m'adresse un compliment un peu lourdingue, j'évite sa main baladeuse, et je fonce à la machine à café devant laquelle se tient Jean-Marc, visiblement émerveillé « Miracle, elle marche ! ». Nous nous servons, et je vois dans le couloir Jojo qui me fait signe.

— C'est Enrico qui m'a dit de te demander : si tu es libre ce soir, ils font une soirée jazz à la petite salle près de la Mairie, il y aura quelques bons musiciens. Tiens, t'as qu'à venir aussi, dit-il à Jean-Marc, j'ai appris pour ta copine, désolé, sors, change-toi les idées. »

C'est vrai que l'ami Jean-Marc tire une tronche de déterré. Ce qui lui arrive ? Sa copine a rompu. À cause… de plein de choses. Oh, sans doute que musicien, même prof, cela n'offrait pas beaucoup de perspectives d'avancement dans l'échelle sociale. Et puis aussi, m'explique-t-il, son père voulait que je prenne la carte de son parti politique, et moi, bon, je vote comme tout le monde, du même côté que lui, mais je ne suis pas accro au point de militer dans un parti.

Ça, je le comprends. Nous, les artistes, on est toujours à part, ou à côté de nos pompes, avec nos bons sentiments. Tu sais, il vaut mieux rompre assez tôt, ne pas laisser les choses traîner, plus ça va plus ça fait mal, tu peux me croire. Mais comment Jojo est-il au courant ? Eh bien voilà, tu commences à comprendre qu'ici, tout se sait ? Par hasard, j'en ai parlé à Madame Renée, du coup...

Renée, ma voisine de pupitre, celle qui connaît tout le monde, elle bavarde, alors. Eh bien, évidemment, quand on veut savoir quelque chose sur quelqu'un, il faut s'adresser à elle. Oh, elle est bien gentille, mais elle ne résiste pas à l'envie de montrer qu'elle sait tout. En plus, elle doit s'ennuyer. Ah bon. À part ça, tu viens ce soir ? Oui, on ira ensembles, je les connais un peu, ils sont plutôt bons, au moins le pianiste et le saxo, deux pros solides. Quant à moi, je suis d'accord, cela me changera, je verrai de nouvelles têtes, au moins.

À la sortie, je range mon violon dans le casier que l'on m'a attribué, je ferme soigneusement, et mon collègue et moi sortons pour aller manger un morceau dans un petit bistrot pas cher dans le coin. Hep ! dis-je en retenant Jean-Marc, ils sont là, pas la peine de les exciter, faisons un détour. Il est de mon avis, au bout de la rue il y a le timbalier qui discute ferme avec le flûtiste, le violoniste, et Alain, et nous avons envie de dîner tranquilles, tournons à droite, passons par la ruelle derrière.

La soirée commence bien, c'est du bon vieux jazz pas trop hot, les musiciens jouent bien, à part un grand benêt qui tient une contrebasse électrique sur laquelle il a l'air de faire n'importe quoi. Je remarque… mais oui, il s'est mis des boules Quiès dans les oreilles ! M'enfin, que… Je demande à Jean-Marc qui est cet olibrius, il me répond que le gars est nul, il joue du clairon dans la fanfare, enfin, il souffle dans un clairon, et il s'est mis en tête de faire du jazz, alors il a suivi quelques cours de contrebasse. Ayant entendu qu'on pouvait improviser, il a dit « alors, c'est facile, on fait n'importe quoi ! », et il fait vraiment n'importe quoi. En plus, il trouvait que les autres instruments jouaient trop fort, alors il a pris l'habitude de mettre des bouchons dans ses oreilles, en disant : « Ne vous inquiétez pas, je vous suis ! ». Du coup, subrepticement, on a débranché sa basse et on n'entend rien, heureusement. On le voit s'agiter, mais il faut être très près de lui pour entendre quelques grattements.

Enrico arrive, nous salue, puis va se mettre en place, on joue du Sidney Béchet, on se fait servir des bières. Dans la salle, il y a Anna, son mec et sa copine, nous ne nous sommes pas assis trop près d'eux, vu leurs penchants pour le haschich et les morpions, ça sent l'herbe folle, le mec roule des pétards et un des jazzmen lui a fait signe d'être un peu discret. Un peu plus loin, je reconnais quelques musiciens de l'orchestre.

Ma douce quiétude new-orléanesque est brusquement interrompue. Deux gars se dressent devant moi :

— Toi, on ne sait pas d'où tu sors, mais tu ferais mieux de te tenir tranquille, au lieu de vouloir te prendre pour la reine. Et tâche de servir à quelque chose de mieux, vu ? Fais voir comment... »

Je suis réveillée, mon cerveau carbure à toute allure. Je reconnais les collègues hostiles, le violoniste qui a essayé de me peloter tout à l'heure, et l'autre, le grand con dont j'ai pris la place, et aussi le flûtiste, bref ceux qui n'ont pas digéré de me voir promue premier violon par le chef. C'est vrai qu'ici tout le monde se connaît, ça se fréquente, ça prend le thé ou ça va au bordel ensemble, et on n'aime pas les gens « d'ailleurs », on tient à ses prérogatives.

On ne voit pas, mais on entend. J'ai renversé la table — je précise, les bouteilles et les verres étaient vides — et balancé un coup de genou dans les fragilités de l'abruti qui ouvrait sa braguette.

Le pianiste, un grand mec costaud, se lève, s'approche des trois agresseurs, leur dit : « Ce n'est pas des manières » et leur fait signe de se tirer. Jean-Marc s'est levé aussi et leur dit quelques mots, ils se calment et vont s'asseoir plus loin. Et la musique reprend.

Je demande à Jean-Marc ce qu'il leur a dit.

— Oh, c'est simple, s'ils ont quelque chose contre toi, ils n'ont qu'à se plaindre au chef, ou au délégué syndical. Au fait, tu as ta carte ?

— Du syndicat des musiciens ? Oui, mais elle ne m'a jamais servi à rien. Je ne dois d'ailleurs pas être à jour de mes cotisations.

— Peu importe. Ils n'ont qu'à s'adresser à Alain, qui apparemment n'a pas l'air d'être trop contre toi. C'est vrai qu'il aime bien le chef et Madame Renée, et qu'il n'est pas nul musicalement, il s'est rendu compte que tu jouais mieux que certains qui se croient des caïds.

Aux propos de mon collègue, je me rends compte qu'il n'est pas au courant de ce qu'il y a eu entre Alain et moi. Il doit être le seul… Bon, il vient de subir une rupture désagréable, et en plus il n'est pas du genre indiscret, laissons-le.

Après le dernier accord, Enrico saute de son tabouret et s'approche de moi, en s'adressant au pianiste :

— Souricette ! T'as une compatriote ! »

Il me présente au nommé — ce n'est pas une blague — Souris, « parisien pur porc, Porte de la Villette ». « Moi, Boulogne-Billancourt ». « Débuté en 52 au Trou-qui-pète ». « Débuté en mai 68, au Châtelet ».

— Faites l'amour, pas la révolution ! Crie Enrico, qui s'accroche au cou du type, en pleurnichant « Papa... j'ai le complexe d'Œdipe ».

Le père adoptif finit par se débarrasser du moucheron, l'adjure de se calmer en prenant une bière sur son compte, et s'assied à côté de moi. On discute métier.

Intelligent, le bonhomme, il comprend que tout ce que je cherche c'est à gagner ma vie, et il me passe deux adresses pour des piaules, me recommande un luthier compétent, et me donne quelques conseils :

— Vous n'êtes pas d'ici, alors tâchez de vous faire reconnaître, ou tirez-vous. Vous avez le choix entre plan A : apprendre le karaté, plan B : vous servir de vos fesses, je vous conseillerais plutôt un plan C, la technique instrumentale, solution plus longue et fatigante, mais au moins c'est sûr. Pas vrai, Louis ?

Un nouveau venu, celui-là je le connais, il est trompettiste dans l'orchestre. Il a l'air de traîner sa misère comme un jour d'hiver et parle peu. Il s'assied près de nous, échange deux mots avec Jean-Marc au sujet du cadenas de son placard, sujet qui a l'air de beaucoup le préoccuper, puis il me glisse qu'il trouve que je joue très bien, qu'il ne faut pas les écouter, les autres, ils sont jaloux. Ensuite, il se lève. Le grand Souris l'adjure de rester, le patron de la salle lui doit une tournée vu qu'il a joué son morceau préféré, « *Wolverine Blues »,* aussi bien que Jelly Roll Morton. Mais Louis secoue la tête, sa femme lui a dit de rentrer avant onze heures. Alors il obtempère. Jean-Marc le suit des yeux, en secouant la tête.

— Le pauvre gars, il est marié avec un dragon.

— Y'a pas qu'elle, intervient Souris. Il a aussi une belle-mère, deux gosses insupportables, un banquier féroce, plus un foie fragile. C'est beaucoup pour un seul homme…

Je me mords les lèvres pour ne pas rire, ce ne serait pas gentil pour le pauvre Louis. Je ne peux m'empêcher de regarder du côté de Jean-Marc, qui semblerait-il a échappé à une future mégère et à une belle-mère dans la meilleure des traditions. Le copain me regarde, soupire.

— Te moque pas de moi, je sais à quoi tu penses, et j'ai l'air con…

— Excuse-moi, je n'ai fait que penser, je sais ce que c'est, je l'ai vécu. Et puis, avec ces deux abrutis, j'ai un peu mes nerfs…

Et je me mets à rire, sans pouvoir me retenir, c'est ça, c'est nerveux. Le contrecoup, sans doute. Marrant, quand j'ai balancé la table et cogné le mec, j'ai réagi de suite, sans hésitation, et maintenant je craque. Bon, il vaut mieux rire que pleurer. Je reprends petit à petit le contrôle de mes réactions, tout en gardant un fond d'appréhension.

— Jean-Marc, tu me raccompagnes ?

— Déjà ? Oui, remarque, il est onze heures et demie. Mais on n'a pas de répétition demain, rien ne presse.

— Tu vas trouver ça idiot, mais j'ai peur pour mon violon.

— T'es con ou quoi ? Franchement ! Il est au théâtre, dans un vestiaire fermé, tu as la clé. S'il arrive quoi que ce soit, c'est le théâtre qui est responsable. En plus, le foyer est fermé, tu ne veux pas obliger Jojo à y aller pour t'ouvrir, non ? Mais au fait, comment rentres-tu le soir ? Tu as une clé ?

— Non, Jojo m'ouvre. Justement, comme ce soir il n'y a rien au théâtre, il me demande toujours de rentrer à minuit, dernière limite. Sinon, je dois le réveiller, et ses enfants avec, tu imagines…

— Oui, il faut que tu te trouves une piaule. Souris t'a donné une adresse ?

— Deux. Un meublé, et une commerçante. Regarde, tu connais ?

— Hum… non, ça ne me dit rien. Va voir. Mais tu n'étais pas chez Anna, au début ?

— Tu as vu ? Elle, elle est gentille. Mais son mec et sa copine… Ils se lavent quand il pleut !

— Ouais, je vois. Et le mec qui fume des joints en public, pour peu que leur probloque les vire en menaçant d'appeler les flics…

— Tu ne crois pas si bien dire. Lui vend des fromages et des poteries au marché, mais sous la table il y a des petits paquets de shit. Je n'ai pas envie de faire partie de la rafle, tu vois ?

Mon collègue comprend tout à fait. Et il est désolé pour Anna, qu'il aime bien, pourquoi faut-il que des filles sympas se collent avec des imbéciles pareils ? Il sursaute en me regardant :

— Oh, pardon, je ne disais pas ça pour toi….

— Bof ! Tu peux ! Le parasite avec qui je vivais m'a fait perdre du boulot, du coup j'ai dû aller tenter ma chance un peu plus loin. Heureusement que j'ai trouvé Juan. Mais il faut passer la frontière, et avec ce qui se passe…

— L'attentat de l'autre jour ? Oui, c'est vrai, mais ils ne peuvent pas fermer les frontières, juste augmenter les contrôles. Cela suffit pour te faire perdre du temps, et pour peu que tu tombes sur un douanier un peu casse-pieds... il te faut une adresse ici, sur ta carte d'identité elle est à Paris, non ?

— C'est celle de mes parents, en plus. Mais l'adresse n'est pas obligatoire. Et je peux dire que je suis ici pour des concerts, non ?

— Il vaudrait mieux que tu la fasses changer, quand même. Tu vas rester ici quelque temps, je pense... »

Je sais qu'il a raison, mais de nouveau le vague à l'âme me prend. Oui, il faut que je reste ici quelque temps. Le temps de me faire oublier. Et quand on m'aura oubliée, si je retourne à Paris, plus de boulot ! Cercle vicieux... Et tout ça pour... Bon, ça suffit, les regrets, je dois m'occuper de mes affaires, penser à demain. Ce qui est fait est fait, point.

Heureusement, Enrico arrive, étant parvenu à se débarrasser de ses minettes. Il propose de me raccompagner, j'accepte pour décharger Jean-Marc qui habite dans la direction opposée, mais Anna se lève en même temps et nous sortons avec son baba cool de mari et sa souillon de copine. Je me dis qu'ainsi, étant avec un groupe, je risque moins de me faire importuner. En plus, les musiciens sortent juste après nous, Souris me fait signe et me glisse « essaie d'abord de voir Madame Vidal, de ma part ». Je me calme petit à petit, Jean-Marc s'éloigne. Oh, et puis je me fais des idées, ils ont sans doute voulu me faire peur. C'est gagné, mais pas au point de me faire quitter le pays, je n'en ai pas les moyens. Et zut !

Et voilà, nous n'avons qu'une centaine de mètres à parcourir, et en traversant la place, contrôle de police. Je sors mes papiers comme tout le monde, on s'en prend au mari d'Anna qui a oublié les siens. Un flic un peu zélé me dit « Vous avez une adresse, ici ? » Avant que j'aie pu répondre, Souris s'interpose : « Ça va, Baillet, laisse la demoiselle, c'est une musicienne virtuose qui vient donner un concert ». Avant que je puisse dire quoi que ce soit, il s'éloigne avec le policier qu'il a l'air de bien connaître. En laissant le mari d'Anna se faire embarquer, apparemment il est connu des autorités. Ce n'est pas un délit de sale gueule, c'est un délit de mauvaise odeur. Je me fais rire toute seule, Enrico me demande si ça va, il n'a pas l'air de se soucier du sort de sa sœur. On se retrouve tous les deux, il m'accompagne à la porte du théâtre, me fait la bise et s'éloigne en chantonnant un air de flamenco.

IX.

Un concert dans un château, avec la chorale du Conservatoire, m'a regonflé le moral. Apparemment, elle travaille mieux que l'orchestre, il y a d'assez jolies voix parmi les choristes, et les solistes ont du coffre. Un peu trop de lyrisme pour du Haendel, pas tout à fait assez pour du Verdi, mais tout a tourné rond, en mesure, l'acoustique était excellente, et le directeur du Conservatoire dirigeait de façon précise, sans génie, mais comme un bon élève, ç'a été une soirée agréable pour tout le monde, exécutants comme spectateurs.

Après le concert, nous nous sommes retrouvés à la terrasse d'un café, avec Jean-Marc, un autre musicien, Madame Renée et son mari, le directeur et son épouse, et de jeunes choristes sympathiques. Mon collègue commençait à sortir de sa tristesse, content qu'il était du concert. La bonne musique, cela peut chasser les idées noires. Il semblait très intéressé par une petite chanteuse prénommée Caroline, une jolie brunette au grand sourire, qui était une amie de la famille de Madame Renée, et qui parlait beaucoup, s'agitait, riait à tout propos. Apparemment, elle semblait émoustillée par quelque chose ou quelqu'un, la venue de l'été y était peut-être pour quelque chose, le soleil, ça vous met de bonne humeur. Je bavardais avec l'un des chanteurs, un élève du Conservatoire qui pataugeait dans ses études de droit et songeait sérieusement à se consacrer à l'art lyrique. De temps en temps, Jean-Marc se tournait vers nous pour parler musique, et la petite chanteuse semblait écouter avec beaucoup d'attention les propos de mon collègue qui l'appelait « ma caille » en l'embrassant dans le cou.

Au bout d'un moment, le directeur se leva, il raccompagnait plusieurs personnes, le mari de Madame Renée également. Gérard, le chanteur, qui avait une voiture, s'offrit à nous raccompagner, je demandai à la jeune fille si elle voulait venir, elle accepta avec un grand sourire. Nous n'avions pas vraiment envie de rentrer nous coucher, à nos âges ! Bref, notre chauffeur se dirigea vers la plage, garant sa voiture sur le front de mer, il n'y avait pas encore grand-monde. Nous commençâmes à marcher tous les quatre, et je sentis qu'il y avait une sorte de gêne. Jean-Marc semblait se demander ce qu'il devait faire, la petite se trémoussait toujours, le chanteur me regarda, je battis des paupières en signe d'assentiment, et nous nous séparâmes, laissant les deux benêts se débrouiller ensemble.

Gérard et moi, nous flirtions gentiment sur un banc devant la plage, il ne faisait pas encore assez chaud pour prendre un bain de minuit. De temps en temps, j'entendais des rires dans le square à côté, apparemment Jean-Marc n'arrivait pas à ses fins. Et puis, il y avait du monde qui passait. On remonte en voiture ? Tu connais un coin discret ? Évidemment...

Ce fut le coup du « raccourci qui rallonge », Gérard et moi nous éloignâmes dans les bosquets, tout se fit comme il faut, histoire de se calmer les nerfs durant une soirée de juin. Nous prîmes notre temps, mais, quand nous revînmes à la voiture, apparemment, rien ne s'était passé. La chanteuse sortit « attendez, j'ai envie de faire pipi, j'osais pas y aller, il fait noir et c'est désert ! » Elle revint, nous repartîmes, Gérard la raccompagna en premier, puis nous déposa Jean-Marc et moi près du centre-ville.

Mon collègue me demanda :

— Alors ? Ça a été ?

— Bof, un petit moment d'amusement, il faut bien se détendre… Et toi ?

— Ben… j'ai pas osé.

— Tu es bête ou quoi ? Elle te draguait depuis le début de l'après-midi, Gérard s'en était rendu compte, on t'amène une caille sur canapé, et alors ?

— Tu crois qu'elle est vexée ?

— Je n'en sais rien, c'était à toi de te débrouiller, non ? Gérard et moi, on a tout fait pour…

— Vous êtes rapides, c'est presque indécent… Ta réputation…

— Tu veux me faire la leçon ? Je n'ai pas de boulot, pas de logement, je ne vais pas en plus avoir du vague à l'âme ! Un mec a envie de moi, il me plaît aussi, où est le problème ? La morale, on en reparlera quand la situation sera meilleure, en attendant, c'est au jour le jour ! Ma réputation ? Et celle du gars, alors ? C'est du sexisme ! Et puis, dis donc, qui a raconté ma vie publique et soi-disant privée à tous les mecs de l'orchestre, histoire de se faire mousser ? Ma réputation, c'est toi qui as commencé ! »

Jean-Marc secoue la tête, il a l'air fâché. Et puis, débrouille-toi tout seul, et ne viens pas raconter des histoires sur moi ! Maintenant, tout le monde a entendu parler de Bibi, pardon « Roberto de Marchi », c'est vrai qu'un jour où Jean-Marc et moi jouions dans le même orchestre, il était venu écouter et n'avait rien trouvé de mieux que de draguer mon collègue, qui, n'étant pas au courant, s'était demandé ce qu'on lui voulait. Plus tard, les copains s'étaient moqués de lui, et, comprenant brusquement, il m'en avait voulu. Il y en a qui ont besoin d'évoluer !

Deux jours plus tard, j'ai rencontré la petite Caroline, nous avons discuté. Apprenant que Jean-Marc n'était pour moi qu'un bon camarade, elle s'était dite soulagée, craignant que l'hésitation de son soupirant ne soit venue de ma présence. Bien sûr, j'étais partie avec Gérard, mais je pouvais être son ex… Ouille, les enfants, comme vous vous compliquez la vie ! Non, lui avais-je martelé, Jean-Marc est seulement un collègue, il vient de subir une rupture assez désagréable, d'où ses inhibitions… Mais qu'est-ce que je raconte, je suis encore en train d'aider les autres ! Enfin, ma chère, si ce gars te plaît, saute-lui dessus, il n'y a pas moyen autrement. Elle a rigolé. Et la conclusion fut « Et *ils* disent que ce sont les femmes qui sont compliquées ! »

X.

Il y a eu un dernier opéra, j'ai joué avec Madame Renée pour l'anniversaire de son mari, j'ai remplacé un professeur de solfège malade pendant deux semaines, je serai payée à la fin du trimestre. Mais maintenant, nous sommes à la fin de juin, la saison est finie, tout le monde part en vacances. Cela fait drôle de voir des gens partir en vacances quand ils habitent dans une ville non loin de la mer. Pour aller à la plage, il suffit de prendre un autobus, on y est en une demi-heure. Mais les gens ne veulent pas avoir d'efforts à faire : deux des musiciens de l'orchestre — dont Madame Renée — ont des appartements au bord de la mer, d'autres vont à la montagne, d'autres encore en Espagne, et certains prennent l'avion pour une destination plus lointaine. Ma foi, je les comprends un peu, ils peuvent aller à la plage dès qu'il fait beau, quand il n'y a pas beaucoup de monde. À présent, les estivants vont débarquer, on aura du mal à trouver un ou deux petits mètres carrés pour étaler sa serviette sur le sable, et on risquera à tout moment de recevoir un ballon ou une boule de pétanque sur le coin de la figure. Jean-Marc est chez ses parents, près d'ici, mais il les a emmenés voir les cousins à Toulouse. Bref, je ne vois plus personne, même Anna s'est évaporée. Sans doute dans une autre communauté, depuis l'arrestation du copain de son mari à cause de ses plantations de cannabis. Le mari, lui, on lui a remonté les bretelles et on l'a renvoyé à ses moutons.

J'ai enfin trouvé une chambre, grâce à la recommandation de Souris. Madame Vidal est commerçante, elle vend des fruits et des légumes au marché. Elle a en commun avec le musicien et moi de « ne pas être d'ici » : en effet, elle est rapatriée d'Algérie, veuve de militaire, héberge une famille de harkis dans la cabane de son jardin potager aux alentours, milite dans une association d'extrême-droite, mais n'étale ni sa vie privée ni ses opinions politiques sur la place publique. Cela agace les gens, qui « aimeraient bien savoir » comment vit cette dame seule. Quand je me suis présentée, venant de la part de Souris, elle m'a seulement demandé : « Ils ne vous ont pas trop embêtée ? », m'a indiqué le prix de la location, qui était dans mes moyens, m'a conduite à la chambre, au quatrième étage d'une maison biscornue, nous avons traversé un vestibule étroit, monté un étage, enfilé un long couloir, monté un autre étage, tourné dans un autre couloir, passé une porte donnant sur un troisième escalier pour arriver enfin au couloir sur lequel donne la chambre, dont la fenêtre ouvre sur un mur, mais en se penchant on voit un petit jardin public. Bon, il y a deux clés, on me recommande de fermer la porte entre les deux escaliers, donné l'adresse du plombier qui est aussi serrurier, en cas de problème, et la dame m'a laissée m'installer. Un lit, une table, deux chaises, un lavabo et des w.c., des patères au mur, un tableau religieux particulièrement cucul et une table de nuit bancale, tel est le mobilier, avec des ampoules de rechange, un réchaud, de quoi balayer et quelques assiettes et verres ébréchés. Mais, après le nid à morpions d'Anna et la loge du théâtre, je me sens bien mieux, en sécurité, personne ne peut arriver à l'improviste. Il y a d'autres locataires, mais je ne les entends pas, les murs sont épais, il y a des bruits de pas dans l'escalier le matin et le soir, c'est tout. Du coup, ayant en plus grâce à Jojo récupéré un vieux pupitre à partitions au théâtre, je travaille mon violon toute la journée, personne ne me dit rien. Je ne m'ennuie pas,

Jean-Marc m'a prêté des livres, j'ai toute une collection de romans policiers pour occuper mes moments libres. Et, au Conservatoire, le directeur m'a donné quelques cahiers de musique datant d'avant-guerre qui traînaient dans un coin. Du coup, je m'essaie à la composition.

Mais bon, j'ai beau restreindre mes dépenses au strict nécessaire, nourriture et hygiène, il arrive un moment où les fonds sont très bas. Je garde sur le compte en banque de quoi payer le loyer pendant deux mois, par précaution. Mais je ne vois pas trop comment... Bon, j'ai cherché dans les petites annonces du journal local, et la seule opportunité que j'ai pu trouver était un bar qui cherchait des « hôtesses ». Dans mon ignorance de ce monde, je ne me suis pas doutée de ce que l'on me demanderait. Je suis allée à l'adresse indiquée, ce n'était pas loin, j'ai demandé le patron qui m'a toisée avec un air soupçonneux, je n'avais pas la tête de l'emploi. Sans doute ne trouvait-il personne, car il m'a gardée pour la journée, j'ai appris à servir un café et un demi de bière, et il m'a signalé qu'à chaque consommation que je me faisais payer, j'avais droit à... Je ne comprenais pas, je me suis contentée de dire « oui, oui », et il m'a laissée. Deux autres filles sont arrivées, pomponnées, bien coiffées, habillées bien court et sexy, se sont installées et ont commencé à faire la conversation aux clients. De temps en temps, l'une me demandait « une coupe », et le patron m'avait indiqué la bouteille contenant un soi-disant champagne qui n'était que de l'eau gazeuse avec un peu de sirop, c'était pour les filles. J'avais beau être naïve, j'ai tout de même fini par comprendre. J'ai plongé le nez dans le bac à vaisselle, en me demandant comment me sortir de là, et s'ils allaient me payer la demi-journée effectuée. Plus tard, le patron ferma la porte du bar, où il n'y avait plus que des hommes qui avaient l'air d'être des habitués. C'était la version « représentant de commerce » du club anglais, on discutait résultats sportifs et politique, en matant les nanas. Je servais ce qu'on me demandait, j'encaissais. Au bout d'une heure, j'ai été chercher mon sac et ai dit au patron « Bon, je m'en vais ». Il me dit « d'accord, vous ne revenez pas ? » Eh non, cela ne m'intéressait pas. Il me paya ma prestation, et je me retrouvai dehors.

Le lendemain, j'allai voir dans une agence d'intérim, ils pouvaient peut-être me dégoter un boulot de femme de ménage ou de vendeuse… On regarda les offres, on me dit qu'« il y a un bar qui cherche des hôtesses ». J'ai précisé de quel bar il s'agissait, et quel était ce travail, pas vraiment ce qu'on pouvait appeler un intérim… « Ah, bon, cela ne vous intéresse pas ? » Comme si je faisais la fine bouche. J'ai demandé si, pour du ménage, sur le marché, ou… On m'a objecté qu'il y avait des filles qui n'avaient aucun diplôme, qu'il fallait bien leur trouver quelque chose, et que moi, je pouvais trouver mieux. Ah, bon, je suis trop diplômée. « Mais allez voir au conservatoire ! » Oui, merci, je savais, mais ce sont les vacances, il n'y a plus de concerts, plus de cours à remplacer. Bref, rien pour moi. Je pouvais toujours aller voir à la paroisse Saint Machin, ils mettaient des annonces pour du baby-sitting. J'y suis allée, j'ai dépensé quelques sous pour téléphoner, l'annonce datait de trois mois. Au Monoprix, il y avait un tableau d'affichage, mais les annonces étaient plus qu'obsolètes. Ils ne cherchaient pas des caissières, par hasard ? On me répondit en occitan, à moins que ce ne soit en catalan, et vu que je ne comprenais pas… Bref, rien pour moi. Je me dis que je n'avais plus qu'à retourner à Barcelone. Ça m'énervait un peu, j'avais l'impression de signer un constat d'échec, bien que sachant qu'il y aurait de nouveau du travail en septembre.

Mais les circonstances en décidèrent autrement. J'arrivai à la gare, et, près du guichet, il y avait un tableau d'affichage : pour l'Espagne, il fallait désormais présenter un passeport. À cause de récents attentats.

Et voilà, j'étais bloquée, je n'avais évidemment pas de passeport. L'employé me dit : « Oh, vous savez, c'est sans doute une mesure temporaire, mais on ne sait pas pour combien de temps… Vous avez intérêt à vous en faire faire un tout de suite, les gens ne sont pas encore au courant, on a su ce matin parce que les cheminots qui travaillent sur la frontière n'ont pas pu passer. Allez donc à la préfecture avec vos papiers, si vous attendez la semaine prochaine ça va être la foule ». J'ai écouté le conseil et ai filé à la préfecture. En rentrant, je suis tombée sur ma propriétaire, qui venait d'écouter les nouvelles et ne décolérait pas, traitant les gouvernements d'abrutis, d'incapables, elle avait su la nouvelle par un ami qui allait régulièrement en Espagne voir sa famille et qui s'était trouvé bloqué. « Ils nous prennent en otage, ils feraient mieux d'agir ! » Qu'entendait-elle par agir, sans doute utiliser un char d'assaut… Bon, je compatissais, mais en attendant, j'étais coincée. En plus, le passeport m'avait coûté mes derniers sous. Encore heureux qu'ils ne m'aient pas demandé de justificatif de domicile, j'avais mis l'adresse locale, ils avaient à peine regardé ma carte d'identité, vu la queue et l'énervement des gens, routiers, cheminots, commerçants, chauffeurs de cars, et même deux religieux qui rentraient d'un pèlerinage à Lourdes. L'employé, à la gare, avait eu raison de me conseiller de le faire de suite, j'imaginais les problèmes avec les touristes les jours à venir…

Il me fallait agir. Prenons le taureau par les cornes, après tout on est près de l'Espagne. Le dimanche matin, j'ai pris mon violon et ai gagné le parvis de la cathédrale. J'avais vu dans le coin quelques gratteurs de guitare qui ne savaient qu'aligner deux-trois accords en chantant faux, ceux-là ne jouaient pas du Jean-Sébastien Bach. À la sortie de la messe, j'avais attaqué une *Partita* pour violon seul, et les gens se sont mis à faire cercle autour de moi. Je jouais sans trop m'occuper d'eux, mais je me rendais compte que des pièces tombaient dans la boîte placée à mes pieds. Et même des billets. Entendant quelques mots dans des langues étrangères, j'avais repéré quelques touristes allemands ou hollandais qui s'étaient arrêtés de photographier la cathédrale pour venir m'écouter. Parmi les gens du cru, personne n'avait l'air de se plaindre, même le policier au carrefour à côté avait tourné la tête, et, ne voyant rien d'alarmant, avait continué à régler la circulation. J'avais trouvé une source de revenus.

XI.

Rentrant dans ma chambre, j'étais surprise de mon audace. Bien sûr, j'avais déjà « fait la manche », au Quartier latin, mais avec des copains, en sortant du Conservatoire ou après un concert. Là, j'étais seule, dans une ville où je ne connaissais quasiment personne. Évidemment, quand on est vraiment au pied du mur, il faut « y aller ». J'avais fait une recette non négligeable, et le fisc pouvait toujours aller y fourrer son nez ! Bon. Mais on était dimanche, les magasins étaient fermés. Pour manger, heureusement il me restait des nouilles, et la vieille plaque électrique que m'avait laissée ma propriétaire pour faire la cuisine fonctionnait toujours, à condition de faire attention à la prise qui ne tenait pas très bien. L'après-midi, je me payai l'autocar pour aller à la plage, et je me collai près d'une famille nombreuse pour ne pas me faire faucher mon sac pendant que j'allais nager, j'avais dû garder mes clés dedans.

Allongée sur ma serviette, je lisais un bouquin un peu longuet, dégotté dans l'armoire de ma chambre. Au bout d'un moment, je sentis que j'allais cuire si je ne me bougeais pas, je retournai à l'eau, me tournai de l'autre côté, histoire de faire rissoler le verso. Je me dis que, les côtés étant moins exposés, j'allais ressembler à une entrecôte pas bien cuite, tant pis, j'étais à l'aise, je me reposais. Et je réfléchissais. Qu'allais-je faire ici ? Il me fallait passer deux mois d'été avant de tirer quelque plan que ce soit. D'accord, une fois que j'aurai mon passeport, je pourrai aller à Barcelone. En attendant, je pouvais rééditer le concert public. Mon loyer… ah, non, j'ai gardé un peu d'argent en banque. Bon, ça va. Mais je m'ennuie…

Je me décidai à rentrer, il ne fallait pas rater le car. Dans la rue, il y avait des restaurants devant lesquels s'agitaient quelques guitaristes, un saxophoniste… Tiens… Mais, si j'avais eu mon violon…

J'attendis un instant et abordai le saxo, lui demandant si « ça marchait » par ici. Oui, correct, on peut jouer, il n'y a pas encore beaucoup de monde, mais la semaine prochaine les touristes arrivent. Sa copine, à côté de lui, me dit : « Jouer, ils peuvent, mais on n'a pas le droit de vendre, ici. Tu vends quoi ? » « Comment ? » « Oui, tu vends des bijoux, des foulards, des pots, de l'encens ? » J'expliquai que je jouais du violon. Les deux me regardèrent avec un air complètement ahuri.

— Et bien quoi, qu'est-ce que vous avez contre la musique classique ?

— Ben… rien… mais une fille… T'es seule ?

— Mais oui. Pourquoi ?

— Euh… rien. C'est plus rare.

Je les remerciai, et me dirigeai vers la station d'autocar, j'attrapai in extremis le dernier. Sur quelle planète étais-je, pour que même les babas trouvent qu'il y a des boulots pour filles et d'autres pour mecs ! Pauvre France… Quoique, alors que j'avais joué ce matin, les guitareux n'avaient pas eu l'air surpris. Là, j'étais sans doute tombée sur des hippies bourgeois.

Bon, j'étais résolue à faire la manche, mais où, et à quel moment ? En ville, pas de problème à la sortie de la messe, devant les restaurants… encore qu'il faille peut-être demander la permission… En revanche, sur les plages, c'était sûrement facile, mais il fallait prendre le car, et le dernier partait assez tôt… Il y avait aussi des endroits où il fallait prendre le train. Organisons-nous.

Plan de bataille : se procurer les horaires des cars et des trains. Bien choisir le jour. Repérer les bonnes heures. Et les bons endroits, n'insistons pas si les gens protestent ou s'il y a de la concurrence. Je tiens à ma santé et à celle de mon violon. Pardon ? Vous avez dit mendicité ? Grossière erreur, affreuse incongruité ! Je livre en un concert public le fruit d'années d'effort. Après tout, il y a bien des affiches de concert où il y a marqué « entrée libre, participation aux frais ». Voilà. Au lieu de louer une salle, je dispense généreusement mes talents artistiques, au grand air, à la face de tous. Ne donnent que ceux à qui ça plaît. OK ?

Il faut bien se motiver…

Je m'aperçois que je gagne ma vie. En une semaine, j'ai fait trois fois la manche, dans des endroits différents, sans aucun problème. Il y a eu un jour un peu maigre, dans un patelin où il n'y avait pas grand-monde. Mais dans les deux autres, la recette avait été excellente.

J'avais pris le train, j'étais arrivée dans un endroit où le front de mer offrait une alternance de restaurants gastronomiques, à couscous, chinois, baraques à frites, pizzerias, brasseries, et cafés ordinaires. J'avais posé mon étui à violon dans un coin près de la terrasse et attaqué comme une sorte d'indicatif un air tzigane. Poursuivant par du Vivaldi, et, l'attention des gens attirée, j'ai fait entrer le vieux Jean-Seb. Eh, Jean-Sébastien Bach, bien sûr ! Il y a bien un film où le héros passe son temps à invoquer « Ludwig Van [2] ». J'ai fait

---

[2] « Orange Mécanique », film de Stanley Kubrick (1971). Ce film utilise la neuvième symphonie de Beethoven, la bande-son passe

mon récital trois fois, dont une à l'intérieur d'une pension de famille où une bande de retraités rigolaient comme des collégiens. Et je suis rentrée par le train. À la gare, j'ai fait plaisir à l'employé en sortant ma monnaie, il a été tout content de me changer mes pièces contre des billets : « ces touristes, ils ont la flemme de faire l'appoint ».

Il y a eu un autre endroit, la recette avait été encore meilleure, mais pour le troisième, un samedi soir, j'avais fait un mauvais choix, un patelin sans restaurant. Ça existe, ça, en France ? Un bistrot morne, un hôtel où l'on m'a laissée jouer devant trois pelés, en plus j'ai failli rater le car. Bon, à rayer des programmes. Je rejouerai à la sortie de la messe.

Le dimanche matin, je jouai un peu sur le parvis, il y eut une petite recette. Le dimanche soir, je partis assez tôt, car le train n'était pas à la même heure. Il y aurait un peu moins de monde, mais je ne voulais pas faire du stop avec le violon. Et même sans, d'ailleurs, les mecs sont plutôt collants et obnubilés par leurs hormones.

J'avais vérifié la bretelle de l'étui, emporté une petite boîte pour faire la quête, pris soin de m'habiller comme il faut... Parce que c'est du grand art que de faire la manche ! D'abord, s'habiller pas trop sexy — on veut vous payer pour autre chose — ni trop hippy — faut rassurer les bonnes gens qui craignent les invasions barbares venues d'orient. Prévoir de ranger l'instrument vite, au cas où il y ait un orage, dans le ciel ou ici-bas, vérifier que l'on a bien ses papiers... Les flics ne disent trop rien, vu le nombre d'exécutants de tous styles et de tous âges au mètre carré. En plus, je demande la permission au patron et je me mets dans l'espace dévolu à la terrasse, c'est

---

progressivement de l'enregistrement classique à une version synthétique, réalisée par Wendy Carlos.

privé. Et pas trop long, le récital, n'attendons pas que les gens soient au stade de la digestion, je n'aurais plus qu'à leur jouer une berceuse. Pas trop court quand même, ils doivent en avoir pour leur argent.

Un restaurant, tout le monde donne gentiment, j'ai droit à des commentaires donnant à penser que les auditeurs ont une certaine culture musicale, cela fait toujours plaisir. Au bout, près d'une marina, une petite place avec une statue, je m'y colle, des gens arrivent, tout se passe bien. Mais beaucoup filent quand je passe la sébile, évidemment, dans un café ils sont attablés et ne bougent pas. Tout de même, la recette est convenable. Quelle heure est-il ? Tout va bien, j'ai le temps de jouer encore une fois avant de regagner la gare. Allons là-bas, de l'autre côté de la baie, vers la grande terrasse, et demandons au patron. Il a l'air surpris, mais me dit « Allez-y, mais vous arrêtez si je vous fais signe, si les clients n'aiment pas… » Bon, je le comprends. Tout le monde m'applaudit, même le patron et le barman, des gens venus de l'extérieur se sont arrêtés, tout le monde me donne quelques pièces. Bien, ne traînons pas, maintenant, il est temps. Je remballe et me dirige vers la gare quand j'entends des applaudissements sur la terrasse d'à côté. Tiens ! Des collègues, Louis le trompettiste, le gros Souris, le saxophoniste qui jouait avec eux, sa copine, plus une chanteuse de la chorale et son mari, guitariste, et puis Enrico, lui est toujours aussi frétillant.

— Ben alors, c'était toi qui jouais à côté ?

— Eh oui, j'ai fait l'apéritif-concert. Et vous, alors ?

— Il y a bal ce soir, sur le podium là-bas. C'est nous l'orchestre. Tu restes ?

— Mais, pour rentrer, le dernier train…

— On te ramène, va. En plus, c'est dimanche, on ne termine pas trop tard, pas comme hier soir, hein, Souricette ?

Le grand lève les yeux au ciel.

— Heureusement qu'ils payent correctement, ici ! Normalement, on replie le matériel vers deux heures du matin, hier soir, enfin, ce matin, il était quatre heures passé quand on a pu s'en aller. En plus, des abrutis qui se bagarraient se sont pris les pieds dans les fils, j'ai dû signaler qu'un micro était fichu, bref… Mais ce soir, pas de sentiments, on file à minuit au plus tard ! Ça va pour toi ?

Enrico rigole.

— Marie-Agnès, elle se lève aux aurores pour répéter, c'est pas une vie ! Mais au théâtre, c'est toujours fini à minuit.

— Aux aurores, tu exagères, on répétait à neuf heures et demie. Et en plus, c'était exceptionnel.

— Mais alors, où loges-tu, finalement ? Me demande Souris.

— Chez Madame Vidal. Tout va très bien, un vrai château-fort sur le plan sécurité.

— Tu parles ! Elle met des serrures de sécurité même sur son étal au marché ! Bon, on la comprend, quand elle était à Alger, elle s'est fait cambrioler sa boutique, on a tiré dans la devanture, jeté une bombe… Elle et son mari arrivent ici, ils prennent un bistrot en gérance, il y a eu une bagarre, ils ont dû fermer… Après le décès de son mari, elle a conservé son étalage de primeurs au marché, mais elle veille sur son matériel comme si c'était un trésor. Elle se méfie de tout et de tout le monde, c'est pour ça qu'elle ne loue qu'à des gens recommandés par des amis ou par la paroisse. Pas tant pour le prix de la location que pour la tranquillité.

— Apparemment, elle m'a à la bonne. Elle connaît et aime bien aussi Madame Renée, du coup je suis tranquille. Mais bon, cette histoire de passeport…

— Ah là là ! intervient le saxophoniste. On devait aller jouer dans une boîte à Figueras, avec mon collègue, on a dû annuler. Ça fait bien, je te jure ! Tu l'as eu, ton passeport ?

— Pas encore, demain ou après-demain, j'espère.

— Moi aussi. Enfin, bref… Bande de fachos qui ferment les frontières !

— Attention, quand même, dit Louis — il chuchote plus qu'il ne parle — il y a eu des morts dans un attentat, des passants, des gens avec des gosses, c'est grave, c'est normal de contrôler.

— Y z'ont qu'à tirer dessus ces sauvages de séparatistes ! Tant qu'à avoir un dictateur, autant qu'il serve !

— Ne dis pas n'importe quoi, d'accord, tu as perdu du boulot, mais ça vaut mieux que de perdre la vie, enfin ! »

Et la discussion politique continue, jusqu'à ce que Souris, qui a l'air d'en avoir sacrément marre, décide qu'il est temps de se bouger pour installer le matériel. Les bons petits Français en train de refaire le monde obtempèrent et gagnent le camion garé près du podium.

La soirée se passe bien, calmement, à part que l'orchestre ne joue que des tubes que l'on entend partout jusqu'à saturation, pas le bon jazz de l'autre soir. Il y a une chanteuse, une superbe noire qui ondule devant le micro, elle a une jolie voix, mais s'efforce seulement d'imiter les chanteuses du hit-parade, c'est dommage. Derrière, assis près du camion, un mec fume une cigarette, note des choses, lui parle quand elle sort de scène. Je discute un peu avec eux, le mec est son mari et il est en même temps son impresario, son coach, son prof de chant, son habilleur et son chauffeur.

J'ai casé mon violon dans le camion qui est fermé et me balade sur le port, pas trop loin tout de même, mais c'est joli par ici, dommage, je n'ai pas d'appareil photo. Objet que je me promets de m'offrir quand j'aurai de quoi… Mais ça, je ne sais pas quand. J'ai envie d'aller à Barcelone… mais non, je suis assez bien par ici, finalement… Je ne pense pas à Paris en ce moment, d'ailleurs il doit y faire trop chaud. Je m'efforce de ne pas trop réfléchir, que se passera-t-il demain, la semaine prochaine, le mois prochain, l'année prochaine ? Trouverai-je un contrat, resterai-je par ici, en Espagne, retournerai-je à Paris, ou irai-je ailleurs ? Est-ce que je vais rester seule, est-ce que je vais rencontrer un mec, une nana… Zut, elle me plaît bien, la chanteuse, mais elle a un mari jaloux… Les musicos sont sympas, moins compliqués que ceux de l'orchestre symphonique, mais leurs connaissances musicales sont assez limitées, à part le saxo, Souris et Louis. Il y en a même un qui m'a demandé : « Mais dis donc, comment il faisait, Beethoven, s'il était sourd ? C'est de la vraie musique ? » Je lui ai expliqué patiemment que l'on entendait dans sa tête, mais cela n'a pas eu l'air de le convaincre. Apparemment, il lui faut un certain nombre de décibels pour entendre et comprendre ce qu'il fait, vu la façon dont il règle sa guitare. Je préfère rester derrière, ou un peu loin de la scène, pour préserver mes tympans. On se prépare des générations de sourdingues.

À un moment, Souris joue seul avec Enrico qui semble se calmer et tapote tout doucement ses caisses, le corps quasi immobile. Un bon vieux blues. Les gens n'écoutent pas, ils ne connaissent pas, et puis ça ne fait pas assez de bruit. Ça meuble, comme au Monoprix ou dans un ascenseur. Je cause avec Louis, qui regarde sa montre, a un juron, il s'excuse aussitôt et court vers le bistrot pour téléphoner. J'apprends qu'il doit toujours téléphoner à sa femme vers le milieu de la soirée. Sinon, il n'a pas la permission de minuit, elle lui fait une scène. Mais enfin, c'est son boulot ! Oui, mais c'est comme ça.

Il revient, le saxo lui demande :

— Alors, comment va la surgé ?

— Ça va. Elle s'inquiète toujours, tu sais, il faut que je la rassure.

— Ah, bon ? Elle n'a pas encore l'habitude ?

— Oh, c'est depuis mon accident… »

C'est vrai que Louis a eu autrefois un très grave accident, en revenant d'un concert. J'ai remarqué qu'il avait quelques cicatrices, il me dit qu'il a eu la mâchoire brisée, on l'a réparé au mieux, il peut toujours jouer de la trompette, mais plus tout à fait au même niveau qu'avant. Du coup, sa carrière a été brisée, « Et depuis, je bois… » Effectivement, il a une bonne descente, mais pas au point d'être saoul. Ou alors, il tient bien l'alcool. Il me décrit les opérations qu'il a subies, les jérémiades de sa femme, enchaîne sur les caprices de son petit dernier, le tout sur le même ton de voix monocorde. Puis, me voyant soupirer, il s'excuse, me demande si tout va bien, si j'ai besoin de quelque chose, me répète que je suis une très bonne violoniste, qu'il ne faut pas écouter les abrutis… Et il remonte sur scène après le dernier accord du « Saint Louis Blues ». De circonstance… « Le blues » est son état normal.

Les gens dansent, mais apparemment l'assistance s'est clairsemée. De l'autre côté de la place, les gendarmes qui surveillaient les lieux font mine de remonter dans leur car. Un dernier morceau, bonsoir, Messieurs-Dames, merci d'être venus… Je m'aperçois que la chanteuse est partie avec son bonhomme, elle ne se produisait qu'en première partie. Bon, je les aide à ranger, j'attends que l'on me raccompagne. Souris me fait signe, je monte dans sa voiture, Louis s'installe derrière. Le micro cassé est dans le coffre, avec les partitions, le reste est dans le camion que conduit le saxophoniste. Enrico a déjà disparu, on ne sait pas où ni avec qui. Souris me raconte que c'est habituel, on ne sait jamais où il va, où il mange et où il dort, on s'en moque, car il est toujours à l'heure aux répétitions et aux concerts.

— Je t'embauche, me dis l'énorme dans la voiture. Le Clair de Lune au Ver de Terre et la Masturbation Tahitienne, tu connais ?

Traduisez : le *Clair de Lune* de *Werther* — c'est de Massenet — et la *Méditation* de *Thaïs,* autre opéra du même. Je réponds que je ne connais que ça, et même le reste. C'est pour quel événement, et quand ?

— Ce sera pour un apéritif-concert, j'ai un accordéoniste, un flûtiste, Louis pour la trompette d'*Aïda* — ça, c'est de Verdi — et je me charge du clavier, mais avec un violon, ce sera vraiment bien. En plus, on accompagne la messe, tu peux jouer… tiens, l'*Ave Maria* de Gounod, tu as ça ? Sinon je te passe la partition, je tiens l'orgue. Je t'ai entendue jouer une *Partita* de Bach, ressors-nous Jean-Seb. »

Il ajoute que : défense de chanter l'Internationale, le patelin est tricolore, ne pas draguer les petites nanas à la sortie de la messe. Déjeuner offert, en principe ils savent recevoir. Mais ne pas trop boire, ça ferait mauvais effet. T'en fais pas, je te charrie, ma belle. Nous, on fait le bal la veille, moi je suis capable de me lever pour jouer le lendemain matin, mais mes petits mecs ils ont les yeux dans les poches jusqu'à midi et ils commencent à pouvoir jouer vers les trois heures de l'après-midi. On dort sur place, tu pourras te coucher plus tôt si tu préfères. Louis, je sais que tu rentres chez toi, tu peux arriver pour l'apéro ?

Louis a un murmure d'assentiment, il se redresse sur son siège en désignant sa rue. Souris signale qu'il connaît l'adresse, et lui demande s'il a besoin d'un mot d'excuse pour sa femme. « Non, merci », dit simplement Louis. Et il s'éloigne, son étui de trompette au bout du bras, sa veste jetée sur son épaule parce qu'il a chaud glisse, il la ramasse, manque marcher dessus, remet ses pieds dans le bon ordre et finit par rejoindre la porte de son immeuble. Je ne peux m'empêcher d'avoir une envie de fou-rire que je réfrène avec effort. Souris me regarde et semble être dans la même disposition d'esprit.

— C'est un bon copain et un bon musicien, ne nous moquons pas, ma grande. Tu rentres chez toi ?

J'acquiesce, il redémarre sa voiture, nous arrivons au bout de ma rue, il se gare, car le passage est étroit. Nous sortons, il m'accompagne et me passe le bras autour de l'épaule. On se comprend. Nous montons ensemble, sans parler.

Les préliminaires durent, tout va bien pour moi, mais à un moment il me regarde, j'aime ses yeux très doux, mais ils me font comprendre qu'il ne peut rien me donner de plus.

— Je t'expliquerai peut-être un jour. J'aurais aimé avec toi, mais, tu vois… rien ».

Je l'embrasse, cela ne me gêne pas. Je prends les choses à la rigolade, et j'entreprends d'user de mon sens de l'humour pour détendre l'atmosphère. Tout finit par marcher plutôt bien, avec l'aide des ingrédients — je n'ai pas dit expédients, taisez-vous les phallocrates — dont peuvent disposer deux personnes qui en veulent, tout cela ce n'est qu'un jeu, et c'est plus amusant qu'un acte tout cru.

Il se lève et va pour partir, il habite un peu loin. Pas de commentaires, je note ses coordonnées pour le concert, la date, le lieu du rendez-vous, l'heure, on a l'air d'être au bureau. D'habitude, les choses se font dans l'ordre inverse, bureau puis dodo. Mais ne soyons pas routiniers. Salut, Souris — son prénom c'est Julien, mais personne ne l'appelle ainsi. Il s'en va et, me penchant à la fenêtre, je vois l'ombre de sa voiture passer derrière le jardinet.

XII.

Mais qu'ont donc les gens à vouloir que vous viviez comme eux ? Suis-je si bizarre ? Pourquoi ai-je fait des études qui ne me mènent à rien, me demande-t-on. Pardon, à rien ? Au contraire : à vivre, à ne jamais lâcher la rampe, à croire, à aimer. Je crois être retombée en enfance, réentendre l'amie de ma mère qui disait que je faisais « un travail d'appoint ». On me ressort tout ça, on me conseille de trouver « un petit boulot tranquille », salarié, sécurité-socialisé, pas fatigant et « qui ne prend pas la tête ».

Voilà ce que c'est que de discuter avec des non-musiciens. Si j'avais voulu m'enterrer ainsi dans le cocon douillet de la fonction publique ou d'une grande entreprise, je serais au moins restée à Paris. Non, mais ! Je ne vais pas me fixer dans une ville où je n'ai pas d'affinités, juste parce que je peux aller à la plage… Pourquoi ai-je choisi une voie aussi difficile, il faut en plus travailler chez soi ! Et alors, ceux qui préparent Polytechnique, ils s'attaquent à trop difficile ? Oui, mais, je n'ai pas encore trouvé de poste… Et alors ? J'ai passé des années à travailler, à cumuler études générales et musique, j'ai tenu jusque là, ce n'est pas une saison de poches trouées qui va me faire changer de métier, non ?

Eh bien oui, je suis une fille, et je vis actuellement en faisant la manche entre deux engagements. Et alors ? La place des filles est sans doute derrière le fourneau ? Ou derrière un comptoir de magasin ? Plutôt derrière le bar, à faire boire les clients, c'est ça ?

Il est vrai que mon interlocuteur exerce la profession de guichetier au Trésor Public, et qu'il est ici en tant que bassiste pour l'orchestre de bal. Môssieur le contrôleur des sous-sous, où allez-vous chercher mes revenus ? Vous êtes jaloux, c'est ça ! Vous êtes sorti de l'école et vous vous êtes précipité dans la première planque venue, même pas fichu de suivre des cours du soir pour passer des examens ensuite, histoire de monter un peu dans la hiérarchie. Non, on a trouvé son petit coin douillet dans un bâtiment d'état, alors, on dort paisiblement, vaguement agacé de ne pas être devenu un grand chanteur de rock. En plus, ce cancre me drague ! Il s'est regardé ? Un mec qui fait des fausses notes et qui a autant de charme qu'un ticket de caisse !

Non, ne me racontez pas d'histoires, votre jeunesse ce n'était pas « avant » ni pendant la guerre, vous n'êtes pas si vieux, la guerre d'Algérie était sur le point de finir quand vous avez atteint l'âge du service, et vous avez été réformé.

De quoi ? Femme et enfant ? Et alors, c'est obligatoire, vous ne savez pas « comment on fait » ? Et même ! Souris, tu as abandonné, toi ?

Mon copain se fendait la pipe, devant ses petits musiciens qui se prenaient tous pour Johnny Halliday, lui s'était débrouillé tout seul avec un père clamsé collabo à la Libération. Il avait tenu bon, cramponné à son piano ou à celui d'un bar, et était devenu « le chef ». Tout ce qu'il voulait, c'était jouer et traîner derrière lui une bande de musiciens, il les avait et tout le monde filait doux. À part ce bassiste, qu'il avait dû prendre en remplacement au dernier moment, et qui s'était aliéné tout le monde en prétendant qu'il fallait changer une chanson, effectivement idiote, mais que tout le public connaissait et sur laquelle on dansait très bien. Cela s'était passé lors du raccord, en arrivant, le mec discutaillait et j'avais vu le gros Souris en action. Il avait remis le donneur de leçons à sa place rien qu'en se levant de son tabouret. Il est vrai que, quand on dépasse un mec d'une bonne tête, il est plus facile de calmer ses prétentions. Moi, il m'avait fallu argumenter. J'étais en forme, bien décidée à montrer ce dont j'étais capable, musicalement et humainement. Le petit frustré de service était plutôt surpris de m'entendre, sans doute que d'habitude on se contentait de lui tourner le dos pour ne pas se fatiguer à l'agresser.

C'était un week-end de fête. Le samedi, le maire faisait un discours devant un petit château qui venait d'être classé monument historique. L'édile municipal s'était lancé dans un monologue politico-culturel, aimant visiblement s'écouter parler, il avait l'air de chercher un miroir pour se contempler. Heureusement, nous avions ensuite joué quelques petits morceaux classiques, ce qui, joint à un apéritif accompagné d'un buffet généreux, avait permis aux gens de digérer le discours. Le soir, il y avait bal, Enrico était comme toujours entouré de ses groupies d'âge tendre. Le bassiste, décidément à côté de ses pompes, lui avait fait remarquer qu'il devait faire attention, à fréquenter de très jeunes filles, il risquait... Il y avait eu un fou-rire général, car apparemment il était le seul à ne pas connaître les goûts de notre ami. Enrico s'en était tiré par une pirouette, alléguant que son psychanalyste lui avait conseillé de se distraire en compagnie de jeunes pour résorber son complexe d'Œdipe. Le gars n'avait plus ouvert la bouche et avait passé le reste de la soirée à regarder ses pompes, à aligner ses notes à peu près en mesure, jetant un coup d'œil de temps en temps du côté de Souris qui lui faisait signe quand il perdait le rythme.

Auparavant, la chanteuse était arrivée avec son impresario de mari pour nous écouter, et après le récital m'avait embrassée d'une façon démonstrative, cela avait faire rire Souris, qui avait remarqué qu'elle me troublait quelque peu. Le bal avait commencé, sans problème sauf pour le guitariste qui s'était pris une petite décharge électrique en branchant un appareil sur une prise mal isolée, et dont le hurlement avait fait accourir deux gendarmes qui avaient cru à une bagarre. Je restai dans un coin de la scène ou près du camion, en arrière des enceintes qui diffusaient… disons, pas mal de décibels. D'ailleurs, Souris, sur son clavier, restait en arrière, la chanteuse se plaçait de façon à ne pas les avoir juste derrière elle, le guitariste et le saxophoniste portaient des boules dans les oreilles pour assourdir la musique, il n'y avait que le bassiste qui faisait la grimace, mais n'avait pas l'idée de se reculer, et Enrico qui, de toute façon, ne savait vivre que dans le bruit, cognant sur ses caisses comme un forcené tout en lançant des œillades aux minettes et plus tard dans la soirée à un beau mec qu'il avait repéré.

Plus tard, je me suis éloignée vers le bar, le serveur m'a tendu un verre et m'a proposé de finir les frites qui étaient encore bonnes, il restait aussi des saucisses, je partageai le tout avec l'accordéoniste. Rassasiée, j'allai écouter la chanteuse qui avait tout de même quelques bonnes musiques à son répertoire. Quand elle descendit de scène pour aller se changer, je causai un peu avec elle. Le choix des chansons ? C'était son mari le responsable. Et Souris qui connaissait les tubes à sortir pour un bal de samedi soir. Elle, elle chantait du jazz de temps en temps, mais dans de bonnes conditions, dans une salle, pas sur la place.

— C'est difficile, ce que tu as joué ? Me demanda-t-elle.

— Non, comment veux-tu, avec un clavier électronique, un accordéon, une flûte, une trompette et un violon, on arrange ça comme on peut, il faut que ça sonne juste, que ça plaise, alors on ne peut pas chercher des pièces trop compliquées.

— Pour moi c'est pareil, je dois déjà imiter celles qui chantent « dans les disques », je ne vais pas en rajouter ! »

Eh oui, Souris m'avait briefée, pour le bal, il fallait « faire comme dans le disque ». Il ajoutait de temps en temps un petit blues, un petit be-bop, histoire de se faire plaisir, mais pas trop longtemps, car il ne fallait pas que le public décroche. C'était seulement pour montrer pendant cinq minutes qu'il savait jouer autre chose que ce que l'on entendait partout, et pour faire plaisir à d'éventuels mélomanes amateurs de bon jazz. La chanteuse remonta sur scène, je fis le tour de la place, c'était calme. Je revins, j'avais envie de discuter avec elle, mais son mari était là et j'eus l'impression qu'il avait envie de… enfin, pas de faire un bridge, évidemment ! Je retournai dans mon coin.

Vers la fin de la soirée, quelques gars bourrés avaient commencé à faire les imbéciles, importunant les filles et provoquant les mecs. Le saxophoniste m'avait demandé de surveiller un peu sa copine, qui était assez naïve et croyait qu'on pouvait raisonner ce genre d'individus. Je l'avais attrapée par le bras et tirée à l'abri, elle me disait « mais il faut leur expliquer, leur apprendre que ça ne se fait pas… » Tu parles ! Quand un jeune homme s'était retrouvé à terre, deux excités le cognant à coups de pieds, les gendarmes étaient arrivés et avaient embarqué les perturbateurs. Elle avait alors pris un air affolé, se demandant où elle était, et si l'on rencontrait souvent ce genre de bête sauvage par ici. Je lui avais répondu qu'on trouvait de tout sur terre…

Souris avait profité de l'accalmie pour lever le camp, dernière danse de la soirée, merci, Messieurs-Dames. Il avait encore fallu tout ranger, en surveillant du coin de l'œil s'il ne restait pas quelques perturbateurs dans les environs, les gendarmes étaient partis. Le guitariste lui fourra dans les mains la prise qui avait grillé au début de la soirée, Souris le calma en lui disant qu'il avait signalé cet incident à l'organisateur et rangea le matériel endommagé dans sa voiture, tandis que le gars houspillait Louis qu'il ramenait et qui ne se pressait pas. Soudain, un coup de vent précéda un bruit de tonnerre, et l'orage éclata. Le maître du ciel avait été sympa, attendant la fin du bal pour ouvrir les robinets de là-haut. Le camion était fermé, le matériel à l'abri, nous avons couru vers l'hôtel.

Je passai la nuit avec Souris, ou plutôt je discutai une bonne partie de la nuit avec lui. Après un concert, plus un bal, on n'a guère de ressort et, connaissant ses problèmes, je ne voulais pas l'ennuyer. Mais je me demandais comment un bon musicien comme lui, parisien, avait pu atterrir ici. Ce qu'il me raconta ressemblait à un mélodrame de série B : il avait dix ans lorsque son père, accusé de collaboration, avait été emprisonné puis assassiné. Sa mère avait disparu, il avait été élevé par ses grands-parents, musiciens et comédiens. À l'école, il était mis à l'écart, traité de fils de collabo, et sa seule compagnie avait été son piano, il prenait des leçons avec la supérieure d'un couvent, et son grand-père s'était chargé de lui apprendre à lire une grille de jazz. À l'adolescence, son gabarit plutôt imposant avait fait que sa grand-mère avait renoncé à lui apprendre à danser, il faisait un peu de figuration lors des spectacles.

Il avait ainsi grandi entre une église et un café-concert, lorsqu'il s'était amouraché d'une petite religieuse, novice d'origine espagnole. Le scandale avait été tel qu'ils avaient tous deux pris la fuite, du côté de Pampelune où la jeune religieuse dévoyée avait de la famille, après avoir passé la frontière on ne savait comment, sans papiers, étant tous deux mineurs. Il avait bricolé, joué de l'orgue, fait le barman et quelques années plus tard était repassé en France avec sa femme — il l'avait finalement épousée — et deux gamins. À Toulouse, il avait fait partie d'un orchestre de danse et finalement avait formé son groupe dans la région.

Tout aurait été pour le mieux si sa femme n'avait pas traîné un éternel sentiment de culpabilité, se traitant constamment de pécheresse, s'occupant correctement de ses enfants, mais passant tout son temps libre à la messe et au confessionnal. À chaque approche de son mari, elle commençait par se signer, jamais le terme « position du missionnaire » n'avait été plus juste. De plus, elle considérait que le jazz était une musique satanique, on avait eu la mauvaise idée de lui expliquer ce que le terme voulait dire[3]. En plus, jouer dans des bals, dans des cabarets ! Son mari avait eu beau lui expliquer qu'il ne s'agissait que d'un travail comme un autre, elle n'en démordait pas et avait commencé par interdire à ses enfants d'apprendre la musique. Son curé, étant mélomane, avait pu la convaincre de les laisser entrer au conservatoire local pour chanter dans la chorale. Malgré tout, Souris lui était resté attaché et se contentait de se montrer discret. Mais ce gros costaud avait sa sensibilité, et c'était ainsi qu'il « bloquait » à chaque petite aventure. Il avait souvent eu envie de rentrer à Paris, mais sa femme voulait rester près de sa famille en Espagne, elle s'y rendait avec ses enfants à chaque congé scolaire. Seul, il était seul, seul avec sa musique.

Et moi ? Je lui avais raconté Bibi, Hervé, mes copains de Barcelone, et la fosse d'orchestre de la ville, les abrutis qu'il avait vus à l'œuvre. Et puis Anna, Enrico. Il aimait bien le petit batteur, mais ne lui prédisait pas beaucoup d'avenir, à vivre comme il le faisait. Il ne dormait quasiment jamais, ne

---

[3] L'origine du mot « *jazz* » est sujette à controverse, il peut être un dérivé du mot français « jaser », mais aussi avoir une connotation sexuelle.

mangeait pas grand-chose, se précipitait dans toutes les aventures masculines possibles. Il savait que ses goûts lui avaient valu d'être chassé de sa famille, sa sœur l'avait rejoint quand elle avait connu son copain, qui n'aurait pas été un mauvais gars s'il n'avait pas été allergique à toute forme de travail. Fabriquer des fromages et les vendre au marché aurait encore été possible s'il avait eu quelques notions d'hygiène. Là je me mis à rire en lui racontant mon opération morpions. Mais au fait, qu'était-elle devenue ? Rien, elle était rentrée chez elle, dans sa piaule avec son gars. Elle avait un peu dansé dans une boîte, mais on l'avait virée, pas propre et fumant des substances illicites, le patron n'avait pas voulu se faire fermer l'établissement. Elle retournerait certainement au théâtre, il suffisait pour ça d'aller pleurer chez Jojo, qui savait convaincre la maîtresse du corps de ballet.

— Au fait, le Jojo, il ne t'a pas draguée ?

— Non, je suis copine avec sa femme et en plus… je l'ai entendu avec Enrico.

— Hein ? Alors là, tu m'en bouches un coin ! Jojo et Enrico… je vois le tableau !

— Et puis, j'ai expliqué à sa femme pour la pilule, mais je crois que c'est peine perdue, elle ne savait même pas que l'on peut acheter des capotes à la pharmacie.

— Ouille, je vois ! Tu as du temps à perdre ! Non, il ne te draguera pas, il va plutôt te faire la tête… En fait, c'est un brave type, pas compliqué. En tout cas, toi, fais gaffe. Chez Madame Vidal, tu es tranquille, ne donne pas ta clé à n'importe qui, tape-toi tous les mecs que tu veux, mais en privé, sans témoins. Laisse les gens dire ce qu'ils veulent et, sur le plan professionnel, prends ce qui se présente, tu n'as pas à faire de sentiment. »

Je ne lui ai pas raconté mon histoire avec Alain, dans le train. Ni mes ébats avec Gérard. Mais ça, c'était pour aider Jean-Marc, qui n'avait certainement pas raconté l'histoire. Bof, ils se vantent tous, on ne distingue pas la vérité des propos après boire… Dans un jour ou deux, je retourne à Barcelone, si l'on n'a pas besoin de moi. Les choses sérieuses, ce sera en septembre. D'ici là, je fais un peu la manche, histoire de ne pas être aux crochets des copains.

Nous avons peu dormi, mais j'étais à pied d'œuvre pour jouer à la messe. J'admirai la résistance de Souris, qui avait tout de même quelques années de plus que moi, et qui suivait l'office. Pas blasé, le mec, il a même communié. Non, c'est vrai, il doit jouer le jeu, le maire assiste à l'office, avec le directeur du comité des fêtes qui l'a engagé. Ensuite, le déjeuner, une petite heure de repos, et puis le bal, de nouveau. Les musiciens réinstallent le matériel, Louis et le guitariste arrivent, mais zut, il n'y a pas la chanteuse, elle n'est pas de service. C'est le guitariste qui chante, imitant je ne sais plus qui. Pas terrible, mais les gens dansent, ils n'écoutent pas, car la batterie d'Enrico couvre tout. Le petit est arrivé, sans doute en stop, descendant d'une voiture immatriculée dans un autre département. Il a l'air de mauvais poil, me glisse qu'il s'est engueulé avec sa sœur. Donc, effectivement, elle est rentrée. Il retrouve le sourire en échangeant des œillades enflammées avec ses minettes.

Je suis assise près du camion, mais voilà que deux personnes arrivent. Tiens, une violoniste, ma voisine de pupitre du début, celle qui ne sait pas tourner les pages. Avec son mari, et leur fille, qui a dans les dix ou douze ans.

— Oh, bonjour ! Vous êtes en vacances ici ?

— Non, j'ai joué ce matin à la messe.

— Oh, c'est bien ! Dommage, nous sommes arrivés pour déjeuner à l'auberge, nous n'avons pas pu vous entendre… Vous voulez prendre un verre ?

Bon, d'accord, ils sont bien gentils. La gamine a l'air de s'embêter, elle a envie de danser, heureusement il y a d'autres enfants sur la place, elle les rejoint et ils se trémoussent sur les airs du hit-parade. La dame, elle s'appelle Liliane, aimerait bien travailler un peu son violon pendant ses vacances, le directeur lui a donné la partition de l'œuvre qui sera jouée à la rentrée, est-ce que je pourrais vous demander… je vous paye, bien sûr. Et puis, du même coup, ma fille est en classe de violon avec Monsieur…

Bref, sa fille est une élève du gars que j'ai évincé, et elle voudrait que je lui donne quelques leçons. D'accord, mais vous savez que j'ai eu quelques problèmes avec lui… Ah bon ?

Elle a l'air très surprise, elle débarque. Son mari aussi, pour eux les musiciens sont tous des anges, elle n'a rien remarqué derrière son pupitre au dernier rang. Bon, d'accord, on ne lui dira pas… Je ne la crois qu'à moitié, mais bon, je ne vais pas refuser de donner des leçons. Quand je vais raconter ça à Souris, il va bien rire…

Le bal se termine, les gamins sont déçus, leurs parents ont bien du mal à les récupérer. Les musiciens plient le matériel, Souris pousse une gueulante après le bassiste qui cherche à filer sans faire sa part de travail, le gars proteste que lui, « il bosse demain », le saxophoniste se moque de lui, on lui donne son chèque, il va pour se barrer, et s'aperçoit que personne n'a envie de le ramener. Finalement, Louis calme tout le monde et l'autre se case à l'arrière de la voiture du guitariste entre deux sacs de matériel. Je regarde Souris qui a l'air soulagé, lui glisse : « Parti, le boulet ! » Le copain me sort :

« T'aurais pas pu jouer de la basse, non ? Toi, au moins, tu joues en mesure ! » Désolée, mon gros, s'il faut que je me reconvertisse, il me faudra un peu de temps, ce ne sera pas pour cette saison. Le saxophoniste cherche sa copine, je l'aide, on appelle, on finit par la trouver enfermée dans les toilettes, un type l'a importunée, elle a eu peur. Son mec la console, tout en lui reprochant de ne pas être restée près de la scène, avec moi. Encore une qui n'a rien vu. Comme Liliane, qui confond un orchestre avec le chœur des anges.

XIII.

Me voilà à la gare, juste avant la frontière. Le train est arrêté, risques d'attentats. Zut, zut, flûte et m..., j'ai fait la manche pendant une semaine, payé mon loyer, donné des leçons, joué encore à la fête du village avec Souris, et après je n'ai plus rien eu à faire. Pas envie de dépenser mon argent en bêtises, du moins pas seule... Allez, je vais à Barcelone. J'essaie de téléphoner au magasin en dessous de chez mes amis, ça ne répond pas. C'est vrai, ils n'habitent pas dans un quartier touristique, le boutiquier doit prendre des vacances. Bon, tant pis, j'y vais, je m'embête trop. Et c'est la tuile, je suis bloquée avant la frontière.

Les voyageurs ont râlé, mais ils ont traversé la voie pour reprendre le train dans l'autre sens. À part quelques optimistes qui ont décidé de chercher un taxi qui voudrait bien passer. Nous sommes trois ou quatre personnes à rester là, à piétiner sur le quai, je regarde le paysage, la montagne qui me nargue, tiens, si je faisais comme Souris autrefois, si je passais à pied ? Non, restons calmes, je ne vais pas m'égarer par là-haut, mais alors faut-il que je rebrousse chemin ? Là-bas, de l'autre côté, un train part dans une heure, normalement le train qui arrive de France va jusque là-bas, on descend, on passe la douane, on change de quai et on monte dans le train espagnol. Un employé me regarde depuis un moment, tiens, oui, je l'ai rencontré quelque part. Il s'approche de moi.

— Vous êtes la locataire de Madame Vidal, non ? On s'est vus, avec elle, ma femme travaille aussi au marché, vous me remettez ? Claude, ma femme c'est Jeanine.

Effectivement, je les connais. Avec ma proprio, ils discutent toujours politique, et comme ils ne sont pas du même bord, ils se chamaillent. Mais ça ne va jamais loin, ils finissent toujours leurs discussions passionnées devant un verre. Je lui dis que je voulais aller à Barcelone. Il me fait signe de venir, appelle aussi un autre voyageur, un homme âgé, qu'il a l'air de bien connaître. Les autres voyageurs suivent, nous lui emboîtons le pas, j'ai l'impression de jouer dans un film d'espionnage, nous passons derrière un bâtiment, et descendons sur les voies, jusqu'à l'entrée du tunnel.

— Voilà, vous pouvez passer à pied, j'appelle mon collègue espagnol. Ne traînez pas trop, il y en a pour un bon kilomètre. Marchez où vous voulez, vous ne risquez pas de vous prendre un train sur la figure. »

Nous entrons prudemment dans le tunnel qui est très peu éclairé. On y marche mal, on se tord les pieds, je manque lâcher mon sac, je crispe mes mains sur la bretelle de mon étui à violon, et je m'inquiète pour le monsieur âgé derrière moi, il traîne la jambe, il a l'air essoufflé. Un enfant pleure, il a mal aux pieds, un plus grand le charrie, lui a l'air de beaucoup s'amuser. Il raconte qu'il a l'habitude, avec les copains, de passer par le tunnel à pieds, en courant d'abri en abri pour ne pas se faire toucher par les trains. Histoire d'aller picoler ou danser en Espagne, c'est moins long que par la route et pour un kilomètre et des poussières, ils ne vont pas payer le train. Il raconte ça sans honte, complètement insouciant du danger. Il arrive que les douaniers les chopent et leur passent un savon, ils prennent l'air idiot, ils montrent leurs papiers. C'est l'âge, c'est plus drôle de faire quelque chose d'interdit.

Ça y est, on arrive au bout du tunnel, un douanier nous fait signe, il aide le vieux monsieur à monter sur le quai, et nous demande de nous dépêcher pour les billets, le train va bientôt partir. Drôle d'histoire, je comprends ce que peuvent ressentir des réfugiés. Rien que de passer une frontière, ça impressionne, la passer d'une façon inhabituelle, encore plus, alors j'imagine, pour ceux qui fuient un danger... Bon, mais ne nous faisons pas de cinéma, ce doit être courant, en cas de panne, de grève ou d'attentat, on passe en marchant par le tunnel. Mais on se fait mal aux pieds. Bon, ça y est, je suis dans le train, les choses redeviennent normales. Les rumeurs d'attentat, d'alertes à la bombe, ça fait partie des événements courants... Comme tout humanoïde moyen, je me dis que ça ne m'arrivera pas, si ce n'est pas mon heure...

Non, ce n'est pas mon heure, mais ce n'est pas non plus mon jour. Je suis arrivée à la gare, j'ai changé de l'argent, j'ai pris l'autobus. Les gens étaient comme d'habitude toujours aussi bruyants, ça parlait de football, un match important, des jeux télévisés — aussi débiles qu'en France — et de politique, évidemment. Mais au moins, il y avait de l'animation. Nous étions dans une vraie ville, comme Paris. Ce doit être ça, j'aime la foule, j'aime voir beaucoup de monde, mais sans être obligée de leur parler et sans qu'ils s'occupent de moi. Enfin, il y a des exceptions, je déteste les gares. Même quand les trains ne circulent pas, comme tout à l'heure.

Ouf, je suis arrivée, je passe le porche, je traverse la cour, je monte... Tiens, ils ne sont pas là. Bon, allons voir la gardienne.

Montserrat — c'est son prénom, c'est catalan — pousse des hauts cris. Mais ils sont allés à la mer, chez la sœur de

Monsieur Élie, à... Quand ils rentrent, je ne sais pas... Ne vous en faites pas, j'ai la clé, je vais vous la chercher.

Et voilà, je me retrouve dans l'appartement de mes copains, ça va, il est confortable, je regarde la télévision, mais je suis seule, je m'embête. Bon, j'ai mon violon, mes partitions, je peux travailler, aussi. Et j'irai me promener. Mais zut, j'aimerais trouver des gens à qui parler, avec qui rigoler, cancaner sur tout le monde, sortir, aller au bistrot, et puis il fait chaud, ici. Mais si j'allais à la mer ? Après tout, je connais la sœur d'Élie, je connais l'adresse, c'est à moins d'une heure de train. Bon, je dors, et demain, j'y vais.

Le lendemain, je sors, je rends la clé à Montserrat qui a l'air de se demander à quoi je joue, je prends l'autobus, j'arrive à la gare, je fais la queue une bonne demi-heure, mais au moment de prendre mon billet, je me souviens que la sœur a le téléphone. J'ai le numéro, ouf, je me mets en quête d'une cabine. Ça sonne... ça dure... Ah, quelqu'un. Mon espagnol est laborieux, mais j'arrive à m'expliquer. On me répond que tout le monde est parti. Ils ont pris le train.

Heureusement que j'ai téléphoné...

Je rentre à l'appartement, de la cour je vois les fenêtres ouvertes, on s'est croisés. Mes copains sont surpris, Montserrat leur a dit que j'étais partie. Avec eux, il y a le neveu, qui doit aller se renseigner à la fac, sa copine. J'apprends qu'il y a eu de l'orage dans l'air avec la sœur, le jeune va se chercher une chambre, en attendant il va rester chez Tonton. Bon, me dit Juan, ils vont prendre le canapé, et nous on va faire des courses. Tu viens ?

J'accompagne Juan, en fait il a pris un prétexte pour me parler en privé. Le neveu veut s'inscrire à la fac pour faire son droit. Eh bien ? En fait, Élie et sa sœur sont obsédés par la

« modernité », ils veulent rompre avec les traditions. Ils descendent d'une famille de juristes, certains ont occupé des postes importants, alors ils ne veulent pas suivre cet exemple. Tous les deux ont des revenus qui leur permettraient presque de ne pas travailler, alors ils font ce dont ils ont envie, tant pis pour l'héritage familial, on le dépense. Élie est organisateur d'événements, expositions, congrès, fêtes, il connaît beaucoup d'acteurs, de chanteurs, des groupes folkloriques. Sa sœur est artiste peintre, j'aime bien ce qu'elle fait, elle a une certaine notoriété. Son fils — qui résulte d'une erreur de jeunesse, elle a les mêmes goûts que son frère, elle vit à temps partiel avec une copine qui tient un club de vacances — avait montré quelques dispositions pour le théâtre, il a joué assez souvent avec le club de son lycée. Aussi avait-elle décrété que le jeune Salvador serait acteur. Salvador ? À cause de Dali ? Évidemment, voyons ! Mais il fallait qu'il devienne acteur, pas peintre, cela ferait double emploi.

Seulement, voilà. Le jeune aime bien le théâtre, la peinture, mais il a envie de défendre la veuve et l'orphelin, de faire évoluer l'Espagne, d'en finir avec la dictature, il est aussi intéressé par la politique. Aussi veut-il s'inscrire à la faculté de droit. Et sa décision a provoqué un orage maternel. Élie l'a un peu défendu, après tout, il est libre, et il peut toujours changer… C'est le monde à l'envers. En plus, il est hétéro, c'est bizarre… Sa copine, il l'a connue alors qu'elle chantait du flamenco, mais elle est étudiante, pour devenir institutrice. Des fonctionnaires dans la famille, mon dieu ! En fait, cela fait rigoler Juan, et Élie ne s'en fait pas trop, sa sœur se calmera, elle est, disons, « un peu soupe au lait ». Il adore l'expression, quand le lait déborde, il dit toujours qu'il se fâche.

Je signale à Juan que, s'il estime que cela vaut mieux, je repars. Il se récrie, non, reste, au contraire, bon, on sera serrés, mais on va bien s'amuser. Et je voudrais que nous jouions ensemble, j'ai un plan, tu verras.

Effectivement, on s'amuse bien. Les premiers jours, on est un peu entassés, les deux jeunes sont le plus souvent dehors, pour ne pas gêner, ils ont retrouvé des copains, le soir ils en ramènent quelques-uns, qui sont curieux de tout ce qui se passe en France et dans le monde, cela va du fromage français à la guerre du Vietnam, de la musique dodécaphonique à la mini-jupe, ils en savent plus que moi, ils ont beaucoup voyagé. Là où tout le monde s'accorde, c'est pour soutenir l'Espagne quand il y a un match de foot. Je finis par m'y intéresser, à force d'entendre parler du Real Madrid et du FC Barcelone, à part l'un d'entre eux, qui est basque et ne jure que par l'Athletic Club de Bilbao et se fait toujours mettre en boîte. Ils préparent leurs tickets de *Quiniela*[4], cela donne lieu à des discussions animées. Je me garde de risquer la moindre peseta au jeu, non parce que j'ai peur de perdre de l'argent, mais parce que je serais ridicule en jouant au hasard, ou en choisissant l'équipe où officie un joueur qui a le même prénom que mon grand-père, ce ne serait pas sérieux. Et je me garde de faire remarquer que, parmi ces grands joueurs « espagnols », certains ont des noms français ou italiens, il y a un Hollandais, un ou deux Yougoslaves... Je ne le dis pas, ce ne serait pas correct, et c'est le cadet de mes soucis.

De temps en temps, Juan et moi arrivons à répéter un peu. Il ne se fatigue pas trop, mais il a de beaux restes et la pratique du jazz lui a donné l'habitude de savoir travailler en groupe. Nous arrivons à mettre sur pieds une Romance de Beethoven, plus deux petits morceaux sympas. Mais aussi, il y a une création : un jeune compositeur espagnol, qui lors d'un séjour à Darmstadt avait été ébloui par l'œuvre de Pierre

---

[4]*« Quiniela »* : Paris sur les matches de football en Espagne.

Boulez et d'autres compositeurs d'avant-garde, s'était lancé dans l'écriture en rejetant tous les acquis traditionnels qu'on lui avait inculqués en Espagne. Élie s'en était toqué, il lui avait fait connaître des gens de théâtre, on organisait des « happenings » complètement déjantés. Les parents du jeune homme, étant assez à l'aise et aimant l'art contemporain, avaient loué un théâtre pour un concert de créations. Du coup, j'ai été embauchée pour jouer dans cette œuvre.

Les répétitions me passionnèrent, je connaissais un peu ce type de musique, mais j'appris beaucoup de choses, il y avait longtemps que je n'avais pas fait de découvertes artistiques. La violoniste qui menait le groupe était exceptionnelle, tout était analysé, décortiqué, nous rencontrions les compositeurs, nous passions des heures ensuite à discuter avec eux au bistrot, le violoncelliste nous amena un ami ingénieur du son qui transforma le théâtre en studio, diffusant de partout des musiques mêlées avec des bruits de la nature et de la ville.

J'avais l'impression de changer de planète, dire que quelque temps auparavant je raclais dans une fosse, pour une opérette ringarde... Bon, évidemment, la création, l'avant-garde ne nourrit pas son homme, même pas une nana comme moi. Tous les matins, je faisais mes gammes, bien justes, bien classiques, et je travaillais un petit Jean-Sébastien. Je parle de Bach, vous me suivez ? Histoire de rasseoir ma technique. Tous les après-midi, nous répétions. On nous a prévenus que la chanteuse n'arriverait que pour les deux dernières séances. Je ne la connaissais pas, et quand je demandai comment elle était, les autres rigolèrent. Qui donc était ce phénomène, cette « Concepción » ? L'un des musiciens, qui parlait français, me glissa en s'étouffant de rire : « Tu veux dire *"Contracepción"* ? Impossible d'en savoir plus.

J'abordai le sujet avec Juan et Élie, un soir que nous étions seulement tous les trois. Mes deux compères éclatèrent de rire. Soyez sympas, les amis, expliquez, développez, d'où vient cette hilarité générale dès que l'on parle de cette femme ? Est-elle jeune, vieille, chante-t-elle faux, est-elle superstitieuse, veut-elle imposer son mec ou sa nana pour l'accompagner, est-elle alcoolique, droguée, nymphomane ou bigote, dites-moi, enfin !

Ce fut Élie qui parvint à reprendre son sérieux pour m'expliquer.

— Attends... Tu te souviens, on t'a raconté qu'il y avait eu une représentation de... c'était l'opéra de Massenet, *Thaïs,* non ? Juan ?

— Voilà, au moment où la courtisane se dévoile pour provoquer un religieux austère...

Oui, ils m'ont raconté. La scène devait simplement être suggérée au dix-neuvième siècle, la chanteuse se mettait de dos et écartait sa cape. À la rigueur, elle montrait ses jambes. De nos jours, elle se dévoile, partiellement ou complètement, tout dépend des mentalités et du physique de la chanteuse. Or, quelques années auparavant, lors d'une représentation à laquelle assistaient des officiels — un ministre, un archevêque, un éminent professeur, des édiles locaux, que sais-je — la chanteuse en question, qui avait enthousiasmé le public par sa voix puissante et sa présence en scène, avait dévoilé toute son anatomie, en poussant son contre-ut final. Scandale, polémique dans la presse, la diva avait été renvoyée de la troupe pour satisfaire les officiels de l'Espagne conservatrice.

Mais la tigresse avait plus d'une corde à son arc. En effet, elle était dotée d'un tempérament volcanique, on la disait complètement nymphomane, et elle comptait un certain nombre d'officiels au nombre de ses victimes, y compris un ecclésiastique connu pour ses écrits réactionnaires. En peu de temps, tout Barcelone fut au courant des pratiques sexuelles de ces messieurs, le pays frôla la crise ministérielle.

Présentement, elle revenait d'Allemagne, où elle avait créé un opéra à l'argument plutôt hermétique, à la fois freudien et marxiste, et à la musique particulièrement difficile à appréhender. Tous les avant-gardistes l'encensaient, et il ne pouvait y avoir une création musicale sans qu'elle y participât. Mais alors, c'est quelqu'un de très célèbre, comment as-tu pu la convaincre pour ce concert ?

Élie regarda Juan et se rengorgea.

— En refusant de coucher avec elle, tout simplement.

— Raconte !

— J'ai pris rendez-vous avec elle, après avoir contacté son impresario. Elle m'a reçu gentiment, on a parlé des œuvres, elle était dubitative. Brusquement, elle a relevé sa jupe, écarté les jambes et m'a crié "Viole-moi !" J'ai rabaissé la jupe en lui disant qu'il lui manquait quelque chose "par là" pour m'intéresser. Et ai ajouté que je trouvais indigne d'elle d'acheter ses vêtements au décrochez-moi-ça. Me recevoir avec des fringues à dix balles, quand on est la grande icône de l'avant-garde musicale qu'elle est, tu te rends compte ?

— Réaction ?

— Trois secondes et cinq dixièmes d'hésitation, me flanquer une baffe, me sauter dessus, me renvoyer avec un air hautain… Elle m'a serré la main d'une manière virile, en me disant : "marché conclu !" Et m'a demandé de lui faire parvenir la partition.

— Tu as été génial ! Comme toujours, dirais-je. Et sur le plan professionnel, comment est-elle ?

— Une travailleuse acharnée, mais attention : s'il y a une discussion entre elle et le compositeur ou les musiciens, c'est elle qui aura raison. Non, pas par caprice, mais parce qu'elle a tellement l'expérience du public, de ce qu'il lui faut, elle sent l'ambiance tout de suite. Quand elle a fait son strip-tease public, crois-moi, la chose était décidée depuis longtemps, elle voulait provoquer les instances et devait chercher un moyen pour se faire renvoyer de cet établissement conservateur, elle ne supporte pas de signer des contrats de plus d'une semaine. Alors, là, payée à l'année, elle étouffait. Le jour où cela s'est produit, elle savait qui était dans la salle, les officiels bien sûr, mais aussi les journalistes d'avant-garde qu'il faut, les artistes et créateurs qu'elle connaît, un présentateur de télévision de ses amis... Et attention, elle est nympho, mais couche toujours utile, elle est à voile et à vapeur, elle a contenté plusieurs épouses de vieux officiels égrotant qui s'étaient payé des jouvencelles sortant du couvent. Du coup, ces messieurs ne peuvent l'empêcher de se produire où et quand elle veut. Tout ça pour te dire que s'il faut ralentir, accélérer, improviser, calmer le jeu, elle sait le faire quand il faut.

— Si je comprends bien, elle est à l'écoute des sensations du public. Comme quelqu'un qui ne baise pas égoïste !

— Exactement ! En fait, elle ramène tout au sexe, allo Docteur Freud, qu'est-ce que tu en penses ? Inutile de te dire que notre petit compositeur, qui a le malheur d'être hétéro, elle n'en a fait qu'une bouchée. Lui est du genre fils à Maman, elle a la cinquantaine, une cinquantaine très bien entretenue et conservée, elle n'a pas eu besoin de le forcer beaucoup. Du coup, il fera ce qu'elle dira en ce qui concerne la partie improvisée.

— J'attends de voir le phénomène… donc, il faut la suivre dans ses idées…

— Sauf si l'on a quelque chose d'intelligent à dire. Là, elle accepte. Et elle déteste les béni-oui-oui, avec qui elle ne peut pas se battre. Un peu de sadomasochisme, ça réveille les sentiments, tu vois ?

— Ça promet ! Comment l'appelle-t-on, quand on n'est qu'un humble petit musicien : on lui dit Madame, on l'appelle Concepción, ou quoi ?

— Tu n'as pas remarqué que le prénom "Concepción" a un diminutif, c'est "Conchita", que tout le monde emploie. On l'appelle Conchita, c'est tout.

— Et attention, pas de jeu de mots, ajouta Juan. Elle a eu un mec qu'elle appelait Tarzan, un acteur, beau comme un dieu, tu te souviens, Élie ? Lui, il l'appelait "Chita", comme la guenon. Il avait le droit de la charrier, mais il était le seul. Et puis, il s'est suicidé, un peu à cause d'elle, un peu à cause d'un impresario qui lui avait fait une crasse, bref, elle a été inconsolable…

— Hum… durant trois semaines, sans doute ?

— Tu rigoles ? Trois semaines d'abstinence, impossible ! Une semaine après, elle s'est tapé un présentateur de télé, après une interview où on lui avait demandé de parler du défunt Tarzan. Ensuite, il y a eu un joueur de foot, peut-être toute l'équipe, c'est ce qu'on dit du moins. Elle a besoin d'influx nerveux, quoi !

— Vu ! En tous, cas, je suis ravie de travailler avec ce groupe. Même si mon compte en banque est au calme plat, à part mon prochain loyer. Oh, zut, il faut que je rentre chez moi, pour régler ma propriétaire.

— Tu ne peux pas lui envoyer un chèque ? demanda Juan.

— Pas de chéquier, mon bon ! Je suis restée quelque temps à découvert, ils n'ont pas fermé mon compte, mais je dois attendre pour ça.

— Bon, puisqu'il faut… Ne rate pas une répétition, quand même.

— Non, je fais juste l'aller et retour. Ça m'embête, j'espère que la frontière n'est plus fermée.

— Non, tout de même, on a besoin des touristes ! Tu es tombée sur le mauvais jour, c'est tout. Prends le car, demain matin. »

Élie reprit la parole :

— C'est vrai que ce concert n'est pas payé, mais il s'agit d'un ensemble en devenir, il peut y avoir des engagements après. La chanteuse est connue, la violoniste aussi, le compositeur a eu une critique favorable pour une autre de ses œuvres, je pense que cela pourra évoluer. Tu te feras moins chier que dans ta fosse d'orchestre.

— Ma fosse… j'ai l'impression d'être dans un autre monde, ici.

— Mais c'est Barcelone, ma vieille ! Tu n'es pas n'importe où ! »

XIV.

Juan m'a dit de laisser mon violon, j'ai préféré l'emporter. C'est vrai, si jamais il y a un problème, si je rate un train, et si j'ai une occasion de jouer, j'aurais l'air fin avec mes mains dans les poches et le violon à Barcelone. L'autocar est plein, à la frontière le conducteur crie au douanier : « Vingt-trois Français, vingt-neuf Espagnols, un Belge et un Suisse ! » Un touriste qui voulait faire de l'esprit et montrer qu'il avait lu Prévert a ajouté « et un raton laveur ». Et nous sommes passés sans plus de formalités. Bizarre, quelques jours après une alerte… J'entends dire que c'est dans l'autre sens que cela se complique, en rentrant en Espagne. Du coup, j'angoisse.

Nous ne sommes pas en retard, je passe à la banque, je me rends au marché pour payer ma propriétaire qui est en pleine discussion politique avec sa copine Jeanine, la femme de l'employé de la SNCF. C'est vrai, il y a eu récemment une élection présidentielle en France. Je sais juste le nom du président, mais prenons l'air d'être au courant pour ne pas vexer ces braves dames. Je me dis que tout de même je ferais mieux de lire un peu les journaux, de me faire une opinion, quand même, nous sommes tous concernés. C'est vrai, à quoi cela sert-il de voter ? À avoir le droit de râler, on est en France ! Tiens, justement, je regarde un quotidien du dimanche précédent qui est destiné à emballer des tomates, Madame Vidal me dit que je peux le prendre, il y a un article intéressant sur… enfin, quelqu'un de connu. Le marché ferme, je prends l'apéritif avec les deux dames, on discute, elles me font parler de l'Espagne, un ami qui les a rejointes me demande ce que je pense de l'équipe de football de X…, les autres se moquent de lui, ici, on parle de rugby, le foot c'est en Espagne. Zut, moi qui avais envie d'étaler ma culture sportive récente…

Je déjeune à la baraque à frites, je passe chez moi histoire de prendre des vêtements, tout est en ordre, et je sors… Aïe ! Je n'ai pas vu l'heure, j'ai raté l'autocar. Prenons le train… Je cours à la gare… ils sont en grève.

Je réserve une place dans l'autocar du lendemain, ouf, il en reste encore, et je rentre chez moi. Dire « chez moi », ça me fait drôle, cet endroit qui a plutôt l'air d'une chambre d'hôtel, je n'ai pas envie de le décorer, d'ailleurs je n'ai pas d'argent pour des babioles. J'arrive tout près quand je tombe sur Gérard, le chanteur. Il me dit qu'il est de passage, il est dans la troupe qui donne une série d'extraits d'opérettes dans un casino. « Ils ne t'ont pas demandé d'y jouer ? » Non, qui sont les musiciens ? J'apprends qu'il y a le flûtiste, le violoniste qui me jalouse, Madame Renée n'y est pas, ni Jean-Marc, ni Alain, bon, d'accord, j'ai compris, ils veulent au moins garder leur petite exclusivité.

Gérard me suit jusqu'à chez moi, il s'étonne : « Tu habites ici ? Tu n'as pas de télé ? Pas de téléphone ? Comment fais-tu ? » Eh oui, il sort de chez Papa-Maman. Allez, on va faire comme Papa avec Maman. Ça nous prend la soirée, mais il rentre chez lui ensuite. Sans doute l'endroit lui paraît-il trop sordide, ou c'est moi qui ne lui plais pas assez… « Maman risque de s'inquiéter, je lui ai dit que je rentrais ». Ah, bon. Enfin, c'est un gentil garçon, il vaut quand même mieux qu'un comprimé de somnifère !

Le lendemain, je me réveille in extremis, juste à l'heure pour attraper l'autocar, je me fais houspiller par le chauffeur, ouf, on démarre, la route n'a pas l'air trop encombrée. À la frontière, les choses se gâtent, et il fait très chaud, des enfants pleurent, des voyageurs demandent au chauffeur d'ouvrir la porte, une dame fait sortir un petit qui vomit, un autre va faire pipi, imité par un chien qui lève la patte sur la cabine des douaniers, les gardes civils ont l'air affairés, ils entourent une voiture, ça crie de partout, on attend et le chauffeur s'énerve pendant que je m'occupe à faire des mots croisés, histoire de rester calme, pendant que mon voisin consulte sa montre toutes les cinq minutes. Ça chauffe dans tous les sens du terme.

J'arrive à Barcelone avec deux heures de retard, il fait une chaleur monstrueuse et traverser la Place de Catalogne est une épreuve, je me prends pour Lawrence d'Arabie en train de cheminer dans le désert du Néguev. Sauf que lui, il était sur un chameau, moi j'ai déjà mal aux pieds. Je pensais aller chez mes amis avant la répétition, mais je n'ai plus le temps, heureusement j'ai mon violon avec moi. Un bus ? Non, ils s'arrêtent trop loin, courons. Ça tombe mal, c'est la première répétition avec la chanteuse.

Enfin, voici la salle, ouf, ils ne sont pas encore installés. En passant la porte, je m'efface juste à temps pour laisser passer une grande femme à la chevelure rousse flamboyante. Elle me toise, je lui dis bonjour. À mon accent, elle devine qui je suis et me répond en excellent français, c'est elle, Conchita. Je la regarde et, pour me justifier, je lui dis qu'elle est le sosie de Rita Hayworth. Ça la fait rire. Le compositeur arrive, on s'installe, la violoniste me regarde un peu de travers, elle aurait voulu discuter un point d'interprétation. Mais tout se passe bien, la chanteuse ne force pas sa voix, on sent qu'elle garde des réserves. Et effectivement, elle est précise, la répétition est menée au millimètre. Déjà fini ? Je me rends compte que je n'ai pas vu passer l'heure, et que je ne sens pas la fatigue ni la chaleur, preuve que je suis restée concentrée sur ce que je faisais.

Dehors, l'air chaud me frappe en plein visage, j'étouffe et je traîne les pieds. J'arrive à attraper un autobus et à rentrer. Juan m'accueille :

— Alors ?

— Tout va bien, je n'ai pas pu vous prévenir, je suis allée directement à la répétition.

— C'est ce que j'ai pensé. Élie rentrera plus tard, il est en train d'installer Salvador à qui il a trouvé une chambre, près d'ici. Aurais-tu soif, par hasard ?

C'est un délicat euphémisme, je meurs littéralement, j'ai bu au robinet des toilettes, et il me semble que l'eau n'est pas terrible. En plus, avec du pastis, tout passe mieux. Juan est assis en face de moi et a l'air d'attendre quelque chose.

— Alors ? Comment est-elle ?

— Gilda ? Pardon, Conchita, elle me fait penser à Rita Hayworth. Une belle femme. Mais tu ne la connais pas ?

— Eh non. Pardon, je l'ai vue sur scène, mais c'est tout. Élie est allé la voir au culot, il connaissait quelqu'un qui connaissait son impresario. Mais tout le monde a entendu parler d'elle. La répétition ?

— Génial. Et pourtant, j'étais crevée du trajet, mais on était comme en apesanteur. Dis, il a du talent, le petit compositeur, moi qui connaissais peu ce style, j'ai découvert quelque chose. En plus, avec une interprète pareille, c'est fabuleux. Et encore, c'était une première répétition, une prise de contact, elle n'a pas forcé. J'espère que ce genre d'événement se reproduira.

— Eh, moi aussi. Et que ça finira par rapporter quelque chose, parce que je vois l'argent filer, et il n'y a pas grand-chose qui rentre. D'accord, Élie a des revenus, mais tout de même, pas de quoi inviter tous les musiciens et la diva dans les salons d'un palace, avec les critiques et les présentateurs de la télévision. Eux, ce sont des copains, mais il a arrosé les critiques. Pourvu que Conchita ne cause pas un scandale…

— C'est à ce point ? Elle m'a paru être une grande professionnelle, je ne vois pas pourquoi elle saboterait le concert !

— Le concert, non. Si une œuvre ne lui plaît pas, elle le dit tout de suite. Elle tient ses engagements, c'est en tout cas ce que j'ai toujours entendu dire. Mais c'est après. Si jamais elle en veut à un critique, ça va être un massacre.

— Élie les connaît, ceux qu'il a invités ?

— Oui… enfin, je crois. Mais il peut y avoir eu une vieille histoire, avec un critique, un musicien, ou même un spectateur. On joue serré, là.

— Bref, question fric, vous êtes un peu gênés, alors.

— Pas tout à fait, mais maintenant qu'il y a le neveu à entretenir, on ne va pas l'empêcher d'aller à la fac, il faut l'aider, sa mère l'a quasiment déshérité. Élie croyait qu'elle se calmerait, ça n'en prend pas le chemin. Moi, j'ai un boulot, mais seulement tant que la boite où je joue tient, tant que les musicos n'ont pas d'état d'âme, ne se piquent pas leurs mecs ou leurs nanas, ne font pas un héritage, ne forcent pas sur la boisson ou la fumette, bref… Question logis, Élie est propriétaire, et on s'entend bien. Parce que moi, je suis seulement « hébergé », pour l'administration.

— Vous ne pouvez pas faire un acte notarié ? Comme quoi vous êtes colocataires, un truc comme cela. C'est fréquent dans les grandes villes, de partager un appartement.

— C'est vrai, aux USA, c'est très courant. Mais il faut que les gens s'entendent et se respectent. En fait, les pouvoirs publics se fichent bien de ce que les gens font dans leur chambre à coucher, l'important est : qui paye le loyer, ou les charges, à qui sont les meubles, en cas de décès, ou tout simplement de déménagement. J'en parlerai à Élie, ça doit pouvoir être possible.

— Et tes parents ?

— Ils connaissent ma vie, mais on n'en parle pas, ils n'arrivent pas bien à comprendre, et je ne veux pas leur faire de peine. Question fric, ils peuvent bien sûr me dépanner pour une fin de mois difficile, mais c'est tout. En plus, quand j'habitais chez eux, avant de m'installer avec Élie, je sentais bien que ce n'était pas pratique, je travaillais le soir, donc souvent je ne rentrais pas si je ratais le train, et en plus j'ai longtemps vécu seul à Paris, quand on était au conservatoire. Bon, bien sûr j'ai habité aussi avec… pardon…

— Avec Bibi, ne t'excuse pas ! Je ne le voyais plus quand tu t'es installé. N'empêche, quand on se rencontrait, tu me faisais la gueule…

— Oh, oui, qu'est-ce que j'étais bête ! Il m'avait dit pis que pendre de toi, il te trouvait ingrate, il t'avait aidé, paraît-il… Puisqu'on en parle, et qu'on n'a plus d'illusions sur ce gars, je peux te dire, j'ai l'impression que tout Paris a vécu avec lui…

— On vivait ensemble, d'accord il payait le loyer, mais il disait partout qu'il m'entretenait. Il était rare qu'il n'y ait pas une ou deux personnes en plus. Et puis, surtout, il m'a fait perdre du boulot.

— Oui, à moi aussi. Mais tu l'aimais vraiment ?

— Le premier, c'est normal. On est bête, non ?

— Tu parles ! Moi non plus, je n'avais pas eu beaucoup d'expériences, et il m'a refilé des mecs dont il ne voulait plus. En plus, il m'a collé des chaudes-pisses, et le bouquet : il a voulu apprendre leur métier à des collègues musiciens chevronnés. Je travaillais mon piano dans le bar où je jouais le soir, il me présentait à ses copains comme « un pianiste de beuglant », et quand il venait me voir jouer, il prétendait me donner des conseils. Mais tout ça, tu le sais. Ce qui m'étonne, c'est que tu aies tenu si longtemps avec lui. T'es bonne à marier !

— Silence, ou je t'étrangle ! Le bon, pour moi, c'a été Hervé, que tu as connu.

— Oui, lui, il ne t'a pas prise en traître, son départ, c'était une possibilité de carrière, c'est différent. Dommage pour toi, c'était un gars intelligent. Pas beau, mais doué.

— Pas beau ? Dis donc, je ne te permets pas, chacun ses goûts ! Et zut, pourquoi est-ce que tu me parles de…

— Aïe, pardon, je ne veux pas te faire de peine. Excuse-moi. Mais tout de même, ne te fâche pas, si on n'a pas les mêmes goûts, on ne se piquera pas les mecs !

— Tiens, c'est ce que m'a dit ma copine Manuela, quand elle a rencontré Bibi.

— Oui, au fait, tu as de ses nouvelles ? Et d'Isabelle, que je ne connais pas ?

— Non, aucune. Je pense que Manuela a trouvé le mec qu'il lui faut, et elle veut des enfants assez vite. Isabelle, elle, a dû devenir juge d'instruction, mais où ? Sûrement à l'autre bout de la France, c'est comme pour les profs. Elle, c'est l'indépendance personnifiée, depuis l'enfance, entre son père PDG de société plongé jusqu'au cou dans ses affaires, et sa mère mondaine du seizième, elle n'a jamais eu personne pour l'aider, la conseiller. Heureusement, en dehors d'avoir du fric, c'est une bête à concours, elle s'en sortira question situation. Elles me manquent, mes copines, on a passé toute notre scolarité ensemble, on ne faisait rien sans se le dire.

— Tu vas voir, vous allez vous retrouver un jour, j'espère que vous m'inviterez…

— Entre filles… Compte là-dessus, mon gros ! Pas de mecs pour nous polluer la conversation, non, mais !

XVI.

Je suis rentrée après le concert. Tout s'est bien passé, c'était comme un beau rêve, heureusement qu'il y en a quelquefois, sinon à quoi croirait-on ? Je me souviens de ce concert, le dernier avec l'ensemble, de ce chanteur doté d'une voix extraordinaire, l'émotion a été un peu la même, mais cette fois je n'ai pas mélangé les sentiments. Et je me dis que les emballements artistiques valent mieux que les sentiments purement humains, au moins, on les garde et ils sont authentiques.

Hum… non, tout de même, quand on est seul, on s'ennuie un peu. Mais je sais que si je me promène entre les gares, les autocars, les hôtels bon marché où l'eau chaude est tiédasse et les baraques à frites, c'est pour quelque chose, tous ces petits désagréments s'effacent quand on vit une œuvre de Beethoven, ou une création géniale avec des interprètes fabuleux. Cette chanteuse, Conchita, n'était pas une interprète, elle était l'œuvre elle-même. On eût dit que cette pièce avait été composée pour elle, ou plutôt qu'elle était en train de naître par la magie de sa voix.

Après le concert, il y avait eu une réception fort réussie — on pouvait faire confiance à Élie sur ce plan — dans un grand hôtel juste à côté de la salle de concert. La grande Conchita, qui avait chanté vêtue d'une robe de velours bleu nuit décolletée, avec une large jupe qu'elle faisait ondoyer autour d'elle comme les vagues d'une cascade, avait troqué cette tenue pour un fourreau vert brillant qui moulait ses formes généreuses, mais parfaites. Son regard carnassier semblait rechercher une victime, mais aucune personne n'avait osé la contredire, il n'y avait qu'un chœur de louanges. Il ne se passait rien, pas un mot plus haut que l'autre, les félicitations étaient banales, cela avait l'air d'une soirée dans la bonne société bourgeoise. Certains disaient tout bas que Madame Conchita prenait de l'âge, elle avait chanté merveilleusement, mais d'habitude une prestation ne la fatiguait pas, elle qui tenait tout un opéra et trouvait le moyen de créer un scandale à la sortie. Là, il ne s'était rien passé, comme si les gens ne venaient écouter cette artiste que pour le scandale qu'elle était susceptible de causer ensuite…

D'ailleurs, où était-elle ? Elle s'était semblait-il rabattue sur le jeune compositeur, et je l'entendis dire : « Ce petit avorton vient de révéler toute la puissance qu'il cache ! Continue à t'économiser au lit, mon petit, si c'est pour garder des forces pour écrire ! » Un homme qui semblait bien la connaître avait éclaté de rire, elle s'était retournée brusquement en disant : « Silence, Maestro ! Toi, c'est le contraire ! Baise moins et travaille plus ! » Il avait répondu « Chacun sa spécialité ! » Et toute l'assistance était devenue hilare, on attendait depuis longtemps une sortie de Madame la Diva, spécialiste du genre. Non, elle n'était vraiment pas prête à prendre sa retraite, apparemment ! Conchita avait laissé le petit compositeur — heureusement pour lui, il était rouge à un point que l'on pouvait craindre qu'il ne fasse une attaque — pour se cramponner au bras de celui qu'elle appelait « Maestro », et dont on me dit qu'il était le chef d'un grand orchestre symphonique, dont le répertoire restait cantonné au dix-neuvième siècle, mais qui était réputé pour la qualité de ses prestations. Le compositeur avait fait son travail, elle avait terminé le sien avec lui. Au tour du Maestro de bosser ! Euh, dans quel domaine ? Juan, à qui je posais la question en prenant un air naïf, leva les yeux au ciel.

Je discutai ensuite avec le violoncelliste, qui me présenta son frère, architecte, féru de musique contemporaine, il me parla de Xenakis, de Stockhausen, et je lui répondis Bach et Mozart. Ces goûts n'étaient pas incompatibles, l'homme était gentil, doux, avait gardé une curiosité quasiment enfantine pour tout ce qui touchait à la musique et à l'art en général. Nous discutâmes une bonne partie de la soirée, le courant passait, nos différences étaient en fait un atout, nous comparions, nous commentions, l'un expliquait, l'autre apprenait... Là, il y avait quelque chose, il me semblait que nous nous étions toujours connus. Je fus presque déçue de voir Juan me faire signe, car la plupart des assistants se retiraient. Nous nous promîmes de nous revoir et échangeâmes nos adresses. Enfin, je leur donnai celle de Juan et Élie...

Le lendemain, dans l'autocar, je me demandais si je pouvais seulement me permettre de me faire de nouveaux amis, allais-je revoir ces personnes ? Oui, en principe, j'avais entendu Élie parler d'un enregistrement à Madrid, il y avait encore un voyage en perspective. Mais me feraient-ils venir, moi ? Enfin, tout de même, l'œuvre ne pouvait être jouée au pied levé, nous avions beaucoup travaillé. Donc, je reverrai sûrement le violoncelliste, mais qu'en était-il de son frère ? Attention, ma vieille, me dis-je aussitôt, tape-toi des mecs, mais uniquement pour l'hygiène. Interdiction de tomber amoureuse, d'accord ? Mais je ne peux m'empêcher de garder dans un coin de mes souvenirs quelques visages qui m'inspirent. Dont celui-là. Non, je ne le connais pas, mais je peux rêver dessus, enfin, cela ne me fera pas faire de fausses notes ! Bon, mais défense de prendre un autre train que celui qui mène à la salle de spectacle. J'ai déjà de la chance d'avoir de bons copains, qui m'hébergent, me soutiennent, et qui m'ont permis de vivre ce moment artistique, cette émotion. Alors, ne nous plaignons pas, mon horizon n'est quand même pas bouché !

Je rentrai dans mon antre, qui n'était pas si sordide que cela, après tout, il y faisait frais, vu l'épaisseur des murs qui dataient de quelques siècles. Je passai le balai, histoire de m'occuper, je rangeai mes affaires, et me mis en devoir de compter la monnaie qui restait dans mes poches, je retrouvai quelques pièces dans la doublure de mon sac, mais le tout accumulé ne faisait pas vraiment lourd. Mon loyer était payé, mais il me fallait aller à la pêche aux touristes. Allez, dis-je à mon violon, on va se faire un petit apéritif-concert ce soir.

Je choisis la place de la cathédrale, il y avait un café-brasserie où l'on entendait parler plusieurs langues, je commençai par mon petit air tzigane. Quelques mètres plus loin, un gars apparut avec sa guitare sur l'épaule, s'arrêta un instant, fit la grimace et s'en alla. Je l'avais doublé, apparemment. La moisson fut correcte, et un couple me fit signe et m'offrit à boire. Bon, me dis-je, j'ai gagné assez pour ce soir, je prendrai le train demain pour aller au bord de la mer. Deux mecs discutaient, au coin de la rue, avec le gars à la guitare. Ils n'avaient pas l'air hostile, seulement surpris, gênés. Encore des gens qui n'ont rien vu. Mais je me dis que peut-être je leur piquais du travail, y avait-il une mafia ? Sur les plages, apparemment je n'avais rien remarqué de tel. Bon, faisons attention, je n'ai pas envie de me faire tabasser par les protecteurs des fidèles du hit-parade. Ah, tiens, méfions-nous, l'un d'eux s'amène et m'adresse la parole :

— Pardon, c'est vous qui jouiez à… avec l'orchestre de Souris ? Pour l'apéritif-concert ?

— Mais oui, on a accompagné la messe aussi.

— Ah, bon, d'accord. Mais on voudrait vous dire… ne le prenez pas mal, mais il y a des copains qui ont l'habitude de jouer, ici, dans la semaine. Pas le dimanche, vous pouvez faire la sortie de la messe, c'est plus fait pour le classique, les gens ont l'air d'aimer mieux. Mais les autres jours, on est souvent là, faut nous laisser notre place.

— Si vous voulez. Je suis plus souvent sur les plages, aujourd'hui c'était exceptionnel.

— Ça marche. Sur les plages, il y a beaucoup de monde, ça gêne pas. Vous nous excusez de vous dire ça, on veut pas fâcher Monsieur Souris… Mais il faut que tout le monde travaille. »

Compris, il y a une loi du milieu. C'est la Cour des Miracles, alors… Bon, je suis protégée par le grand chef. Ça va faire rire Madame Vidal… Tout de même, ce gars, un parisien « pur porc », comme il dit, se retrouver là en chef d'orchestre de bal et quasiment « parrain » de mafia !

Et zut, brusquement, ça me fait tilt, ça existe dans tous les milieux. Lors du concours, je me souviens du régisseur qui m'avait dit « dommage, mais donnez le bonjour à votre copain ». J'avais été étiquetée, à cause de Bibi. Étiquette « joue bien, mais amène des histoires ». Re-zut ! Cela fait trois ans que je ne l'ai pas vu, je ne vais pas le traîner toute ma vie comme une fausse note, non ? Résultat, ici, c'est le contraire, j'ai le droit de faire la manche parce que j'ai un protecteur.

Ça va, inutile de râler, je ne peux rien changer aux manières de vivre des gens… Bon, mais l'étiquette Bibi, comment la décoller ? Trouvez-moi le produit miracle, que je puisse rentrer dans mon Paris, même s'il y a autant d'imbéciles qu'ici, même si on se prend des mains aux fesses dans le métro, oui, j'ai envie de retrouver le métro, la Gare Saint-Lazare et la rue du Rocher qui passe sur un pont au-dessus de la rue de Madrid, les embouteillages de voitures et de piétons boulevard Hausmann, la fontaine Saint-Michel le jour où quelqu'un y a jeté un paquet de lessive — ce n'était pas moi, je le jure ! Et le magasin de fringues pas chères à Barbès, et le bureau du chômage des artistes rue Pigalle devant lequel trônent toujours une ou deux putes... Même si c'est crade, même s'il y a trop de monde, des cons et des pas cons, je veux y retourner, donnez-moi la recette !

Oui, bon, si je me trouve un « protecteur », enfin, un compagnon qui est accepté dans le milieu... Mais alors, les filles, il nous faut un chaperon pour avoir le droit de bosser ? Je m'énerve, rentrée chez moi je pleure sur mon étui à violon, je m'excuse de l'avoir emmené dans cet endroit... et puis je repense à Barcelone, à ce concert extraordinaire, aux gens avec qui j'ai eu un échange sympathique, je veux bien changer Paris pour Barcelone, d'ailleurs il y a aussi un métro. Et des gares, et des embouteillages, et des quartiers moches où l'on trouve de tout pas cher, et des gens intelligents et des imbéciles. Je m'endors de mauvaise humeur.

Le lendemain, j'écris des lettres. À Manuela et Isabelle, d'abord, à des orchestres, à des copains, à des organisations, des théâtres, à la direction de la musique, pour les places de professeur de conservatoire, et même à Nicole, après tout j'ai bien le droit de lui demander de ses nouvelles. Maintenant que j'ai une adresse, profitons-en. Et je travaille mon violon, comme une forcenée, il ne va pas me résister, ce passage du concerto de Tchaïkovski, je dois pouvoir passer tout concours qui se présente, quel que soit le morceau. Les concours, je connais, et je me dis qu'on en passe toute sa vie, il faut toujours se tenir prêt, comme les scouts.

Et le soir, je prends le train pour aller donner mon apéritif-concert dans les bistrots de la plage. Je repère les horaires, ça va.

Je joue, ils m'applaudissent, merci M'sieurs-Dames, je vais ailleurs, un grand hôtel-restaurant haut de gamme, après tout, pourquoi pas ? Le réceptionniste est un mec entre deux âges, l'air fatigué, mais son regard s'allume quand il me voit. Attention, cher Monsieur, non, je ne suis pas en tenue provocante, ni en tenue de soirée. Je le regarde bien droit dans les yeux, sans agressivité quand même, je ne suis pas Conchita, il me laisse entrer dans le Saint des Saints, la salle à manger où sont attablés des gens, dont l'allure et la tenue ne sont guère différentes des autres estivants. Il va vers une étagère et éteint la chaîne qui diffuse une musique d'ascenseur, entre le pseudo-jazz des publicités et la musique de film sentimental américain des années cinquante. J'avance, et j'attaque. Attention, pas trop fort, ne les réveillons pas, du moins pas en sursaut. Doucement, et puis j'accélère. Tout le monde me regarde. Et je passe à Jean-Sébastien. Là, je ne perçois même plus le bruit des couverts, les serveurs même se sont arrêtés. Profitons-en, je continue. Et les applaudissements.

Tout en jouant, j'ai remarqué que des gens ont fait signe au maître d'hôtel, qui a eu l'air d'acquiescer. Je vais pour passer la sébile, le maître d'hôtel, que sans doute le réceptionniste a briefé, me fait signe que non. J'ai un moment de panique, mais il me fait signe cette fois de continuer à jouer, je sors Mozart, ça marche, mais il faut s'arrêter, l'attention semble faiblir. Je salue, applaudissements de politesse. Le maître d'hôtel semble m'appeler, j'arrive, il me dit que c'est une bonne idée, et me remet une enveloppe. Je suis surprise, je ne sais pas combien elle contient, elle n'est pas cachetée, j'écarte, il y a quelques billets, je ne regarde pas les détails. Je remercie, le maître d'hôtel et le réceptionniste me disent de venir le vendredi soir, à peu près à la même heure, il y a de nouveaux clients qui arrivent. Bien, merci, Messieurs.

Je me dirige ensuite vers plusieurs restaurants autour d'une petite place, il y a un guitariste flamenco, bon, ne faisons pas concurrence, en plus il joue bien. Plus loin, je demande la permission dans une pizzeria pourvue d'une grande terrasse, les serveurs me houspillent, tout juste s'ils ne m'empoignent pas pour que je disparaisse. Je leur lance « la politesse, ça existe, non ? » et je vois que les clients ont plutôt l'air de mon côté, ils s'impatientent parce qu'ils ne sont pas servis, un petit serveur débutant a l'air de se mélanger dans ses commandes et se fait crier dessus par le chef de rang, je m'éloigne en me disant que je ne recommanderai pas cet établissement. Tiens, une autre pizzeria, les tables sont plus serrées, mais le serveur me sourit et me fait un signe d'assentiment, il m'a déjà vue jouer. Là, tout marche bien, je sers un petit Vivaldi en l'honneur de la pizza vénitienne qui est en tête du menu affiché — je ne sais pas si quelqu'un connaît les origines du compositeur, mais je me fais plaisir — et je passe ma petite poche qui se remplit de monnaie. Ouf, ça va, mais suis-je loin de la gare ? Malheur, il faut que je fasse le tour de la plage, je ne vais pas arriver à temps.

Je cours, pas de chance, raté. J'essaie de faire du stop, un mec s'arrête et me demande si… Certainement pas, vos attributs ne m'intéressent aucunement, je ne paye pas en nature. Une autre voiture s'arrête, des babas-cool emplumés, fumant je ne sais quoi, je me cale dans leur guimbarde constellée de badges « Nucléaire, non merci » ou « Peace and Love » qui fume et pue de partout, le moteur qui chauffe, les sièges crasseux et les pieds pas lavés. Ils récitent des litanies en tibétain ou en je ne sais quoi, sans doute eux non plus, ils m'appellent « sœur », je n'ai rien contre, ils aiment la nature, les animaux, moi aussi, mais enfin sauf les poux et les puces, tout de même. Et voilà que la vieille bagnole tousse, hoquette, fume de plus en plus. Et elle s'arrête. Les gars descendent, ils font du stop.

Où sommes-nous ? À l'entrée d'un patelin où apparemment il y a un bal, j'entends un orchestre qui force sur les décibels, tiens, allons voir s'il n'y a pas des connaissances. Tout juste, il y a un guitariste qui a déjà joué chez Souris, et Louis, le trompettiste triste. Allons leur dire bonjour, je vais pouvoir trouver une bonne âme pour me raccompagner, entre musiciens, ça se fait.

Louis profite d'un moment où il ne joue pas pour courir téléphoner chez lui, et, en revenant, il me dit bonjour. Je lui demande si… Mais oui, un collègue le raccompagne, je n'ai qu'à rester à les écouter.

Ils rangent leur matériel, ils sont moins bien organisés qu'avec Souris, on a perdu un pied de micro, non, il est là, eh, enlève la prise, on va se prendre un coup de jus, eh, attention, ça ne rentre pas, mais alors comment est-ce qu'on est venu avec... Tout finit par être casé tant bien que mal dans la camionnette, les musiciens s'entassent dans les voitures, je suis serrée contre Louis en tenant mon étui à violon sur mes genoux, nous parvenons tout de même à atteindre le centre-ville. Ouf. Louis me regarde, et, presque timidement, il me dit : « Je te raccompagnerais bien, tu veux ? » « Mais oui, d'accord » m'entends-je répondre.

Je réalise que c'est Louis qui est avec moi en montant l'escalier, ç'aurait pu aussi bien être Alain, Souris ou Gérard. Allons bon, voilà que je tiens les comptes, à présent ! Je ne vaux pas mieux qu'un mec qui les collectionne pour épater les copains… Sauf que moi, je ne cherche à épater personne. À part le public, dans une salle de concert, et seulement avec mon violon.

Et puis voilà que les impondérables arrivent. « Pardon… problème… avec toi, depuis longtemps… pardonne-moi ». Et voilà, encore un « à problèmes ». Et avec la trouille de sa femme et des copains, il regardait la porte toutes les cinq minutes.

Mais non, enfin, cesse de te torturer comme ça, non, ta femme n'en saura rien, ou plutôt, elle doit le savoir depuis longtemps et s'en fiche, « un homme faut que ça s'amuse ». Mais il se fait du mouron parce qu'il a une petite panne.

Bon, je me déguise en quoi ? En sœur de charité, en psychanalyste ou en pompier de service ?

Je combine les différents rôles avec l'aide de mes naturels avantages et capacités, et tout finit par rentrer dans l'ordre. Enfin, si l'on peut appeler ça ainsi. Il était assez adroit, on ne remarquait pas trop les grosses cicatrices dont il était couvert, il avait vraiment été réparé de partout, le pauvre. Je comprenais mieux son « blues » perpétuel, il devait faire un effort pour rester debout sur scène, il avait parfois du mal à respirer, surtout quand il devait jouer dans un village en altitude, pour souffler dans une trompette, ce n'est pas idéal. Et le fait de boire n'arrangeait pas les choses.

Lui parti, je calmai un peu mes énervements, je me rendais compte que j'avais la chance d'être en bonne santé, de pouvoir jouer des heures, de pouvoir marcher longtemps… C'est vrai, on devrait toujours remercier le ciel, ou Dieu, ou sa bonne étoile ou son ange gardien d'être sur ses pieds, en bon état. Et de pouvoir tirer un coup sans risquer d'en prendre pour neuf mois, même s'il y avait encore des efforts à faire pour éduquer les toubibs à ne pas vous faire la leçon. Ça, c'était la femme médecin du Planning Familial qui m'avait renouvelé mon ordonnance de pilules qui me l'avait dit, elle venait de quasiment s'empoigner avec un jeune médecin de bonne famille bien pensante, qui avait eu le culot de dire à une pauvre fille qui revenait d'un voyage en Angleterre et ne souhaitait pas renouveler l'expérience : « commencez déjà par trouver un mari ». Comme le disait Einstein ou un autre scientifique, il est plus facile de désintégrer l'atome que les mentalités. J'ajoutais toujours que l'homme avait su marcher sur la lune en 1969, mais que ça ne faisait que quatre ans que la femme avait le droit d'ouvrir un compte en banque sans en référer à son seigneur et maître. C'est bien beau d'explorer l'univers, mais ce ne serait pas mal de commencer par faire évoluer les choses ici-bas, là, la porte à côté…

XVII.

Quelques jours ont passé. Je continue à faire la manche, pas le choix. J'ai trouvé le truc pour ne pas craindre de rater le train au retour : je regarde où il y a un bal, si l'orchestre est celui de Souris, ou de gens que je connais, j'y vais, ils me raccompagnent volontiers. Évidemment, je ne provoque pas d'incident en draguant les mecs, je ne m'éloigne pas pour ne pas me faire importuner par des ivrognes, et je fais la baby-sitter pour les copines des musiciens qui sont souvent un peu naïves. En plus, je suis devenue copine avec Charlotte, la chanteuse du groupe, qui me fait des confidences et on rigole bien. Il y a un autre orchestre, celui où j'ai rencontré Louis, qui n'y est pas de façon régulière, mais les autres musiciens sont sympas avec moi, il y en a même un qui aime la musique classique et s'y connaît. Ça change.

Ce n'est pas le cas de l'orchestre « Los Toros », où officie Enrico le plus souvent : une bande de dézingués complets, qui écument les fêtes des campings en jouant du rock pour faire danser, habillés de costumes dorés ou argentés, de loin on dirait des arbres de Noël qui s'agitent, et les décibels sont au rendez-vous. C'est le genre « c'est moi qui joue le plus fort parce que je suis le plus costaud ». Les minettes sont toutes à hurler en bas de leur estrade, ils draguent tout ce qui bouge, mâle ou femelle selon les goûts. Question cerveau... ils doivent bien en avoir un, mais il ne sert certainement qu'aux fonctions vitales.

J'ai rejoué à la messe lors d'une fête avec Souris, le saxophoniste et Enrico. En plus, Charlotte est venue m'écouter, des amis l'avaient emmenée et son mari ne l'accompagnait pas, nous avons pu causer, échanger des confidences et des conseils sur nos pratiques sexuelles respectives. Je lui ai raconté Bibi, elle n'en pouvait plus de rire, et me répétait « Ben dis donc, tu aimes les guignols, toi ! » Elle et son mari ont une drôle de relation, il est très jaloux, mais adore qu'elle se montre, qu'elle soit provocante sur scène, il est très fier de ce que les autres l'envient. Mais, une fois descendue, chasse gardée ! Elle s'est fâchée plus d'une fois et a fini par obtenir qu'il la laisse un peu vivre. Ce dont il a très envie, c'est qu'elle se tape une fille, pour participer aux ébats. Elle n'est pas contre, mais ça ne marche pas souvent. Si moi je voulais… J'ai tout de suite mis les points sur les i, à trois je ne suis pas contre, mais son mec ne m'attire pas du tout. Elle, par contre… On s'embrasse dans les coins, petits câlins, on se croirait au pensionnat, ça ne va pas plus loin.

J'ai reçu une lettre de Juan, on m'attend pour aller faire un concert à Madrid. Ouf ! Bon, on nous paye au moins le voyage et l'hôtel, quand même. Si l'on peut obtenir un enregistrement, celui-ci sera payé. Par précaution, je fais la manche deux jours de suite, histoire d'avoir de l'argent de poche pour le voyage, je travaille la partition, et je file à Barcelone. Charlotte m'accompagne à l'autocar, elle raconte à tout le monde que je vais faire une création internationale. Tout juste si elle n'agite pas son mouchoir quand le car se met en marche. Les autres voyageurs me regardent comme si j'étais une célébrité, une mamie dit à son petit-fils : « Tu vois, la dame, c'est une grande violoniste qui va donner un concert ». Je ne sais plus où me mettre…

J'arrive chez mes amis, l'ambiance est aussi surchauffée que la température locale. Juan bosse son piano ou donne des leçons, Élie passe son temps au téléphone pour régler tous les détails, quand il n'est pas en train de se disputer avec sa sœur ou de donner des conseils à son neveu, il laisse toute sa monnaie dans la cabine téléphonique du coin.

Quand je me retrouve seule avec Juan, voilà qu'il m'engueule : à qui ai-je donné leur numéro de téléphone, plus exactement celui de la boutique au-dessous ? Je proteste que… mais pourquoi ? On leur a fait des blagues au téléphone, et quand la voisine les avait appelés, ils avaient été inquiets pour moi. Les blagues étaient plutôt lourdes, il avait dû faire un gros effort pour que la voisine n'entende pas, encore heureux qu'elle ne comprenne pas le français, et répondait sur un ton très professionnel. Je me récriai : je m'étais contentée de le donner au directeur du Conservatoire, et au chef d'orchestre, et j'avais bien précisé qu'il s'agissait du numéro des voisins, qui faisaient la commission, ou les appelaient. Il me dit que je travaille avec des imbéciles, j'en convins, je me répandis en excuses. Mais je ne pouvais pas empêcher les gens d'être stupides. Juan me rassura, il ne m'en voulait pas, mais il termina par une citation : *« Les cons ça ose tout. C'est même à ça qu'on les reconnaît »*. Car il était quasiment licencié Audiard et connaissait par cœur toutes les répliques des « Tontons Flingueurs ».

Nous répétons une fois, sans problème, Conchita corrige quelques détails, tout le monde l'écoute, le compositeur aussi. Demain, nous partons pour Madrid. Par avion, j'apprends qu'il y a un « pont aérien », un vol toutes les heures, entre Barcelone et Madrid. Quand j'ai demandé à Élie pourquoi on ne prenait pas le train, il s'est esclaffé en me disant que je ne connaissais pas la géographie de l'Espagne : c'est montagneux, du coup le trajet est très long. Et une journée, ou une nuit en train par une température de quarante degrés, pour donner un concert à l'arrivée, c'est tout simplement impossible. Je fais remarquer que cela m'est arrivé… il m'interrompt en me disant que ce n'était pas pour une création, et surtout pas avec une chanteuse comme Conchita. Sa voix, il faut la soigner.

Bon, allons-y pour l'avion, ce sera une première expérience…

L'aéroport, l'embarquement, tout va bien, je suis à côté de Luis, le violoncelliste, qui est un peu inquiet pour son instrument qu'il a dû mettre en soute, mais il a choisi un étui solide, matelassé, qui pèse un âne mort, et qui vaut un supplément de bagages. Moi, ma boite n'étant pas trop grande, j'ai pu garder mon violon avec moi, j'ai glissé mon linge de rechange dans la poche extérieure, pour ne pas être encombrée. Juan est venu, il accompagne Élie, il a tenu à se payer le voyage. Nous atterrissons — tiens, déjà ? Dommage — et l'expédition commence. Les instrumentistes qui ont des bagages en soute les récupèrent, nous nous rassemblons. Tiens, où est Élie ? La violoniste s'impatiente, qu'est-ce qu'on attend, est-ce que nous prenons un taxi, ou l'autocar ? Élie arrive enfin, nous allons prendre l'autocar. Mais où est Conchita ? Élie l'a conduite à un taxi, lui a indiqué l'hôtel, la salle, les horaires, elle se débrouillera. L'autocar, puis un bus, Luis souffre avec sa boite en bois matelassée spéciale avion, le percussionniste traîne ses sacs de matériel, il est toujours en train de les compter, en oublie toujours un et court partout pour le récupérer.

Nous arrivons à l'hôtel, je partage la chambre d'Amparo, la violoniste, nous nous reposons une petite heure avant d'aller voir la salle qui est tout près. Mais voilà que Juan arrive affolé : le compositeur n'est pas là, alors qu'il avait dit qu'il partait pour Madrid deux jours avant. Bon, allons quand même répéter. La salle a une excellente acoustique, tout va bien. Conchita arrive, suivie du petit compositeur qui a l'air un peu fatigué. Mais alors ? En fait, il est bien arrivé l'avant-veille, en a profité pour aller voir des collègues, ils ont fait la fête, il a couché chez eux, et aujourd'hui, arrivant près de la salle, il est tombé sur Conchita qui avait besoin de sa dose de sexe pour être en forme le soir.

L'heure du concert arrive. Il y a deux œuvres au programme, la première pour piano et bande magnétique, d'un compositeur appelé Pedro Castillo, dont on me dit qu'il est milliardaire, qu'il est un ancien amant de Conchita, qu'il parvient à être à la fois bien avec l'intelligentsia communiste et avec les gardiens de l'idéologie franquiste. Comment ? Pas compliqué, il a deux appartements à Madrid, l'un où trône dans le salon une immense reproduction de la fameuse photo de Che Guevara[5] et où l'on peut trouver les œuvres complètes de Karl Marx, Engels, et une collection de journaux de gauche de toutes les nationalités. Dans l'autre, le portrait de Carrero Blanco[6] et celui d'Escriva de Balaguer[7] voisinent avec un Christ datant du siècle d'or espagnol, et avec des journaux et des ouvrages bien pensants. Selon l'orientation de ses visiteurs, il les reçoit dans l'un ou dans l'autre. Mais à quoi cela sert-il,

---

[5] Ernesto Guevara dit « Le Che » (1928-1967) : homme politique marxiste argentin, entre autres un des acteurs principaux de la révolution de Cuba.

[6] Luis Carrero Blanco (1903-1973) : homme d'état espagnol, vice-président du gouvernement, proche du général Franco, assassiné par l'E.T.A., organisation séparatiste basque, en 1973.

[7] José Maria Escriva de Balaguer (1902-1975) : prêtre espagnol fondateur de l'Opus Dei, mouvement catholique. Il fut un proche du général Franco.

puisque tout le monde le sait ? Manières de riche qui se moque de la politique, sachant bien que tout parti a besoin du nerf de la guerre. Et en fait, il habite dans un pavillon de la banlieue huppée, avec sa femme, et dans le pavillon voisin habite son associé, un expert-comptable avisé, doté d'une nombreuse famille. Le tout se déplace toujours à quatre, les deux couples sont appelés « *El Escurial* »[8] et tout le monde se gausse des manies de chaque membre du groupe, la dame qui dans un grand restaurant étoilé commence par demander du coca-cola, le compositeur qui choisit toujours les plus gros cigares, l'associé qui sort constamment son carnet secret où il note d'une écriture minuscule toutes les bonnes adresses d'hôtels et de restaurants, et sa femme qui change de couleur de cheveux toutes les semaines. Ce soir, les deux hommes sont en costume trois-pièces, malgré la chaleur, et les femmes en tailleur Chanel.

Le pianiste arrive, Élie et Juan m'ont prévenue, c'est Adonis ou Apollon en personne. Effectivement, un beau gars, habillé en torero, bizarre. La bande se déclenche, des musiques synthétiques mêlées à des cris de foule, cela évoque plus une éruption volcanique qu'une corrida. Le pianiste a une technique puissante, une grande virtuosité. Les machinistes font courir sur la scène des halos de lumières où le rouge domine, des projections montrant des scènes de massacre, avec des citations d'Arrabal ou de Garcia Lorca. Je ferme les yeux, il y a une ambiance, ce n'est pas mal écrit, mais pourquoi attifer le pianiste ainsi, pourquoi ajouter des lumières qui font plus penser à un spectacle des Folies Bergères ou à du Grand-Guignol… Bon, le public a l'air d'apprécier.

---

[8] L'Escurial est un château du XVIe siècle, commandé par Philippe II d'Espagne, situé au nord-ouest de Madrid, où ont été inhumés la majorité des rois et reines d'Espagne.

C'est à nous. On s'installe, et Conchita arrive, vêtue de rouge, ses cheveux ondoyants sur ses épaules. Elle attaque… Attention, j'ai l'impression de vivre un moment historique. Nous suivons, nous vivons, nous nous regardons, nous la regardons, elle nous regarde par moments, il y a une telle osmose que j'ai l'impression que nous faisons tous partie d'un même corps.

Le public applaudit debout, hurle « Conchita ! Conchita ! » Elle salue, nous saluons, rappel, deuxième rappel… au troisième rappel, je la vois tripoter sa robe… et hop ! Elle écarte le tissu et montre son corps comme Vénus sortant de l'onde. C'est le délire dans la salle. Enfin… ça réagit, en fait, ça crie, ça manifeste, les opinions divergent, je remarque que des gens ont l'air de s'empoigner. Donc, un scandale, je vis un deuxième *Sacre du Printemps*[9]. Nous sommes toujours sur scène, que faisons-nous ? Hep, on nous lance des boulettes de papier, des programmes froissés, j'entends des cris…

Un repli stratégique s'impose avant qu'ils ne passent aux tomates. Élie, derrière les rideaux, nous fait de grands signes, nous nous précipitons à l'abri. Conchita rentre en coulisses, toujours dans le plus simple appareil, elle rajuste ensuite sa robe et empoigne le bras du compositeur pour le ramener sur scène. Cris, hurlements, bruits de chaises, on dirait que ça se bagarre. Le compositeur et la diva regagnent les coulisses. Mais pourquoi a-t-elle fait ça ? Le compositeur bondit sur Élie, ils ont l'air de se disputer… Et je vois arriver « *El Escurial* », tous les quatre, alignés comme les chevaux du char de Ben-Hur et avançant du même pas. Le compositeur au cigare a l'air de rigoler, ses trois acolytes également. Il dit

---

[9]*Le Sacre du Printemps* est un ballet d'Igor Stravinski, avec une chorégraphie de Vaslav Nijinsky. Il provoqua un scandale lors de sa création à Paris en 1913, avant d'être reconnu comme un chef-d'œuvre.

quelque chose, je suis perdue, ne comprenant rien. Juan parvient à séparer Élie de son agresseur, et calme le jeune homme qui court pleurer dans la loge de Conchita. Je me rapproche de mon copain, qui m'explique : Conchita cherche toujours à provoquer Pedro Castillo, et lui, comme il est friand d'expériences en tous genres, il lui a piqué le pianiste. Élie devait bien le savoir, et notre compositeur est furieux qu'il ait accepté de faire jouer sa pièce en même temps que la sienne. Je dis que cela fera certainement de la publicité, il y aura des articles qui encenseront l'œuvre et d'autres qui la démoliront. Mais au moins, on en parlera. Oui, mais, pour l'enregistrement… ce ne sera pas pour tout de suite, me glisse Juan, l'air sombre.

En attendant, Pedro Castillo allume son cigare, écartant d'une main ferme l'employé du théâtre qui lui fait remarquer qu'il ne faut pas fumer, et annonce qu'il invite tout le monde au restaurant X… pendant que son associé a foncé sur un téléphone pour confirmer la réservation de tout l'établissement. Euh… c'est qui, ce mec ? Un potentat oriental d'autrefois ? La réincarnation du Roi Soleil, ou un magnat du pétrole américain ? Ça existe encore, ces spécimens ?

Je me change, avec la violoniste, nous nous regardons et finalement éclatons de rire. Un fou rire impossible à arrêter. Le percussionniste arrive en râlant, il a dû retourner sur scène pour ranger son matériel et a failli se faire tabasser, des spectateurs hargneux avaient envahi le plateau. Le violoncelliste et le flûtiste, qui ont tout rangé, nous font signe : des bruits non équivoques parviennent de la loge de Conchita. Élie, philosophe, dit « il fallait bien qu'il puisse se calmer ». En effet, si la diva ne connaissait qu'un seul moyen pour consoler un compositeur en pleurs, au moins il était efficace. Nous attendons un moment sur l'escalier, des gens sont dehors, allons-nous pouvoir sortir indemnes ?

L'associé de Pedro Castillo arrive, avec trois taxis qui suivent sa voiture, nous montons, vite, démarrons, avant de nous faire lyncher par la foule furieuse, me dis-je en rigolant. Apparemment, « *El Escurial* » est un ensemble parfait, tout arrive à point nommé sur le plan de la logistique. Tiens, je crois que j'ai faim. Le restaurant n'est certainement pas un palace, nous arrivons au fond d'une petite ruelle tortueuse, dans une vieille maison au mur écaillé, mais le décor est délicieusement vieillot, douillet. Les serveurs s'affairent, se plient en deux devant notre hôte qui apparemment est bien connu ici, nous avons tout le restaurant rien que pour nous. Est-ce qu'il l'a fait rouvrir un jour de fermeture, ou est-ce qu'il a fallu chasser les clients ? Je m'installe avec ma collègue, on a encore le hoquet à force de rire.

Le repas est excellent, le vin aussi, apparemment c'est la bonne adresse à connaître, mais qui ne figure pas sur les guides touristiques. Pedro provoque constamment Conchita qui lui réplique vertement, je ne comprends pas tout, mais le langage a l'air plutôt cru. Le jeune compositeur dévore, l'exercice lui a donné faim. Le pianiste pérore devant les dames d'« *El Escurial* », se vantant non seulement de son talent pianistique, mais aussi de ses exploits au tennis, ce qui semble les intéresser davantage. Seul Élie a l'air de s'inquiéter. Je me dis que je m'amuse bien, après avoir participé à une création qui restera dans les annales, et pas seulement à cause du scandale, je crois en l'avenir de ce jeune compositeur et ne souhaite qu'une chose, rejouer avec ces gens. Sans risquer de se faire tabasser par le public, quand même. Mais présentement... j'aimerais bien rester une journée de plus à Madrid, histoire de visiter au moins le musée du Prado. Quitte à payer une nuit dans un hôtel pas cher, ça doit bien exister...

Mes collègues s'approchent de moi, Amparo nous explique qu'elle a une cousine à Madrid, qui peut nous héberger une nuit ou deux. Elle est restée à l'hôtel la nuit dernière, car sa parente habite à l'autre bout de la ville. Les deux autres musiciens sont d'accord, l'un veut voir une exposition, l'autre visiter un musée, on ira, sauf le percussionniste qui a une obligation professionnelle et doit rentrer le lendemain. Lui, il fait franchement la tête, encore une histoire de matériel, il a dû perdre une clochette ou un bout de caoutchouc, ou une ficelle quelconque, avec tous ses étuis disparates.

J'explique la chose à Juan et Élie, qui me font seulement préciser quand je rentrerai à Barcelone, me demandent si j'ai bien mon billet de retour, et ils nous laissent discuter ensembles pour s'occuper de Conchita qui a récupéré le pianiste, tandis que le petit compositeur ronfle dans un coin. Nous sortons, Conchita, en bonne partenaire, laisse un instant son torero et pianiste et nous congratule, nous sommes les meilleurs, merci, bravo, grosses bises, je vous aime... Nous sortons, j'ai le temps de la voir flanquer une gifle à Pedro Castillo.

Nous regagnons l'hôtel, montons nous coucher après un bref bonsoir et — du moins en ce qui me concerne — nous nous endormons vite, épuisés que nous sommes par toutes ces péripéties.

Le lendemain, nous nous rendons chez la cousine, qui nous reçoit gentiment, nous installe, s'excuse de ce que son appartement soit plutôt petit, il y a le canapé du salon et deux lits de camp, peu importe, pour une nuit. Nous déposons notre barda et courons au Prado. Enfin, je vois les fameux Goya ! Après, nous avalons un sandwich et flânons dans les rues, il fait une chaleur insupportable, allons à l'exposition, le lieu est climatisé. À tel point que nous éternuons à l'entrée et à la sortie.

Hormis une conversation très conventionnelle sur la peinture et la sculpture, nous sommes toujours en train de commenter le concert et ses péripéties. Je ne comprends pas tout, le violoncelliste qui parle bien le français traduit, on rigole bien. En fin d'après-midi, quelqu'un achète un journal et nous nous ruons dessus : effectivement, il y a une photo de Conchita — une ancienne, montrant juste la tête —, mais le scandale est relaté dans ses moindres détails. Il y a la photo du compositeur, celle de Pedro Castillo... on parle de sacrilège, de scandale, de prostitution de l'art, on voue ces modernistes aux flammes de l'enfer. Dans un autre journal, il y a notre photo, sur la scène avec Conchita, celui-là je le prends. Évidemment, l'article relate également le scandale, mais reconnaît que l'œuvre jouée a été un grand moment, on loue le talent des interprètes, on encense la performance quasi sportive du pianiste, on ne tarit pas d'éloges sur la grande cantatrice... Les collègues me précisent que Pedro Castillo est le principal actionnaire de ce quotidien. Dans un autre, on dit beaucoup de bien de l'œuvre de notre compositeur et beaucoup moins de celle de l'homme au cigare, précisant qu'il n'est pas besoin d'attifer un pianiste en torero pour faire de la musique espagnole, et non plus de se mettre à poil pour « faire moderne ». J'achète aussi ce journal. Donc, il y en a pour tous les goûts.

Durant le voyage de retour, je discute avec Luis, il me parle de son frère, qui a très envie de me revoir. Tiens, moi aussi, bizarre, non ? Attention, me dis-je, le boulot avant tout, ici je ne gagne pas grand-chose. Amparo range ses papiers, et histoire de rire dit qu'elle espère que le chèque n'est pas en bois. Le violoncelliste fait mine de regarder le sien, il précise qu'au moins, il est signé. Je sursaute : Élie leur a donné un chèque, et à moi rien ? Bon, ils m'hébergent, mais le montant du chèque est plutôt correct. Je me sens gênée, j'écoute à peine le collègue, je me sens minable, je suis la dernière roue du carrosse, on se sert de moi, je suis tout juste bonne à faire la manche pour gagner ma croûte. Je dois me forcer pour parler avec mon voisin, qui me demande quand je reviendrai à Barcelone, car son frère est actuellement à Paris pour des raisons professionnelles, mais quand il reviendra, il organisera une petite fête et j'y suis invitée.

Ce qui aurait pu me faire plaisir me fait l'impression d'un bloc de fonte qui me tombe sur la tête. Si une presse hydraulique avait d'un coup écrasé mon violon, je n'aurais pas été plus désespérée. Je me fais avoir par un copain, un gars est attiré par moi, mais il est à Paris. C'est lui qui est à Paris et moi… ailleurs… J'arrive à le remercier, à l'assurer que j'accepte très volontiers, mais que je ne sais pas quand… bien sûr, le travail de musicien, il y a des impondérables, des engagements, des remplacements, le collègue en convient. Mais fais ton possible, il m'a demandé d'insister…

Je revois le visage de ce garçon, son sourire qui m'a fait fondre, je lui ai donné mon adresse, enfin celle de Juan et Élie… qu'est-ce que je fais ? Il y a une minute, j'avais envie de laisser tomber mes deux faux-frères, et voilà que je veux absolument garder un lien avec… l'autre…

Nous nous quittons, je prends le métro, et je serre un mouchoir sur mes yeux, je pleure comme une madeleine à présent, j'en ai marre, comment… j'arrive à l'appartement, qu'est-ce que je fais, qu'est-ce que je leur dis… Dans la cour, Montserrat me crie après : « Mademoiselle ! Vous avez la clé ? » Je reviens vers elle, j'apprends qu'ils ne sont pas encore rentrés, que se passe-t-il ? Je prends la clé, j'entre.

Apparemment, tout est comme avant notre départ pour Madrid, ils sont encore là-bas ? Ou ailleurs ? Je tourne en rond, que faire, il est arrivé quelque chose, c'est sûr.

Je reste dans l'appartement toute la journée, d'ailleurs il fait trop chaud dehors, ici au moins les murs sont épais, il y a des boissons fraîches, je vide jus d'orange et paquets de petits gâteaux, je regarde vaguement la télévision, je n'y comprends rien, pas envie de faire le moindre effort, je l'éteins… Pour me calmer, je sors mon violon, j'essaie de jouer… c'est moche, je suis nulle, pauvre violon, excuse-moi, je pleure, je me répands en excuses devant l'instrument que je viens de faire chanter faux. Je me plonge dans la baignoire, histoire de me rafraîchir les idées, finalement la nuit tombe, je me couche et j'arrive à m'endormir.

Un bruit me réveille, où suis-je, à Madrid, à Barcelone ou dans ma piaule ? Et qui est là ? Ouille, que c'est dur d'être réveillée dans son premier sommeil. Qui… quoi…

C'est Élie qui arrive, marchant doucement. Me voyant bouger, il s'approche.

— Tu es là depuis quand ?

— Depuis midi, on a quitté Madrid par le premier avion. Et Juan ?

Élie regarde ailleurs, il est contrarié, agacé.

— Vous vous êtes disputés ?

— Oui, il est chez ses parents. C'est ma faute, en plus. Je peux allumer ?

Il fait de la lumière et je m'aperçois qu'il n'est pas rasé, qu'il a un œil au beurre noir, des bleus. Qu'est-ce que… c'est Juan ? Il est devenu violent ?

— Non, quand même, c'est le directeur du théâtre. J'y suis allé le lendemain, et lui et ses employés m'ont empoigné, traîné dans la salle, pas mal de fauteuils avaient été esquintés. Ça a vraiment été un scandale. Du coup, il a exigé que je lui rembourse les dégâts.

— Ben… il n'est pas assuré ?

— Si, tout de même, il a fini par se calmer et m'a demandé de faire un constat avec lui. J'ai signé tout ce qu'il a voulu, je lui ai donné un avenant. La veille, je m'étais déjà bagarré avec le percussionniste, car il a eu du matériel d'abîmé, du coup je lui ai donné ton enveloppe pour compenser.

— Mon… mon enveloppe ?

— Oui, puisque tu n'as pas de compte en Espagne, je t'avais préparé une enveloppe avec de l'argent. Tiens, tant qu'on y est, voilà ce qui te revient, sinon, je vais oublier. Tu as dû t'inquiéter, je ne t'ai rien donné. Pour les autres, j'avais déjà préparé les chèques.

Je me morigène, je me fais des reproches. Je secoue la tête, je ne sais pas quoi lui dire. À part…

— Mais alors, et Juan ? Qu'est-ce qu'il y a eu ?

— Il m'a engueulé parce que j'ai cédé au directeur. J'aurais bien voulu l'y voir, avec le gars et ses deux malabars. Ça, remarque, il ne me l'a pas trop reproché, mais dans l'affolement, je n'ai pas gardé de double des papiers de l'assurance, j'ai l'impression que je vais avoir des problèmes. Du coup, je suis allé voir Pedro Castillo, manque de bol, il était dans son appartement pour franquistes avec un ministre ou je ne sais quoi.

— Mais dis donc, et la Conchita ? C'est de sa faute, tout ça. Elle a voulu créer un scandale, elle l'a eu. Elle craignait de ne pas avoir d'article dans le journal, sans son numéro de strip-tease ?

— Non, c'était une vengeance personnelle, elle en voulait à Castillo et cherchait à récupérer son pianiste. Elle y est arrivée. Mais j'ai l'impression que tout ça s'est terminé à trois, Castillo avait des idées de revenez-y, autant pour le pianiste que pour Conchita.

— Ah, bon ? Il a envoyé sa femme à la niche, le macho de service ?

— Je savais qu'il te ferait cette impression. Non, tu as vu le genre de sa bonne femme, avec ses bijoux et son tailleur Chanel ? Elle passe ses journées à la piscine ou au club de tennis et se tape le maître nageur, et avec ça ils se disent un couple « moderne ».

— Mais alors, Juan ?

— Donc, j'ai dû poireauter pour rencontrer le grand Pedro. Je suis tombé sur le type qu'il recevait, un haut fonctionnaire qui me connaissait, et lui ai bêtement dit bonjour au lieu de me planquer. Il m'a insulté, traité de dégénéré, et a parlé du directeur de la salle qui est bien vu politiquement. Du coup, Castillo, qui aurait pu prendre ma défense, a fait celui qui approuvait. Juan m'a reproché d'avoir dépensé tout ce que j'avais pour ce concert. J'espérais qu'on pourrait enregistrer pour la radio, pour un disque, mais avec cette histoire…

— Mais tu savais bien qui était Conchita, et qui était Castillo, non ?

— Attends. J'ai voulu frimer. Castillo voulait louer la salle lui-même, j'ai insisté pour le faire. Ça m'a valu son estime, un peu comme si je l'avais battu au poker, j'ai fait celui qui n'était pas impressionné par son fric, au moins il ne me considère pas comme un minus. J'ai joué les nababs, mais…

— Là, excuse, mais tu as eu tort. À ce que j'ai vu, ce mec tient dans sa main, plutôt dans son portefeuille, pas mal de gens, artistes ou politiques. Vous ne concourez pas dans la même catégorie, enfin ! Qu'est-ce que vous avez, les mecs, à vouloir montrer que vous êtes les plus forts ? Enfin, excuse-moi, tu t'en es rendu compte, je pense…

— Oui, à vouloir jouer dans la cour des grands, on prend des coups, la preuve… mon œil, je m'en fiche, mais mon compte en banque, je ne sais pas dans quel état il est, et j'ai le neveu… Et Juan, je ne sais pas ce qu'il pense, il m'en veut de frimer, sûrement. Si je le perds, je suis fini, c'est trop idiot, pour avoir voulu jouer les mécènes… Je dois retourner dans mes mariages et fêtes de promotion, à faire le DJ ou le maître de cérémonie, et à tenter de faire admettre les chansons de Bob Dylan et la musique dodécaphonique en Espagne, au lieu de me mesurer à Castillo…

— Ce que tu as dit en dernier, c'est ça qui compte, faire connaître, faire admettre, faire évoluer les styles, les opinions. Évidemment, il y a un côté… je dirai somptuaire, dans la façon de présenter les choses, mais tu sais le faire avec des moyens plus réduits, non ?

— Mais tu crois que j'ai eu tort, pour le concert ?

— L'opinion de Juan était que tu as un peu forcé sur les moyens lors de la création à Barcelone, fallait-il terminer la soirée dans un palace ?

— Non, je pouvais faire une réception dans le foyer du théâtre. Mais là où j'ai vraiment merdé, c'est à Madrid, louer le théâtre, le personnel, tout…

— Bon, mais, c'est venu comment, de mettre au même programme cette pièce et celle de Castillo ? Tu connaissais ses liens avec Conchita, tu la connaissais elle aussi. C'était sûr, il allait y avoir un clash. Mais qu'est-ce qu'elle en pense, elle ?

— Elle ? Rien, je pense, ça doit faire partie des choses normales. Un concert doit être suivi d'un scandale, ou d'un événement. Elle préfère avoir sa photo dans un journal à sensation plutôt que dans une revue spécialisée, il y a plus de lecteurs. C'est elle qui a proposé de mettre ces deux œuvres au programme, et qui a voulu que ce soit dans cette salle. Pour l'avoir, j'ai dû accepter. Et elle m'a fait un tarif de faveur, elle a été payée à peine plus que vous, alors que d'habitude, son cachet vaut un zéro de plus.

— Pardon ? Alors, nous avons été les instruments de sa vengeance. Elle t'a fait un prix pour pouvoir s'offrir un scandale. En prime, elle a récupéré son Apollon de pianiste, qui soit dit en passant est gai comme un croque-mort et mal élevé, pas bonjour, pas un mot, charmant, quoi ! Dans le genre vedette, lui se pose là. Elle, au moins, elle est sympa avec les interprètes, les répétitions se sont très bien passées.

— Ça, tu dois avoir raison, on s'est fait avoir.

— Hum... ça lui arrive de cesser de se regarder le nombril ?

— Pardon ? Tu dis ?

— Ça veut dire qu'elle ne pense qu'à elle, qu'elle pense être le centre du monde, que rien n'existe en dehors...

— Compris. C'est la diva, tu as bien vu. Ah, ça, quand avec Juan on a regardé la partition de l'œuvre, on a tout de suite pensé à elle. Le compositeur n'osait pas y croire, en plus il s'est toqué d'elle, bref...

— Bref, on peut être une interprète géniale et être con. Non, plutôt égoïste.

— Je ne veux pas te donner un cours de psychologie féminine, mais toute son attitude est en fait une vengeance.

— Famille pauvre, débuts comme serveuse dans un beuglant ? Le coup de l'enfance malheureuse ?

— Non, tout de même pas. Mais son père, journaliste, avait autrefois perdu son poste dans un grand journal à cause de ses idées de gauche. Elle a sans doute grandi dans une atmosphère de revanche, de haine des institutions, et son talent lui a permis d'arriver à la célébrité. Du coup, elle s'en sert. Et aussi, il y a le sexe, c'est son moteur. Et ça va avec le personnage, elle cherche à briser toutes les barrières.

— Madame la révolutionnaire ? C'est sa façon de lancer des pavés, sauf que c'est à la *Puerta Del Sol* et pas rue Gay-Lussac… Détruisons les institutions afin de rebâtir une société plus juste, ou quelque chose comme ça…

— Pour les institutions, tu as raison, elle ne supporte pas les structures académiques. Mais le côté révolutionnaire, pour elle, je crois que ça s'arrête au plumard…

— Bref, si on l'engage, il faut prendre une assurance-réputation ?

Là, Élie parvient à rire.

— Pas mal ! Ce serait une idée à souffler aux assureurs, assurer sa réputation. Valable pour les artistes, les hommes politiques… les ecclésiastiques… Zut, je n'ai pas d'assureur dans mes relations. Ça doit bien exister en Amérique, ils font des procès pour tout et n'importe quoi…

— Bon, si j'arrive à te faire rire, tout va bien. L'important, c'est Juan. Tu veux que j'aille le voir ? Je connais l'adresse de ses parents, et tant que je suis à Barcelone…

— Non, tu es gentille, laisse tomber, je vais y aller. Le tout va être de redresser mes finances, je suis dans le rouge, maintenant. Mais reste ici, si tu n'as rien de spécial. Tu as des concerts, prochainement ?

— Pas avant la mi-septembre. En attendant, comme tu sais, je vivote en faisant la manche et en jouant dans les messes des fêtes de villages. Tiens, ça va être bientôt le 15 août, j'aurai sûrement une affaire, c'est la bénédiction des bateaux, dans les ports. Non, il faut que je rentre. Si vous avez besoin de me joindre rapidement, téléphonez au théâtre, au concierge, je le vois souvent et il connaît tout le monde. Attention, il faut insister pour l'avoir lui, parce que sa femme n'est pas très futée, quant à ses gosses, ils ont un Q.I. en rase-mottes. J'avais passé le numéro à Juan, mais je te le note aussi, voilà.

— D'accord. Mais tu attends quelque chose, ou quelqu'un ?

— Ben… le violoncelliste, Luis. Enfin, pas lui, son frère, Jorge, l'architecte. Il est à Paris, mais son frère m'a dit qu'il voulait m'inviter quand il rentrerait à Barcelone.

— Tiens, tiens ! Des sentiments, maintenant ? Attention, ne saute pas dans un train pour le retrouver, tu risques de payer le billet pour rien.

— Ça ne va pas, non ? Je ne connais même pas son adresse. Et puis, j'ai seulement l'impression que je ne lui suis pas indifférente, son frère m'a dit qu'il aimerait m'inviter, c'est tout. Mais bon, s'endormir en rêvant à quelqu'un d'intelligent, ça fait un peu plaisir, non ?

— Oui, sans doute. Compte sur moi, si on te cherche. En ce qui me concerne, je dois aller me faire pardonner par Juan. Et essayer de me réconcilier avec ma sœur…

XVIII.

Et voilà, je suis rentrée dans ma piaule. En arrivant, je suis tombée sur Gérard et Caroline, la petite choriste, qui cheminaient bras dessus bras dessous en faisant les clowns et en chantant « Poussez l'escarpolette », air d'une opérette qu'ils venaient de jouer.

Lui a l'air un peu embêté, je le mets à l'aise, il faut les éduquer, ces jeunes. Elle me propose de prendre un verre, on s'installe et ils me racontent leurs exploits musicaux. Apparemment, rien n'a changé, le violoniste est toujours aussi imbu de lui-même, il n'a pas arrêté d'ennuyer Liliane qui avait eu la naïveté de lui dire que je les avais fait travailler, elle et sa fille, et ne jure plus que par moi. Il y a eu des ratés dans les représentations, les décors avaient l'air de sortir d'un dessin animé de Disney, le chef, qui n'était pas le vieux qui connaît tout le répertoire, n'arrivait pas à suivre les chanteurs, mais tout cela les a amusés follement. Tant mieux, si ça vous amuse. Les spectateurs ? Des vieux, ils devaient être un peu sourds, ou ils mataient les jambes des nanas, les bonnes femmes discutaillaient, même certaines tricotaient. De temps en temps, des gens passaient la tête par la porte et la refermaient aussitôt. Bref, du spectacle ringard.

Alors, et toi ? Tu étais à Barcelone ? Oh, à Madrid aussi ? Comment tu as fait, on y étouffe l'été, la salle était climatisée ?

Je leur résume l'histoire, en ne m'étendant pas sur le côté financier, mais en décrivant avec force détails les propos et les numéros de la grande Conchita et de *« El Escurial »*. Ils étouffent de rire, et en même temps me regardent avec admiration : « Tu as joué au grand théâtre de Madrid ? Formidable, est-ce qu'il y aura un disque ? Si ça passe à la radio, on pourra enregistrer ? » Et aussi « À poil sur la scène ? Oh, elle est trop, cette femme ! Elle a tabassé son ex après ? » J'en rajoute, ils en réclament. Je sens que l'histoire va se répandre. J'espère qu'elle ne sera pas déformée, que l'on ne va pas raconter que c'est moi qui ai fait un strip-tease sur scène, je me méfie du jeu du « téléphone arabe ». Du coup je précise, je leur montre même les photos des articles, les programmes. « Mais elle est très belle ! » La petite s'extasie aussi devant la photo du beau pianiste, mais ajoute : « Il est con, alors ? Ben ça, c'est souvent ! Plus ils sont beaux... »

Gérard fait une drôle de tête, je rigole. Cette petite, elle ne se fera pas avoir ! Ou elle a acquis beaucoup d'expérience en peu de temps, ou elle a une mère ou une grande sœur qui l'a briefée comme il faut. Au bout d'un moment, je me rends compte que je parle avec elle et que nous avons complètement oublié Gérard, qui regarde droit devant lui, dans le vague, l'air abruti. Je glisse à Caroline :

— Tu l'as fatigué, ou quoi ?

— Faut croire ! Eh, Gégé, redescend sur terre !

Gérard sursaute, puis il se lève et s'excuse, il a à faire. Il a à peine le dos tourné que toutes les deux nous nous mettons à rire. Je glisse :

— Il a dû promettre à Maman de rentrer pour dîner...

— Oui, sûrement. Il t'a fait le coup à toi aussi ?

— Oui. Alors, il dit ça à chaque fois ?

— Tout le temps, je ne sais pas. Mais en tout cas, à moi, apparemment à toi aussi, et à Jackie, une amie.

— Tu connais sa mère ?

— Oui, le genre qui veut être copine avec ses enfants, s'habiller jeune, aller danser avec eux, bref, un pot de colle. La sœur de Gérard joue à cache-cache, il suffit que les parents proposent quelque chose pour qu'elle disparaisse aussitôt. Je crois qu'elle s'est trouvé un copain et qu'elle va se tirer. Gérard, lui…

— Il n'est pas sorti de dessous les jupes de Maman… Bon, enfin, c'est un gentil garçon, ne soyons pas trop vaches. Pour une soirée tranquille, ça va…

— Ben, quand même, un mec, c'est mieux qu'un somnifère !

Tiens ? J'ai déjà pensé ça, et à propos de lui. Bon, Monsieur Gérard est catalogué, « le gars qui remplace avantageusement un somnifère » ! Mais, dis donc, je peux te demander… Jean-Marc ? Tu sais, mon collègue, celui qui ne se décidait pas ?

Caroline change d'expression.

— Tu l'as vu ? Il est ici ?

— Non, enfin je n'en sais rien. Aux dernières nouvelles, il était soit chez ses parents, pas loin d'ici, soit chez ses cousins à Toulouse. À moins que la famille n'ait emmené les grands-parents à Lourdes, ils voulaient faire le pèlerinage. Ce qui est sûr, c'est qu'il reviendra début septembre, avant la reprise des cours au conservatoire. Tu voudrais le voir ?

— Ben évidemment ! Ce gros nounours timide, il est trop mignon !

— Tu as son adresse ?

— Non, mais… tu crois que je peux aller le voir comme ça ?

— Je t'ai dit : lui, apparemment, il faut lui sauter dessus. Tu verras bien. Mais je crois que tu peux tenter le coup, il m'avait parlé de toi, il s'en voulait, bref…

— Oh, oui, donne-moi son adresse ! Lui, au moins, ce n'est pas un somnifère, il a de la conversation, il est gentil. Je le veux !

— Eh bien, voilà l'adresse, sers-toi !

— Comment tu parles ! T'as pris des leçons avec ta chanteuse nympho, toi ! »

XIX.

Il y a eu un 15 août, la veille un concert, le jour même une messe dans l'église près du port, l'orgue était tenu par Souris. Après, nous sommes allés voir la bénédiction des bateaux, et le groupe folklorique qui chantait. Nous avons ensuite foncé dans un autre patelin où en fin d'après-midi il y avait un apéritif-concert, je suis arrivée à jouer « Sur un marché persan » sans éclater de rire, car l'accordéoniste ajoutait des fioritures orientalisantes de son cru, j'en ai fait autant, c'était à qui rivaliserait de virtuosité de très mauvais goût. Le soir, il y avait bal, et je me suis surprise à m'endormir dans le camion, malgré les décibels de l'orchestre juste à côté. Mais comment Souris faisait-il pour tenir debout ? Bon, il force sur le café, mais il joue toujours correctement.

Le bal n'en finissait pas, le guitariste s'énervait un peu, le saxophoniste avait l'air aussi crevé que moi, bref, « les jeunes » ne tenaient pas le coup. Je rentrai chez moi en dormant à moitié, m'extirpai de la voiture de Souris, et grimpai jusque dans mon antre où je fis presque le tour du cadran.

Quand je me réveillai, je ne savais plus où j'étais, à peine qui j'étais. Et je me précipitai aux toilettes pour me débarrasser de quelques saletés pas fraîches avalées la veille. Ça sortait par tous les bouts, je me débattais entre serviettes et papier hygiénique, et voilà qu'on a frappé. Merde, je n'ouvre pas. J'appris le lendemain que c'était Jean-Marc, un voisin qui le connaissait lui avait ouvert la porte de l'escalier, et il avait pris mes soupirs et trémoussements scatologiques et vomitoires pour tout autre chose. Bande d'obsédés sans pitié, va ! Même le pharmacien avait eu un sourire en me tendant mon médicament. Si vous croyez que je m'amuse à me bourrer la gueule… Enfin, je n'étais pas obligée de finir les frites ! Elles avaient une odeur d'huile de moteur de bateau… Bon, je n'ai pas dû être la seule, plusieurs musiciens se sont empiffrés aussi avec les restes. Mais ça ne me console pas.

Le lendemain, après avoir morigéné Jean-Marc, qui voulait seulement avoir de mes nouvelles, et m'apprendre qu'il entamait une idylle passionnée avec Caroline, je discutai avec lui sur un plan strictement professionnel. Je lui racontai mes concerts en Espagne, il en avait eu vent par la jeune chanteuse. Il me signala qu'il avait reçu pendant quelques jours un ami, clarinettiste comme lui, qui était à… enfin, une ville du centre de la France, comme professeur de solfège et musicien au théâtre, et que l'orchestre cherchait des instrumentistes, surtout des cordes. La saison durait six mois.

— Je me suis permis de donner ton téléphone, en expliquant qui tu étais, tes diplômes, j'ai dit que tu avais de l'expérience…

— Mon téléphone ? Mais lequel ?

— Mais celui de Barcelone, ici on ne peut pas t'avoir.

Mon sang ne fait qu'un tour — on dit comme ça — et je bondis :

— Premièrement : comment as-tu eu le numéro ?

— Mais par le chef d'orchestre, en juin il m'avait demandé de t'appeler, il n'avait pas le temps, pour le deuxième opéra, mais comme tu es venue, je n'ai pas eu à le faire. J'ai gardé le numéro, au cas où…

— À part ton copain, à qui as-tu donné le numéro de Barcelone ?

— Mais à personne !

— Sûr ?

— Juré, craché ! Le chef m'avait dit de ne pas le donner, mais j'ai pensé que c'était une raison professionnelle, mon copain n'est pas un blagueur. Oh, si ! Pardon... je l'ai donné à Alain, le trombone, il voulait te demander si tu étais libre pour une affaire.

— Et voilà. Il n'y avait pas d'affaire, il le voulait pour faire des blagues au téléphone. Ou il l'a filé aux abrutis, du coup ils ont dérangé tout le monde.

Jean-Marc baisse la tête et marmonne dans sa barbe, très gêné.

— Alain ? Il est si bête que ça ? Il a dû être poussé, ou il était beurré... Je ne le vois pas... Mais ça a fait des problèmes ?

— Ça aurait pu, heureusement la voisine ne comprend pas le français. Dorénavant, je suis joignable par Jojo, au théâtre, je le vois assez souvent.

— OK, j'en prends note. Si je vois Alain, je lui dis que le numéro n'est plus bon. Mais si c'est mon collègue, attention, il ne parle pas espagnol.

— Aucun problème, quand la voisine répond à un appel et qu'elle entend parler français, elle va tout de suite chercher Juan. C'est un commerce, elle appelle, ou alors elle envoie son commis ou sa fille, mes amis attendent d'avoir le téléphone depuis un certain temps, ça traîne, comme en France. Les gens sont habitués, ils s'entraident.

— Au moins, c'est sympa. Dans mon immeuble, aucun voisin ne veut voir la tête de l'autre. Le fait que je joue de la clarinette n'est pas un problème, les murs sont très épais et j'ai insonorisé, mais personne ne veut aider personne. C'est comme ça. Si un jour il y a un accident...

— Peut-être que, dans ce cas, ils voudront bien aider, tout de même.

— Espérons. En général, les gens sont serviables, par ici, mais je suis mal tombé.

— Serviables ? Je dirais plutôt curieux. Les seuls à m'avoir aidée, c'est Madame Vidal, qui est pied-noir, et Souris, parisien. Si, tout de même, Jojo et sa femme.

— Ursula ?

— Elle s'appelle Ursula ? Il me semble que son mari l'appelle Grete.

— Oui, mais elle est suédoise, et on l'appelle comme ça à cause de l'actrice, Ursula Andress. Tu sais, la belle blonde qui sort de l'onde dans un James Bond.

— Ouf ! Je l'imagine à la place... C'est méchant, tout de même, on a le physique qu'on peut...

— Oui, elle est brave. Pas très futée, mais bon. Elle est arrivée là on ne sait comment, elle a dû suivre un mec, Jojo l'a recueillie, voilà. Pour se distraire, ils pondent des gosses. Enfin, elle en pond, parce que, vu le physique...

— Oui, il y a quelques différences, j'ai remarqué. Mais aucun ne risque de concourir pour le Prix Nobel !

— Oui, pour avoir le prix Nobel, il faut commencer par savoir lire...

— Bon, mais alors, tu dis qu'ils cherchent des instrumentistes ? Mais ils les payent comment ?

— C'est ça qui est intéressant, c'est au mois, il faut signer pour la saison, trois ou quatre mois.

— En prendre pour trois mois… Bon, je n'ai pas trop le choix, ici c'est au coup par coup et vu comment ils me traitent… il suffit que je tombe malade pour qu'ils me virent.

— Non, n'exagère pas, l'important, c'est ce que pensent le chef et le directeur, et Alain t'apprécie…

Tu parles…

— Et Madame Renée aussi, et moi aussi, enfin… Mais c'est à toi de voir ce qui vaut la peine professionnellement.

Là, il a raison.

— Bon, mais de toute façon, rien n'est fait, c'est juste ton copain qui va me proposer, non ? Il n'y a pas un avis de vacance de poste quelque part ? Ils n'ont rien publié ?

— Je n'en sais rien. Mais tu y as déjà fait un remplacement, il me semble, non ?

— Oh, oui, il y a quelques années… Mauvais souvenir. Mais c'est bizarre qu'il n'y ait rien d'affiché, au conservatoire, il y a un tableau avec les communications officielles…

— Ah, mais, peut-être que si, le directeur affiche les offres d'emploi, mais une heure après, la secrétaire les retire, parce que, ordre de la mairie : « Ici, on n'est pas à Clermont-Ferrand ni à Maubeuge, encore moins à Paris, on reste chez nous. On n'affiche que ce qui concerne la région ».

— Mais c'est illégal ! Remarque, ça ne m'étonne pas… Du moins, de la part de la secrétaire, celle qui ne sait pas parler sans hurler, et ce serait bien le style du grand dadais, le violoniste…

— Monsieur le Conseiller municipal ? Celui-là !

— Comme tu dis ! Qu'il se lance dans la politique, il fera sans doute moins de fausses notes ! Du moins, ça ne s'entendra pas, vu comment ils bossent, ces énarques pontifiants…

— Là, tu exagères, il y a des politiques qui prennent leur charge à cœur.

— Leur charge, tu as bien dit. C'est une charge, non un métier. Ce ne devrait pas être fait pour se faire mousser ou s'enrichir. Or…

— Je suis d'accord qu'il faut avoir un ego un peu surdimensionné pour vouloir diriger un pays, même pour être ministre. Mais c'est bien pareil pour nous, non ? On joue sur la scène, on se montre aux gens, on fait des choses qu'ils sont incapables de faire. Et pour ne pas avoir le trac, il faut se dire que l'on est le plus fort. Ça, c'est mon prof qui me l'avait dit souvent, le vieux Maurice, il faut bomber le torse en entrant en scène, se dire « je vais leur faire voir, à ces c… ». Comme les acteurs, les danseurs, les sportifs. Les politiques, ce doit être pareil.

— Il y a des limites, quand même. Quand tu vois cet imbécile qui refuse de convenir qu'il n'a qu'un niveau très moyen, comment peut-il juger de ce qui est bon pour les autres, pour la ville ? En plus, il pue le fils de famille cossue, je sais que Madame Vidal, ma propriétaire, ne peut pas les supporter, son père et lui. Remarque, elle est d'extrême droite, mais je crois que c'est plus un état d'esprit qu'autre chose. Parce que, quand elle discute au marché avec ses copains qui ne sont pas du même bord, ça commence par s'exciter, ça s'insulte, et ça se termine par l'apéro au bistrot du coin en étant d'accord pour critiquer les politiques de tous bords.

— C'est le genre français moyen, il faut râler, on critique les institutions. Les partis extrêmes, ce sont ceux des râleurs. On est en France, on a le droit de donner son opinion, même de la flanquer à la figure du copain.

— Ben heureusement qu'on peut râler ! Sinon, à quoi ça servirait de voter ? »

XX.

Le mois d'août s'est traîné, il n'en finissait pas. J'ai fait les sorties des messes, sans problèmes, j'ai refait quelques apéritifs-concerts, et surtout je suis allée jouer dans le grand restaurant. On m'a demandé d'exécuter la *Marche Nuptiale* pour un mariage, de jouer *« Happy Birthday »* pour l'anniversaire d'une mamie, d'amener un instrumentiste pour faire danser, j'ai recruté l'accordéoniste de Souris que ça a amusé, en plus il adorait le tango, et d'autres fois je circulais entre les tables en jouant du tzigane derrière les couples d'amoureux. Me trouvant à court de tziganeries et autres espagnolades, j'ai tapé dans Vivaldi et Mozart, en fait les gens aimaient aussi, alors le maître d'hôtel était content. Il me donnait mon enveloppe, tout se passait bien.

Jusqu'au jour où, ayant raté le train à cause d'une fête d'anniversaire qui n'en finissait pas, j'ai dû me faire raccompagner par un serveur, qui a cherché à me faire le coup de la panne, m'a empoignée brutalement et, devant mes refus et la menace de le signaler à la direction, a démarré en me plantant là. Je suis rentrée à pied, en prenant bien garde de marcher du côté gauche de la route, à un moment une voiture m'a flanqué les phares dans la figure, la bande de fêtards qui étaient dedans hurlait, j'ai dû sauter dans le fossé, il y avait des orties, bref je me suis tapé quelques kilomètres morte de trouille et avec les pieds en capilotade à l'arrivée. C'était la fin du mois, je ne suis plus retournée là-bas.

Je m'ennuyais, je savais qu'il y avait un concert de rentrée à la mi-septembre, je traînais de temps en temps au théâtre, espérant toujours un appel, je regardais mon courrier, mais rien n'arrivait. Bon, on m'avait oubliée. Qu'est-ce que je fais ? Je reste ici, ou je repars… Mais où ça ? Et pour faire quoi ?

Il arriva une lettre de Manuela, qui m'annonçait son mariage. Elle avait eu des nouvelles d'Isabelle, qui était à présent juge à Amiens, mais habitait toujours Paris, nous étions toutes les trois attachées à notre capitale, notre home, elle faisait des trajets incessants et ne supportait plus les trains et les gares. Un point commun de plus. Manuela me disait qu'elle avait rencontré mes parents, qui se demandaient ce que je devenais. Il était bien temps ! Ils se demandaient « Quand je me déciderai à prendre un vrai travail ». Manuela leur avait répondu que j'étais violoniste, et que c'était un vrai travail. Plus difficile qu'autre chose, certes, mais j'avais la capacité pour. Elle terminait en me disant de lui faire signe si je venais à Paris, m'assurant que je pouvais donner son adresse pour des motifs professionnels, et qu'elle pouvait me loger si besoin est. Je lui répondis immédiatement, en la remerciant, mais j'essayai de décrire la situation sous un jour un peu plus souriant, pour ne pas avoir l'air trop pessimiste. Après tout, mes concerts en Espagne avaient été des événements importants, et les représentations allaient recommencer ici.

Avoir eu des nouvelles de mon amie me remonta le moral, mais me fit en même temps regretter d'être ici, au sud, loin. J'avais tous les jours envie de boucler mes valises et de repartir. Mais qu'allais-je trouver ?

Je rencontrai Liliane, qui me parla d'un concert dans une grande ville voisine, par un quatuor à cordes espagnol. Elle me montra l'annonce, et je fus surprise : il y avait Amparo et Luis, la violoniste et le violoncelliste du groupe de la création. Quand ? Oh, j'aimerais bien… Elle me proposa de m'emmener en voiture, son mari ne pouvait pas venir, et elle avait très envie d'y emmener sa fille. Il faut réserver les places ? Oui, elle le ferait, vous êtes sûre de pouvoir venir ? Et comment !

Ce fut une échappée sympathique, quoique la gentille dame soit toujours aussi naïve au sujet de l'ambiance de l'orchestre. Je lui racontai, succinctement, les concerts de Madrid et Barcelone, en omettant le côté scandale de mœurs. Elle me dit avoir du mal avec la musique contemporaine, je l'assurai que c'était normal, et que l'on avait le droit de préférer d'autres styles. Et je la fis rire en décrivant le quadrige « El Escurial », en m'étendant sur les manies de chacun. Sa fille écoutait, intéressée elle aussi, et lorsque je racontai que Madame Castillo, si elle allait dans un restaurant, de quelque qualité qu'il soit, commençait toujours par demander un coca, parce qu'ainsi, elle se sentait moins dépaysée, la petite se mit à rire et s'écria : « Mais tu vois, Maman, qu'il y a des gens qui aiment le coca ! » Car sa mère détestait cette boisson et ne voulait jamais en acheter. Nous arrivâmes à la salle de concert, je pus accéder aux coulisses, et Amparo et Luis me présentèrent à leurs collègues. Après leur avoir dit « Merde ! », comme il est de tradition, je rejoignis Liliane et sa fille. Le quatuor jouait du Beethoven, du Mozart, et une pièce d'un compositeur espagnol, la salle était quasi pleine, ce fut un beau succès.

Je me dirigeai vers la coulisse avec Liliane et sa fille, qui voulait faire signer son programme, et j'eus un choc : Jorge, le frère de Luis, était là. Embrassades, je frémis quand il me toucha, lui garda les yeux fixés sur moi. Il m'apprit qu'il travaillait à Paris, avec un designer de renom, qu'il se rendrait peut-être en Italie, mais il me demanda si je pouvais venir, fin octobre, à Barcelone… Je l'assurai que je ferais mon possible.

Nous avions l'air gênés, j'avais envie de rester avec eux, mais non, ce n'aurait pas été gentil de planter là Liliane, et en plus il repartait pour Paris, et eux pour Barcelone. Nous nous glissâmes dans la coulisse, il y eut un baiser qui dura, cela ressemblait à ma première étreinte avec Bibi, mais ici c'était une promesse, celle de se revoir.

J'étais à la fois un peu triste de repartir avec Liliane et heureuse d'avoir un souvenir un peu concret, j'avais quelqu'un à qui penser, rêver. Bon, je ne le connaissais pas vraiment, mais c'est bien d'espérer...

Liliane me déposa dans le centre-ville, tout près de chez moi. J'allais arriver quand je m'entendis appeler. C'était Alain, qui me sauta dessus et me demanda si... Il tombait mal ! Je lui répondis « Non, merci » bien fermement. Non, mais, quoi ? Je ne suis pas une roue de secours, il est deux heures du matin, je vais dormir, et en plus ta gueule ne m'inspire plus. Enfin, pas pour le moment. Il repartit sans insister, je grimpai chez moi et m'endormis en rêvant de Mozart, de Barcelone, de Paris, et de Jorge. Qu'en fait je ne connaissais pas, me répétais-je, mais lorsque nous nous étions parlé, même la première fois, j'avais eu l'impression que nous nous étions toujours connus, nous continuions une conversation entamée dans une vie antérieure.

Le lendemain, je n'eus pas le temps d'avoir du vague à l'âme. Je passai au conservatoire, histoire de saluer le directeur, en essayant d'éviter la tonitruante secrétaire. Je me planquai dans l'escalier, l'entendis ouvrir la porte des toilettes, la refermer, je montai et frappai. Le directeur me reçut très gentiment, m'annonçant qu'il souhaitait m'avoir pour un concert dont les répétitions commençaient dans quelques jours, s'enquit de mes projets, je restai vague. Il me dit qu'il aimerait beaucoup m'avoir dans son équipe, qu'un des professeurs prenait bientôt sa retraite, qu'il suffisait que je passe le concours… pour moi, ce ne serait qu'une formalité. Évidemment, il fallait faire publier un avis de vacance de poste, mais il me garantissait qu'il me choisirait.

L'avalanche de fleurs passée, je lui glissai que l'on ne m'avait pas encore payé le remplacement des cours de solfège de juin… il se répandit en excuses, pour me dire que cela ne dépendait pas de lui, la secrétaire avait transmis mes coordonnées bancaires à la trésorerie principale, normalement, cela ne devrait plus tarder… Il appela la dame. Celle-ci lui répondit, d'une voix redevenue normale — donc elle était capable de parler calmement, mais seulement devant son patron, sans doute — qu'elle ne se souvenait plus, il y avait tellement de dossiers d'élèves… Non, pas pour une élève, pour un professeur remplaçant, vous vous souvenez, Monsieur Morel… C'est cette demoiselle, alors ? Votre nom… Elle retourna dans son bureau, chercha dans un classeur, dans un autre, retourna une pile de fiches… Et retrouva la mienne dans le dossier des candidatures. « Mais, Monsieur, vous m'avez dit que c'était pour des cours de solfège, j'ai mis la fiche avec les demandes d'emploi ! » « Mais vous avez bien vu Marie-Agnès venir ici, dans la salle de Monsieur Morel ! » « Oh, pardon, mais il y a tellement de monde au mois de juin, avec les examens, les préinscriptions, je ne peux pas tout voir ! » « N'empêche qu'à cause de cette erreur, Marie-Agnès ne recevra son virement que dans un mois ! Vous aimeriez que l'on fasse ça avec votre paye ? »

La dame est retournée penaude dans son bureau. Le téléphone sonna, on l'entendit se moucher, elle ne décrocha pas. Le directeur prit l'appel, répondit brièvement, et se tourna de nouveau vers moi. Il était désolé, ce n'était pas la première fois, on lui avait collé cette secrétaire qui était la sœur du mari de la maîtresse du cousin de… enfin, un personnage important. C'était toujours pareil, le conservatoire, le centre culturel ou le service des sports avaient droit aux protégées de cet acabit. On ne pouvait pas mettre ces nunuches à la trésorerie ! Il me promit de s'occuper lui-même de l'envoi. Je le remerciai, l'assurai de mon concours pour le prochain concert, il me fit cadeau de partitions qu'il venait de recevoir en spécimen, et je sortis.

Déjà, l'idée de prendre un poste permanent ici ne me souriait guère, mais, en plus, si l'administration n'était pas capable de payer les employés en temps et en heure… et je savais, entre autres par Jean-Marc, que tout enseignant qui commence touche sa première paye trois mois après son entrée en fonction. On mange comment, on se loge où ? Mon camarade, lui, avait ses parents, il avait dû loger chez eux en attendant ses virements, son père s'était adressé au syndicat, mais non, c'était normal. Bref…

J'allai au théâtre, et, dans la loge du concierge, Jojo n'était pas là. Je tombai sur Ursula — ça y est, je ne me souviens plus de son vrai prénom, appelons-la « Madame Jojo » — qui me dit qu'il allait y avoir un opéra bientôt, il fallait voir Alain. Du moins, c'est ce que je compris.

Bon, il faut voir Alain, mais où ? Je n'ai pas son adresse, et vu que je l'ai éconduit l'autre soir, il va peut-être me faire la tête. Allons chez Jean-Marc.

Heureusement, le copain était rentré. Il était avec Caroline, apparemment elle s'était installée chez lui, j'étais contente pour eux deux, la petite brunette rigolote avec celui qu'elle appelait « mon gros nounours », ils étaient mignons.

— Mais oui, les répétitions commencent dans deux semaines, Alain ne t'a pas contactée ? Le directeur ne te l'a pas dit ?

— Oh, répondis-je, il a dû oublier, il a trop de travail, il doit tout faire avec la secrétaire qu'il a.

Jean-Marc acquiesça :

— Elle ne sert qu'à une chose, à virer les parents d'élèves grincheux, avec sa voix, elle en impose. Mais il ne faut pas lui demander quoi que ce soit d'administratif. Le coup qu'elle t'a fait, j'y ai eu droit, elle m'a fait envoyer une partition de hautbois et non de clarinette, elle a confondu un jour de grève avec un jour de congé maladie, ne parlons pas des relevés de banque qu'elle laisse traîner sur le bureau. Ah, mais attends, il y a un concert la semaine prochaine, tu en es ? Ah, bon, alors on te dira, pour la suite, pas d'inquiétudes. Tu n'as pas eu de nouvelles de mon copain ? Bon, peut-être plus tard, ou alors ça ne marche pas. tu peux patienter, rien n'est perdu. Eh, tu veux qu'on déjeune ensemble, à la pizzeria ? On t'invite, d'accord, Caro ?

Caroline était d'accord avec son nounours, à condition que je leur raconte une nouvelle fois le concert de Madrid, ça l'avait trop fait rire. Je n'avais rien contre…

XXI.

Et un Schubert, un ! On n'a pas fini d'achever « L'inachevée »...[10] Bon, les renforts sont là, on a peu de répétitions, les gens ont travaillé les partitions qu'ils ont eues avant. Alain a déposé les partitions sur les pupitres, et le violoniste qui ne s'est pas calmé durant l'été a dit entre ses dents « Elle déchiffre tout, celle-là, pas la peine de lui filer la partoche avant. On va voir ça ! » Manque de chance, d'abord j'ai un peu de métier et de technique, et en plus j'ai déjà joué l'œuvre. La répétition se passe sans anicroche, même pas une blague. Madame Renée me salue avant de s'asseoir à côté de moi, j'ai l'impression que les gens sont calmes, mais certains ont l'air de me battre froid.

Alain me fait signe à la pause :

— C'est vrai que tu fais de la variété, des bals de samedi soir, et que tu fais la manche ?

— La manche, oui, et alors ? De la variété, non, j'ai joué lors d'apéritifs-concerts, et dans des restaurants pour des fêtes de famille. Pourquoi, c'est un délit ?

----

[10] La huitième symphonie de Schubert (1790-1827) porte le nom de "Symphonie Inachevée", car elle ne comprend que deux mouvements au lieu des quatre habituels. Le compositeur l'a voulue ainsi, il n'est pas mort avant de l'avoir terminée !

— Ça a été mal vu. Bon, le directeur n'a rien dit, mais je sais que Madame Renée et d'autres ont critiqué. Qu'est-ce que tu veux, ce sont des gens bien pensants... voir que tu fais de la mendicité...

— Pardon ? J'ai joué à la sortie de la messe, c'est comme un concert en plein air, et au moins je donne quelque chose. Pas comme les gratteurs de guitare qui égrènent trois accords, toujours les mêmes, en chantant faux. Mais surtout, j'ai joué dans un restaurant, et lors de la messe du 15 août, et aussi pour des apéritifs-concerts, c'est inconvenant ?

— Moi, je trouve ça très bien, tu t'en doutes. Mais Madame Renée a dit « mais je ne comprends pas, elle n'a donc pas des parents pour l'aider ? » Et les autres ont renchéri.

— Hein ? Il serait temps d'évoluer, tout de même, de sortir de son petit cocon de privilégié ! En plus, faire du racisme à propos des orchestres de bal... Demande à Liliane, elle m'y a rencontrée.

— Oh, elle, si elle voit deux mecs s'empoigner, elle trouve qu'ils jouent comme des gamins, c'est « tout le monde il est beau tout le monde il est gentil ». Je te rassure, le directeur a renvoyé les délateurs faire leurs gammes, et moi je leur ai dit que nous avions tous eu des périodes de vaches maigres, à moins d'être restés chez Papa-Maman. Et encore, s'ils pouvaient subvenir à nos besoins. Moi aussi, j'ai fait de la variété, le timbalier a joué dans un cirque, bref on a dû parfois faire de la musique de qualité minimum. Le problème, c'est que tu es une fille, ça ne passe pas. Pas encore.

— Mentalités dix-neuvième siècle... il serait temps de penser que tout le monde ne vit pas de la même façon, et qu'on est en France, où l'on a le droit de faire ce que l'on veut, quand on veut. En plus, tout le monde doit payer son loyer, même les filles. Pfff...

— En plus, il y a Jean-Marc.

— Qu'est-ce qu'il a, Jean-Marc ? C'est un bon copain et un bon musicien, il est du coin, tu ne vas pas me dire qu'il a mauvaise réputation !

— Il était fiancé avec une fille dont le père était quelqu'un d'important dans la politique locale. Il a rompu, pour se mettre avec une gitane.

— Une gitane ? Caroline ?

— La petite Caroline, oui, tu ne le savais pas ?

— Mais enfin, j'ai vu ses parents lors d'un concert avec la chorale, ce sont des gens moyens, normaux, c'est-à-dire vivant normalement, pas en roulotte ni dans un immeuble décrépi, ils ne portent pas des vêtements folkloriques… Qu'est-ce que tu me racontes ?

— Tu sais qu'il y a des gitans dans la région qui sont sédentarisés depuis plusieurs siècles. Mais beaucoup vivent encore entre eux, gardent leurs traditions. C'est très joli lors des fêtes, des mariages, mais ils ont un peu une loi du milieu, de temps en temps il y a des problèmes.

— Tu déconnes ? Tout ce que j'ai remarqué, c'est qu'elle était une fille assez précoce, typée physiquement, je la croyais d'ascendance espagnole.

— Non, gitane d'origine. Oh, même si sa famille n'a plus de liens avec le milieu, même s'ils ne se rendent pas au pèlerinage des Saintes-Maries-de-la-Mer, ils sont des gitans.

— Mais c'est du racisme ! Avant, il y avait les ritals, puis les polaks, puis les bougnouls, et maintenant tu me parles des gitans ? Pourquoi, ils imposent leur manière de vivre ? La mère de Caroline est infirmière, elle ne doit pas soigner ses patients avec des incantations ou des actes de sorcellerie ! Il doit y avoir plein de gens dans son cas, non ?

— Peut-être, mais quand ils sortent du milieu, ils sont un peu entre deux chaises, on n'arrive pas à les classifier.

— Classifier les gens ? Pour quoi faire ?

— Pour savoir pour qui ils votent, par exemple. Eux, ils n'ont pas l'air de s'intéresser à la politique, ils ne vont pas toujours voter.

— Mais j'ai l'impression que vous êtes des obsédés de la politique, ici ! Ça existe, les gens qui ne s'y intéressent pas, qui ne votent pas, ou juste pour les élections les plus importantes.

— Tu peux parler, toi qui es gauchiste ? Avec tes créations de musique contemporaine en Espagne ?

— Pardon… quel rapport ?

— Ben, la musique d'avant-garde, c'est pour les gauchistes, non ?

— T'es con ou quoi ? Tu n'as jamais joué ou entendu d'œuvres de compositeurs actuels ? D'accord, c'est plus complexe, mais on est des pros, quand même.

— Mais en Espagne, l'opinion est…

— C'est plus compliqué que cela. Renseigne-toi. »

Je tournai le dos à Alain, je n'avais pas envie de lui parler de mon expérience musicale espagnole, ni de lui faire un cours sur les styles de composition, il me gâchait tout avec ses interprétations à la sauce locale. L'opinion des autres, ceux que j'avais déjà catalogués comme nuls ou grincheux, je m'en fichais. Mais Madame Renée, franchement… Il est vrai que certains mecs avaient pu aussi raconter des détails de ma vie privée, et en ce domaine il est facile d'en rajouter. Réputation faite.

Bon, ici aussi, il faut que je me fasse oublier. Alors, à quoi cela servait-il de partir ? En attendant, vous avez besoin de moi, le chef me soutient, je reste. Non, mais !

XXII.

Nous étions embourbés dans une répétition d'opéra, le chef, contrairement à son habitude, restait très calme, même amorphe, et personne n'a réagi quand on a entendu le timbalier ronfler, assis dans son petit coin au fond de la fosse. Le violoniste continuait à ne pas m'adresser la parole, Madame Renée ne me parlait que pour des questions purement techniques, Jean-Marc restait tranquille sur sa chaise, regardant bien droit devant lui, bref c'était une séance extrêmement fade. Seule Liliane, au moment où je me suis installée, m'a dit bonjour, m'a demandé s'il allait y avoir un autre concert aussi intéressant que celui auquel nous avions assisté, et elle s'est fait rabrouer par l'altiste grincheuse, ce qui a eu pour effet de lui faire plonger le nez derrière son pupitre, visiblement affolée, elle regardait son voisin d'un air interrogateur, on aurait dit une élève de collège à qui on vient d'infliger deux heures de colle.

Peu avant la pause, j'ai aperçu Jojo dans l'encadrement de la porte, il me faisait signe discrètement. Heureusement, au bout d'une minute, le chef a décrété qu'il fallait faire une pause, j'ai pu me lever et aller le rejoindre assez vite.

— On t'appelle au téléphone, d'Espagne, je crois que le gars attend toujours, dépêche-toi !

J'ai couru jusqu'à la loge et empoigné le combiné. C'était Juan. On m'avait demandée, le théâtre de…, enfin la ville du copain de Jean-Marc, je devais rappeler vite, il me donna le numéro, les heures… Bon, enfin il se passe quelque chose. À la sortie, je me suis dépêchée de gagner le bureau de poste. C'était bien ça, ils avaient besoin de violonistes, on m'avait recommandée, j'étais bien titulaire d'un diplôme de… oh, un premier prix ! Aucun problème. Peut-on vous envoyer les papiers ? Ah, mais vous êtes à… écoutez, les répétitions commencent demain, venez le… ah, vous avez un autre engagement ? Pour dimanche ? Bien sûr, c'est normal que vous le terminiez. Alors, venez mardi, c'est suffisant pour la représentation du dimanche suivant.

Et voilà, un train à prendre. Que fais-je ? Je décidai de conserver ma chambre ici, Madame Vidal ne m'ennuyait pas, elle comprenait très bien si je lui demandais d'attendre un peu pour lui payer le loyer, et il me fallait une adresse normale pour le compte en banque. Je préparai quand même une grosse valise. Jean-Marc, à qui je racontai la chose, se déclara très content pour moi, me dit que je pouvais demander de l'aide à son copain Étienne, qui était quelqu'un de fiable.

Mais un souvenir désagréable remontait : quelques années auparavant, j'avais fait un séjour là-bas. Je débarquais, j'étais alors amoureuse de Bibi, mais raide dingue, rien que de passer une journée sans le voir me rendait malade, alors, plusieurs mois, même si je savais qu'il y avait des périodes libres…

J'étais arrivée dans cette ville presque en pleurant, on nous avait logés dans un dortoir qui servait à des colonies de vacances l'été, à la périphérie. Il y avait une jolie vue sur la campagne, mais il faisait froid, le dortoir était plein de courants d'air, et tous ceux qui y logeaient ne restaient pas longtemps, à part deux danseuses un peu paumées et un groupe de figurants qui étaient étudiants et n'avaient pas trouvé de chambre en ville. Je débutais dans la fosse d'orchestre, au début j'avais eu un peu de mal et m'étais fait rabrouer par le chef de pupitre. Un mec avait été gentil avec moi, je ne m'étais pas rendu compte qu'il me draguait, innocente que j'étais. Il m'avait invitée en boite, je m'étais vite sentie mal à l'aise, nous étions rentrés entassés dans la voiture d'un autre musicien, j'étais coincée entre deux mecs qui me pelotaient, l'un était entré avec moi, je m'étais laissée faire, tombant de sommeil, mais lorsqu'il s'était levé et rhabillé, il avait été jusqu'à la porte et avait appelé un copain « Tu peux y aller ! » Réveillée pour de bon, j'avais empoigné mes vêtements et foncé vers la porte de la pièce voisine qui heureusement avait un verrou, j'avais fait irruption dans le dortoir des trois jeunes figurants qui n'avaient rien compris, je m'étais cachée sous un lit. Les gars qui me cherchaient avaient réveillé tout le monde et finalement étaient repartis. Le lendemain, j'avais fait mine de ne rien savoir, eux non plus, apparemment ils n'étaient pas très fiers de leur équipée.

Nous avions ensuite quelques jours de congé, j'étais rentrée à Paris et Bibi avait commencé par me dire : « Mais enfin, tu dois faire attention à ta réputation ! » Il n'arrivait pas à concevoir qu'il y ait des gens aussi lourdingues. Ensuite, il m'avait donné une idée de vengeance : par un copain étudiant en médecine, il avait fait faire un faux certificat. J'avais été trouver le gars, en lui disant : « Je viens d'apprendre que je suis syphilitique. Il est urgent de te faire soigner, si tu as été contaminé. Et comme tu es marié, il faut que ta femme se fasse examiner aussi. »

L'imbécile avait viré à toutes les couleurs de l'arc-en-ciel, n'imaginant pas une seconde que les noms du médecin et du laboratoire portés sur le papier étaient inventés. J'avais eu la paix ensuite.

Et il fallait que je retourne dans cette ville. Bon, les mecs en question n'étaient peut-être plus dans l'orchestre, le directeur du théâtre avait changé, la durée de la saison aussi, bref je n'allais pas paniquer, en plus j'avais appris à être prudente. J'allais là-bas pour travailler, point ! Allons prendre le train.

XXIII.

Tiens ? C'est curieux, il fait beau. Est-ce un bon ou un mauvais signe ? Ne jouons pas à la voyante et retrouvons le chemin du théâtre. Le concierge n'est plus le même, c'est une jeune femme qui a l'air d'accumuler tous les malheurs de la terre, elle panique quand je lui demande le bureau du directeur, me demande : « C'est quoi ? » en désignant ma boite à violon, je la rassure, ce n'est qu'un instrument de musique, ça ne mord pas et ça n'explose pas. Elle parvient à m'indiquer où aller, mais arrête mon élan, elle doit téléphoner. C'est quoi, votre nom ? Elle l'écorche en le disant, mais parvient à dire « une violoniste », je monte.

Le directeur est un gros type qui a l'air de souffrir du foie, il me regarde de bas en haut et de haut en bas, « Danseuse, vous ? Ah, non, pardon, violoniste, oui, c'est vrai. Pour le contrat, allez voir Monsieur Moineau, le comptable, à côté. Vous deviez être là la semaine dernière… Ah, oui, c'est vrai, je vous ai eue au téléphone. Bon, pour l'instant vous êtes simple violon, le chef d'orchestre décidera qui prendre comme premier soliste, on refera le contrat ». Je vais voir le comptable, un jeune aussi maigre que le directeur est gras, qui commence à se déplumer — drôle de Moineau ! — et tire une tête aussi renfrognée que son patron. Euh… ils sont tous comme ça, les autochtones ?

Contrat signé, je demande où on est logé. L'ancien dortoir n'existe plus, mais il y a des hôtels… Je n'ai pas d'argent… On va vous faire une copie du contrat, vous le présentez à l'hôtel du Coq, un peu plus haut dans la petite rue à côté, ils louent des chambres au mois et ils font crédit pour nos employés. Ah, bon, tout va bien. Je monte la rue, en traînant ma valise, j'espère qu'ils ont des chambres. J'arrive à l'Hôtel du Coq. Le coq en question est une enseigne qui oscille dangereusement au-dessus de la porte d'entrée, menaçant de se détacher et de tomber sur la marquise en verre, j'espère simplement que je ne serai pas dessous le jour où ça arrivera.

La patronne est comme de juste renfrognée, elle n'a pas l'air ravie de devoir « encore faire crédit à ces artistes », mais elle préfère louer à des gens corrects, tout de même, c'est bien au mois que vous voulez louer, pas à l'heure, hein ? Bon, vu, elle a eu des problèmes avec les mœurs et préfère avoir des garanties, même s'il faut faire crédit. Il lui reste une chambre au cinquième, prenez le petit escalier, au fond. Non, il n'y a pas de douche, vos collègues vont au théâtre. J'escalade les marches avec ma valise, j'arrive à l'étage, je trouve la chambre. Bon, il y a tout de même des toilettes à peu près propres sur le palier, un lavabo dans la chambre, pas d'eau chaude, c'est le cinquième étage, autrefois c'était pour les bonnes. Bon, au moins j'ai un lit. Reste à trouver un Monoprix pour acheter à manger. Ah, oui, je me souviens, il n'est pas loin.

Je redescends aussitôt et je retourne au théâtre. La concierge est au téléphone, toujours geignant et reniflant, je descends au sous-sol, je me souviens du foyer des musiciens et de la fosse d'orchestre. Il y a deux gars, je demande Étienne, clarinettiste, il va venir. D'où tu es ? Paris via... pas mal d'endroits. Ils arrivent, ils ne connaissent pas les lieux, l'un est violoniste, mais il est mort de peur, c'est la première fois qu'il joue dans une fosse, la partition a l'air difficile. L'autre joue du cor, il astique consciencieusement son instrument et me demande si je connais... Mais oui, il est de Paris lui aussi, il a bourlingué, pareil, il cherche à se fixer, voilà. Mais il a l'air de ne pas trop s'en faire, ses parents et toute sa famille sont musiciens, on peut le pistonner éventuellement. Le jeune violoniste nous regarde avec des yeux exorbités, je lui dis de ne pas s'inquiéter, dans la fosse on est paumé au début, après on trouve ses marques. En plus, il a l'air de jouer assez bien.

Deux jeunes femmes arrivent, violon sur l'épaule, elles sont d'ici, mais n'ont pas l'air sinistre des locaux déjà rencontrés. L'une a l'air plutôt rigolote, elle fume comme un troupier, je ne m'étonne plus que le foyer pue le renfermé. On ne pourrait pas demander aux fumeurs d'aller sur le palier ? Je garde ma réflexion pour moi.

Je fais la connaissance du nommé Étienne, qui est effectivement sympathique et me décrit l'ambiance : les musiciens, ça va, fais gaffe au grand rigolard qui joue du trombone, c'est un dragueur, et au régisseur, le vieux qui joue du violon, c'est un cafard fini, il pointe les retards comme un pion de lycée. Le chef, bof, il sait diriger, mais il est jeune, il se fait chahuter et n'est pas toujours très sûr de lui. En fait, lui il fait répéter et dirige quelques opérettes, mais pour les œuvres importantes il y a des chefs invités. Tu connais Varinieff ? De nom, bien sûr. On va faire du bon travail avec lui, mais il paraît qu'il n'est pas commode. Le mois prochain il y a un opéra de Mozart, avec… Borget… François Borget… Ça te dit quelque chose ?

Ouille ! François Borget, le fameux chef avec qui j'avais joué, qui avait fait couler un orchestre et même deux. J'assurai à Étienne qu'il était plutôt bon musicien, gentil, mais qu'il n'avait aucun sens de l'organisation, qu'avec lui les horaires étaient fluctuants, mais bon, ici tout est organisé, il n'aura qu'à se préoccuper de sa partition. S'il ne l'oublie pas ! Ma description fit rire deux musiciens qui arrivaient, ils avaient eu déjà l'occasion de travailler avec lui.

Bon, on s'installe, je me présente au premier violon, qui me dit qu'il se met là pour l'instant, mais on changera de place, on va sans doute tourner d'un programme à l'autre. Lui, au moins, il n'est pas jaloux de ses prérogatives. J'apprends qu'il y avait jusqu'à l'an dernier un premier violon qui était une gloire locale, qui a pris sa retraite, c'était un bon musicien, on l'aimait bien, mais il avait de gros problèmes de santé. Depuis on se relaie, le chef choisit. Oh, tu connais Borget ? Alors, tu feras le premier violon avec lui, je le fais pour l'opéra avec Varinieff, ça ne te gêne pas ?

Ouf, l'ambiance n'est pas à la rivalité locale ici. Je me détends, je m'installe au second rang, mon voisin me salue aimablement, tout va bien. Le chef arrive et se place à son pupitre. Tiens, il ne salue personne. Il dit bonjour, tout de même, ouvre sa partition et dit « On prend le début du second acte ». J'ai quelque peine à suivre sa battue, qui est un peu floue, et je ne suis pas la seule. Il grogne « Suivez-moi, à la vingt-deuxième mesure, on ralentit ! Reprenez... » On reprend, il n'est pas précis, ça flotte, il continue jusqu'à la fin de l'acte. Il trouve qu'à la mesure x..., il y a eu du flottement, on reprend et on continue encore une fois jusqu'à la fin. Je regarde mon voisin qui fait la moue, le premier violon essaie de dire quelque chose, le chef n'écoute pas, bref on ne fait que lire les notes sans travailler les passages litigieux. On reprend ? Là, le premier violon se lève, rejoint le chef et lui montre un endroit sur sa partition, lui demande quelque chose, ah, ça y est, le chef a compris. On refait les quelques mesures, le chef va pour continuer, un trombone fait entendre un meuglement violent et le gars gueule « On reprend ! » On s'arrête, le chef a l'air de s'énerver, et le violoniste du fond, le régisseur, se lève et admoneste le gars : « Vous serez à l'amende, pour désobéissance ! » Là, tout le pupitre des cuivres explose de rire, suivi par le reste de l'orchestre, et le chef profite d'une seconde de calme pour annoncer un quart d'heure de pause.

J'essaie de parler à mon voisin de pupitre, qui prend un air navré et me dit « Quel dommage qu'il ne sache pas faire travailler, c'est quelqu'un de si gentil… » Ah, d'accord. Je retrouve le nommé Étienne, qui lève les mains en un geste fataliste. Voilà, j'ai tout vu, le chef inexpérimenté, le trombone grande-gueule et le régisseur cafard. Justement, ce dernier arrive et commence par m'incendier, je ne lui ai pas dit bonjour. Je m'incline en disant bonjour, il n'apprécie pas l'humour et grogne : « Les retards, c'est l'amende ! » Apparemment, personne ne l'écoute.

Je fais connaissance avec le reste des musiciens, et me trouve nez à nez avec… aïe, le gars d'il y a quatre ans… Il me dit bonjour, avec un grand sourire. Est-il idiot, a-t-il oublié ? Aurait-il compris que je m'étais moquée de lui avec le certificat médical ? Mais non, à moins d'avoir vérifié que les noms et adresses qui y étaient portés n'existaient pas. Je lui dis bonjour très froidement, et retourne vers la fosse.

La deuxième partie est un peu plus calme, le chef a compris le problème et fait reprendre aux bons endroits. J'ai eu le temps d'apprendre qu'il a plus l'habitude de diriger des chorales, qu'il est nettement plus à l'aise avec des chanteurs. Mais il n'est là que pour nous faire déchiffrer l'œuvre, le chef officiel va ensuite arriver. Bon, on verra.

Étienne a engagé la conversation avec la petite violoniste rigolote, qui sort son paquet de clopes, et me fait signe ainsi qu'à sa copine et au corniste. Le jeune violoniste, qui semble un peu moins affolé, nous emboîte le pas, nous nous installons au bistrot. Mon séducteur nous a suivis aussi, il lorgne de mon côté, je regarde ailleurs. Présentement, l'ambiance est à la rigolade au sujet du régisseur, qui est vraiment une caricature, un pion ou un adjudant plus vrai que nature. Je savoure mon café-crème, en me disant que je ne pourrai pas m'en offrir trop souvent, vu l'état de mes finances. J'ai l'impression que plusieurs d'entre nous sont dans ce cas, le trompettiste assis en face de moi a l'air de compter sa monnaie, Étienne met juste ce qu'il faut dans la soucoupe, je profite de ce qu'un client qui dînait à la table derrière vient de partir pour chiper du pain dans sa corbeille.

Nous levons le camp, Étienne avec la violoniste, le corniste et son copain, je cause avec le trompettiste qui s'appelle Francis, et voilà l'autre ahuri qui me suit. Il me prend par l'épaule « Je te raccompagne ? » « Je vous connais ? » Lui réponds-je. Je le regarde de travers, le Francis s'est arrêté et se met à rigoler. Comme il est d'un gabarit assez imposant, le pot de colle lâche prise et s'éloigne. J'en fais autant, après un clin d'œil complice au collègue qui a l'air d'avoir compris la situation. Regagnons l'hôtel, la rue monte, sans doute cinq étages ne suffisent-ils pas pour nous faire faire de l'exercice. Je tâte mes poches, j'ai mes morceaux de pain pour dîner, demain je verrai.

Effectivement, je vois. Je constate que rien n'a changé dans cette ville, les magasins ouvrent tard, ferment tôt, et à partir de dix-huit heures trente il n'y a plus personne dans les rues, à part quelques bidasses bourrés et les paumés dans notre genre, musiciens, représentants de commerce, étudiants logeant chez l'habitant, et quelques traîne-savates divers. J'arrive au Monoprix, j'achète du lait et une barre de pain d'épices bon marché, avec des pommes, ça doit me suffire pour deux ou trois jours. Je planque le tout dans ma chambre, j'ai constaté qu'on ne mettait pas la clé au tableau, on ne fait le ménage qu'une fois par mois. Tant mieux, on ne me piquera pas mes affaires. J'ai quelques bouquins et des cahiers de musique, j'ai ramassé des journaux dans le train, je pourrai au moins faire les mots croisés.

Au théâtre, le chef officiel est arrivé et l'ambiance est tout de suite différente, tout le monde est attentif, aucune blague, aucune réflexion, et pas, enfin, très peu de fausses notes, qui sont immédiatement repérées par le terrible Varinieff, qui n'a de russe que le nom, il a plutôt l'accent parisien, mais est doté d'une oreille infaillible qui le fait réagir au moindre bruit, un bout de papier déchiré ou un archet qui heurte le pupitre aussi bien qu'une fausse note. Et quand il veut que ce soit *piano,* ce n'est pas *pianissimo* ni *mezzo forte*. Et il repère aussi qui joue comme il faut, qui se trompe, qui est attentif ou non. Le régisseur, pas impressionné par la célébrité du maître, veut signaler ce qu'il croit être un problème dans la partition, on ne se donne pas la peine de lui répondre.

À la pause, la jeune violoniste me glisse « Oh, là, là, on va être crevés ! Il est dur ! » Je remarque une altiste qui a l'air d'avoir un malaise. Je vais vers elle, lui demande si ça va, elle me répond qu'elle en est malade, elle a peur, il est méchant, ce chef. Francis, le trompettiste, me fait signe :

— Ne t'inquiète pas pour Gilberte, c'est une angoissée perpétuelle, la faute à ses parents. Elle a vingt-sept ans, ils la traitent comme une gamine, l'empêchent de sortir.

— Vingt-sept ans ? Tu es sûr ? Elle a l'air…

— Eh oui. J'ai cherché un peu à la sortir, elle est mignonne, mais je me suis rendu compte qu'elle ne tournait pas rond. Sa famille l'a abrutie de travail, elle aurait pu entrer au conservatoire de Paris, mais elle a craqué, dépression et tout. Depuis, elle tremble dès qu'on lui parle. Une fois, je l'avais raccompagnée, son père est arrivé en même temps que nous et m'a presque insulté, il l'a empoignée par le bras pour la faire rentrer, et les jours suivants sa mère ou la bonne sont venues la chercher. Le pire est qu'elle n'a pas le droit de toucher à l'argent qu'elle gagne, il est placé, paraît-il, on lui donne son argent de poche toutes les semaines comme à une petite gamine.

— La pauvre ! C'est de la séquestration !

— J'avais l'impression, mais après tout elle peut fiche le camp, on a été plusieurs à se proposer pour l'aider. Mais rien à faire, elle veut rester avec Papa et Maman, il y a une belle maison, des domestiques, le confort…

— Il a dû lui arriver quelque chose, autrefois, non ? Un traumatisme ?

— Je n'en sais rien. Mais on a tous renoncé. Une collègue s'est renseignée, elle est majeure, pas invalide, ni sous tutelle, pas maltraitée physiquement, donc c'est à elle de voir. Voilà le tableau.

— C'est triste.

— Eh oui. Il y a des gens qui se laissent faire, dès qu'ils ont à peu près ce qu'ils veulent matériellement. Les rares fois où on a pu l'emmener prendre un verre, en groupe, elle ne sait pas quoi prendre, elle dit « pareil » que sa voisine. Ah, elle est toujours bien habillée, elle a un très bon instrument, quand il y a des concerts à l'extérieur, on l'emmène en voiture, elle ne prend pas le car, bref…

— Et tous les matins, on lui sort : « Alors, qu'est-ce que tu attends pour faire tes gammes ? » Je parie. Elle est fille unique ?

— Non, elle a un frère et une sœur, plus âgés, ils ont dû se barrer, elle n'en parle pas, on ne les voit plus.

— Charmante ambiance. Tiens, il se passe quelque chose, là-bas ? »

C'est justement la nommée Gilberte qui est tombée dans les pommes. Le régisseur demande « Alors, qu'est-ce qu'on fait ? Elle joue ou pas ? » Alors que la pauvre fille est blanche comme un lavabo et tremble, toute crispée. On appelle une ambulance. Le chef s'enquiert de l'état de santé de l'altiste, recommande d'attendre les secours, le régisseur tape dans ses mains pour nous faire revenir dans la fosse, mais le chef gueule « Pas fou, non ? Vous ne voyez pas qu'il y a une malade ? On n'est pas à cinq minutes ! » Du coup, il a gagné notre sympathie, et le vieil abruti a signé son arrêt... non, pas de mort, tout de même, mais de mise en quarantaine. On ne l'écoute plus ! La malade est emmenée à l'hôpital, la voisine de pupitre de Gilberte se charge de ranger son instrument.

Au troisième acte, on se fait incendier : « Et la reprise ! » Ah, bon, la partition n'est pas corrigée. Un gribouillis bizarre, mon voisin parvient à déchiffrer : « Il faut reprendre à la mesure 45 après l'air de la soprano », ceci écrit en patte de mouche. Si en plus il faut prendre des cours de paléographie... On efface la prose du bonhomme, on met le signe adéquat, oui chef on peut continuer. Un peu plus loin, même topo, une mesure était rayée, et, au lieu de gommer, il a écrit « on la joue ». Je regarde mon voisin, le premier violon se retourne, on se fait des signes d'acquiescement, l'abruti va le sentir passer ! Notre vengeance sera terrible !

XXIV.

Dès le lendemain, on cherche des solutions pour museler le surgé. Commençons par quelque chose de simple : le dessin pornographique dans la partition. Pas inséré, non, collé. Et son voisin de pupitre ? Oh, c'est un râleur, toujours en train de se plaindre, à qui on ne peut pas dire bonjour, il vous tourne le dos. Un musicien dit qu'il le connaît, attention, il sort de dépression. Et alors, il peut jouer, suivre sur la partition, ça ne l'empêche pas de dire bonjour ! Une flûtiste raconte : l'autre jour, au moment de s'installer, son voisin lui raconte une blague, elle rigole, et le gars s'est précipité sur elle en disant « T'as fini de te fiche de moi ? » OK, un cafard et un parano, ils font la paire, il y aura une vengeance collective. Le dessin !

Un violoniste qui ne dessine pas mal réalise une superbe fresque où les sexes se promènent en liberté, on ajoute qui une légende, qui un accessoire, l'illustration est assez explicite. Du scotch, et hop, la partition sur le pupitre.

La répétition commence, le chef est comme d'habitude très précis, on a pris soin de noter toutes ses indications, tout se passe bien. Jusqu'au moment où l'on entend : « Bande de petits c… ! » C'est le régisseur qui a découvert notre cadeau. Le chef s'arrête, l'air mécontent, demandant ce qui se passe « encore ». Il l'a repéré.

Contre toute attente, son voisin de pupitre détache l'image, l'examine, a l'air d'apprécier et la montre à un autre musicien qui prend un air connaisseur pour détailler l'illustration de la turpitude de l'être humain, elle passe de pupitre en pupitre. Le chef, comprenant à défaut de pouvoir voir, relève sa baguette, et dit « Vous rigolerez après ! » Et l'on continue. Le régisseur ne joue pas, il s'est levé pour récupérer cette abjecte image qu'il veut mettre à la poubelle. Son voisin, complètement déridé, lève le pouce en signe de victoire à notre intention — oui, pour une fois les farceurs sont les cordes, ce qui est moins fréquent, les rigolos des orchestres et les metteurs en boite sont généralement les cuivres, suivis par les bois —, il a compris la leçon. On a au moins gagné quelqu'un à notre cause.

Le violoniste auteur de l'impérissable œuvre d'art, qu'il a pu récupérer dans la boite du trombone, nous offre la tournée, il est comme nous tous euphorique, nous jouons un des chefs-d'œuvre de l'opéra, en plus sous la direction de ce chef, il est sévère, mais c'est un grand maître. Un autre propose une seconde tournée, en voilà une troisième, je pioche largement dans les cacahuètes et je me sers dans les corbeilles de pain abandonnées, Francis, le trompettiste, en fait autant, le barman le voit, mais laisse faire, il pousse même une autre corbeille où il reste des quignons de notre côté. Pour la diététique, vous repasserez ! Je rentre à l'hôtel un peu bourrée, au moins je vais dormir. Ouf, la patronne ne me voit pas, je ne dois pas marcher bien droit.

Légère gueule de bois le lendemain, je sors assez tôt pour m'asseoir un moment dans un square et respirer. Ce n'est pas raisonnable, tout ça ! Ne pas manger, ou seulement du pain ou du pain d'épices à deux balles, et faire passer ça avec de la bière, ça coupe les pattes et on a l'impression d'avoir mâché du carton toute la nuit quand arrive le lendemain. Heureusement que je ne suis pas chanteuse, mais mes doigts sont un peu engourdis aussi. Bon, je dois faire attention, après tout je peux boire de l'orangeade si on m'offre quelque chose ! Résumons : je sais où je loge, même si la montée jusqu'à l'hôtel est pénible et suivie de cinq étages, mon violon est au théâtre, dans le casier, mes doigts sont toujours là, oui, j'arrive à les distinguer. J'espère que l'on ne va pas détailler à nouveau le passage difficile d'hier, ah, non, il a dit que ce matin on travaillerait le dernier acte, zut, je ne l'ai pas regardé. Bon, j'espère que le collègue qui est premier violon n'a pas lui aussi la gueule de bois…

Non, le violoniste est en forme, mais c'est Étienne qui a les yeux dans les poches et Francis qui a l'air d'avoir cuvé ses excès de liquide. Le régisseur fait la gueule, mais son voisin, lui, a retrouvé le sourire, il rigole avec le trombone qui drague la flûtiste, enfin, qui essaie. La petite violoniste un peu fofolle semble distraite, elle louche du côté d'Étienne, compris, sa voisine la gronde parce qu'elle oublie de tourner la page, et Francis se fait incendier par le chef parce qu'il a raté sa note. J'arrive à suivre, mais je sens que mon violon me regarde avec un air de reproche, la sonorité n'y est pas, il n'aime pas que je le fasse grincer, je comprends ça. À mon tour de me faire fusiller du regard par le chef, je ne me suis pas arrêtée quand il a fait signe. Réveillons-nous.

À la pause, je réfléchis. J'ai faim. Ce n'est pas trop grave, avec du pain, je peux tenir, mais si cela me rend malade, ou si je me mets à avoir des problèmes de dents, c'est la fin des haricots. Il faut trouver quelque chose… Bon, je vais essayer de faire l'apéritif-concert.

Il est midi et demi, je quitte les copains, j'ai mon violon avec moi, et je me dirige vers la gare où il y a des cafés avec terrasses. Et un square. Tiens, un coin pratique, je déballe et je commence par mon air tzigane, mes doigts ont eu le temps de se dérouiller.

Nous ne sommes pas sur la plage, les gens ne sont pas en vacances, ça se voit. Certains m'écoutent, d'autres ont l'air agacés, dont un couple au coin, la femme qui a une tête de dame patronnesse grogne « Encore ces hippys ! » Je continue, un petit Bach, un bout de Vivaldi, un homme qui avait l'air de somnoler relève la tête avec un grand sourire, il a l'air de reconnaître l'air, je passe la sébile. Certains donnent, ils se sentent obligés, visiblement. Le barman ne dit rien, il a l'air de se demander ce que je fais là. D'autres me tournent le dos, même un me bouscule. Je récolte des petites pièces, c'est toujours ça. Allons ailleurs.

Une autre terrasse, mais là il y a une bande de poivrots qui se mettent à danser et à brailler. Le patron sort et me fait signe de partir, je n'insiste pas. Je continue la rue, une jolie place, une terrasse ombragée, j'y vais. Le barman a l'air dubitatif en me voyant m'installer, quand il entend les premières notes il hoche la tête et continue son travail. Je joue en me déplaçant, et je remarque un homme corpulent, assis à côté d'un couple… Tiens, le directeur du théâtre ! Je me demande ce que je dois faire pendant une seconde et trois dixièmes, et puis je continue, après tout il a le droit de savoir à quoi sont réduits les musiciens exilés dans sa province. Je passe la sébile, la dame à côté de lui donne, le monsieur aussi, il se sent visiblement obligé d'en faire autant, il déverse dans ma bourse la monnaie qui encombrait ses poches. Merci M'sieurs-Dames.

Bon, ce n'est pas le pactole, mais j'ai gagné trois sous. J'essaierai la sortie de la messe, dimanche. Mais comment tenir jusqu'à la fin du mois ?

J'arrive à l'hôtel, la patronne remarque mon violon et me dit « Eh, vous n'allez pas jouer, tout de même ? » Elle tient à protéger la sieste de ses voyageurs de commerce. Et elle ajoute : « Quand est-ce qu'ils vous payent ? Vous savez, avec eux il faut insister ! » Je lui fais un geste d'acquiescement, et je monte terminer mon pain d'épices, je n'ai rien pu acheter, car tous les magasins ferment entre midi et deux.

Le soir, nous répétons avec les chanteurs. J'oublie mes ennuis, ils sont très bons, le chef est parfait, tout baigne. À la pause, Francis m'aborde :

— C'est toi qui jouais sur la place ?

— Quand ? À midi ? Oui, j'ai même rencontré le directeur.

— Justement, il a été assez choqué de te voir « faire de la mendicité », d'après lui « les gens » vont croire que l'on ne paye pas les musiciens.

— Pardon ? Il faudrait d'abord toucher sa première paye, quand même ! Je crois qu'en comptabilité municipale, on ne peut donner d'avance, alors on fait ce qu'on peut. Comment fais-tu, toi ?

— J'allais dire « comme toi ». Je n'ai plus un rond, heureusement je suis hébergé par un ami, Julien, le barman, sauf quand il a sa copine, dans ce cas je dors au théâtre. Chiant, il faut aller demander une avance, faire quelque chose, sinon on va devoir bouffer les fauteuils et mastiquer les décors. On n'a plus de vie, je me rase avec le rasoir et le savon de Julien, mon linge est troué, je ne te fais pas l'article, tu es une fille, ça doit être pire...

— J'ai encore ce qu'il faut question hygiène, mais d'ici la fin du mois on sera morts ou presque. On va demander au directeur si l'on peut avoir une avance ?

— Oui, c'est ce qu'il faut faire. Demain, à la pause, on est sûr de le trouver. Dis, qu'est-ce que tu fais ce soir ?

— Ce soir ? À la sortie, à minuit, tu veux dire ? Mais je dors…

— Sur la place derrière la mairie, il y a le marché demain. Ils installent les éventaires en ce moment. Souvent, il y a des légumes qui tombent, des paquets qui sont éventrés. Tu me suis ?

— Tu veux aller piquer de la salade ? Oh, pourquoi pas. »

À quoi en est-on réduits ! À la fin de la répétition, nous rangeons nos instruments, je déplie une pochette en plastique que j'ai toujours dans mon sac à main, histoire de ne pas en salir le contenu. En effet, la place du marché est remplie de palettes de marchandises. Je repère tout de suite un cageot de pommes éventré, Francis en ramasse plusieurs prestement et les fourre dans ses poches, il m'indique une palette de salades, l'enveloppe plastique est déchirée, là je tire une poignée de verdure et la glisse dans mon sac, on pioche deux carottes, quelques tomates à moitié écrasées et une betterave, et on file en vitesse, personne ne nous a vus, la place est déserte. À moins qu'il n'y ait derrière un rideau quelques regards indiscrets…

Nous arrivons chez Francis, son copain n'est pas là, il est sorti en boite. On se met à table, on se délecte, enfin un peu de verdure. Je refuse le reste de vin, je finis la bouteille de lait, ça va mieux. Francis propose de me raccompagner, la rue est déserte, je dis non, ce n'est pas loin et il a l'air crevé, demain matin, nous répétons. Je me couche et je dors bien, je me réveille un peu en retard, il faut sauter dans ses fringues. Je prends quand même le temps de me laver les dents, je me doucherai au théâtre. À la pause, il faut aller voir le directeur.

Francis et moi sommes montés jusqu'au palier des bureaux, et nous nous regardons. Comment faire, comment aborder le sujet ? Le trompettiste prend la parole :

— Écoute, si j'y vais, je sens que je vais lui voler dans les plumes, j'ai déjà eu des mots avec lui. Toi, il t'a vue faire la manche, ça ne lui plaît pas, mais il ne tient qu'à lui que tu ne le fasses plus. Tu veux bien…

— Tu veux que j'y aille d'abord ? Je veux bien, mais si ça ne va pas, tu arrives ?

— T'en fais pas, j'arriverai en renfort. »

Je frappe et j'entre. Le directeur me fait un grand sourire et commence :

— Justement, je voulais vous dire que ce que vous avez fait, ce n'est pas bien. On va dire que j'embauche des mendiants…

— Pardon, Monsieur ? Mais c'est la pure vérité. Nous sommes plusieurs à n'avoir plus d'argent, bon, l'hôtel fait crédit, mais il faut bien manger, se laver, et il n'y a pas d'autre moyen. Puisqu'il paraît qu'en comptabilité municipale, on ne donne pas d'avance… vous n'avez pas une caisse de secours ou quelque chose comme cela ?

Le directeur lève les yeux au ciel, les rabaisse aussitôt, me fixe et a un sourire salace :

— Mais enfin, ma pauvre petite, vous êtes une jolie femme, vous devriez savoir vous débrouiller, non ? »

Là, ma réaction est immédiate. J'avance d'un pas, et je renverse son bureau, tous ses papiers lui tombent sur les genoux, la boite de crayons, ses photos de famille… Un pot de fleurs séchées est tombé, il n'est pas cassé, donc c'était un pur plastique made in… on ne sait pas où…

Le vacarme provoqué a été entendu de l'extérieur, Francis ouvre la porte d'un coup et entre :

— Tu as besoin d'aide ?

Le directeur nous regarde, affolé, il se lève, une feuille de papier à la main, pendant que le comptable pointe son nez dans l'embrasure de l'autre porte :

— Mais enfin, mes enfants, calmez-vous ! Ce n'est pas la peine de... Je vais demander au comptable, il va vous faire une lettre pour la banque, vous pourrez être autorisé à avoir un petit découvert, on vous garantit. Monsieur Moineau !

Il appelle le comptable, qui arrive derechef, nous regarde, un peu inquiet, Francis a tout de même une tête de plus que lui, ça aide. Il nous fait signe et glisse une feuille à en-tête dans sa machine à écrire, en marmonnant : « Il fallait le demander ! »

Je dis, assez fort pour que le directeur, qui est à quatre pattes en train de rassembler le contenu de ses dossiers, puisse entendre :

— Vous ne pouviez pas commencer par là, au lieu de sortir des cochonneries ? Les obsessions, ça suffit, si vous êtes frustré, il y a des professionnelles pour ça ! »

Le directeur me fusille du regard, j'ai apparemment touché un point sensible, Francis se mord les lèvres pour ne pas éclater de rire, le temps que le comptable termine les papiers et les fasse signer. J'ai droit à un : « Vous resterez violon du rang, pas question de vous payer en tant que soliste, une... mal élevée comme vous ! ». Je réponds que c'est le chef d'orchestre qui décide, c'est marqué sur le contrat.

Nous sortons et rejoignons la fosse aux lions, un chanteur a entendu le bruit, a raconté la chose à un machiniste qui l'a dit au timbalier qui l'a répété à un hautboïste, bref quand nous arrivons tout le monde est au courant. Il va falloir que nous racontions, car on me dit « Alors, il paraît que tu as cabossé le dirlo qui a voulu te violer ? », et quant à Francis, il aurait démoli le bureau et assommé le comptable. Mon voisin de pupitre me dit « Vous avez bien fait, ce vieux c… traite tous les danseurs de pédés et traîne vers les douches des filles. S'il vous fait des ennuis, prévenez-nous ! » Je n'y manquerai pas…

XXV.

Nous avons donné trois représentations, qui toutes nous laisseront des souvenirs impérissables. Musicalement, s'entend. Avec un chef et des chanteurs extraordinaires, jouer une œuvre qui est un monument de l'art lyrique fait oublier les chambres d'hôtel minables, les repas sautés, les fringues pas repassées, les courants d'air et la machine à café en panne. Et même les mesquineries du régisseur — qui a eu droit à de la colle sur sa chaise — et les plaisanteries poids lourds du tromboniste. Étienne file le parfait amour avec la violoniste, pendant que Francis se morfond, il pense toujours à Gilberte.

Nous sommes retournés « faire le marché », car nous voulions économiser un maximum, quand serons-nous payés ? Le petit découvert en banque m'a permis de contenter la patronne de l'hôtel, et nous nous sommes offert un restaurant, c'est vrai que l'on mange bien dans la région.

Une des représentations a eu lieu à la ville voisine, et elle a failli tourner à la catastrophe à cause d'un court-circuit sur la scène. Heureusement, les chanteurs n'avaient pas bougé, personne n'était tombé, ni n'avait renversé un décor. Dans la fosse, nous avions quasiment dû faire le ménage avant de nous installer, tant la couche de poussière était épaisse, nos vêtements étaient couverts de taches en sortant, les hommes râlaient de devoir porter leur costume au pressing, et quant à moi je me disais que je devais prévoir un peu de monnaie pour la laverie, et ce n'était pas le moment.

Me fichant de ce que penserait le directeur, je m'étais installée à la sortie de la messe. Quelques personnes avaient donné, mais il commençait à faire froid et les gens ne restaient pas. Je me disais que je pourrais chercher à faire des ménages, mais quand ? Nous étions pris toute la journée, souvent le soir, et de temps en temps il faut dormir, quand même. Une fois par semaine, j'allais avec Francis faucher quelques fruits et légumes vers minuit, en faisant attention, nous avions remarqué une vieille bique qui entrouvrait son volet quand quelqu'un passait, et des groupes de voyous qui cherchaient à faucher quelques bricoles un peu plus intéressantes que des pommes ou des tomates.

Avec le chef titulaire, nous avons exécuté — c'était bien le mot — une opérette, j'ai eu l'impression d'être dans l'autre fosse, l'œuvre était à peu près aussi moche, et le chef ne s'occupait que des chanteurs, apparemment il savait les faire travailler, au moins. Nous, on enfilait nos notes.

J'arrivais pour la générale l'après-midi quand le régisseur me sauta dessus :

— Dites donc, vous ! Depuis quand on doit vous servir de boite aux lettres ? Pourquoi vous faites-vous expédier votre courrier au théâtre, vous couchez dans la rue ou quoi ? Vous n'avez pas d'adresse ?

Je me demandais ce qu'il voulait dire, quand il a sorti une lettre de sa poche. J'ai tendu la main pour la prendre, mais il s'est écarté en continuant à me faire des reproches idiots. Mon voisin de pupitre, qui avait entendu, s'est alors approché, lui a pris la lettre en lui disant :

— Vous allez arrêter vos c…, espèce d'imbécile ? Ça va vous fouler le poignet, de transmettre une lettre ? «

Le cafard s'est écarté, je lui ai signalé que le vol de courrier était un délit, il a tourné le dos et est parti, j'ai remercié le collègue et me suis assise pour lire. Tiens ? C'était le directeur du conservatoire, qui me demandait de mes nouvelles et si je pouvais venir pour un concert le… J'ai tout de suite ouvert mon agenda, oui, nous avions deux semaines de congé. Et un beau programme, le *Magnificat* de Bach… Ça, pour Jean-Seb, c'est sûr, je vais au bout du monde. Répondons-lui de suite, qui a une enveloppe, un timbre ?

Je me dis que j'ai bien fait d'économiser, j'ai de quoi acheter mon billet de train. Je donne congé à l'hôtel, je pars quand même deux semaines, tiens, en fait la valise n'a jamais été défaite, à part ma tenue de concert, dans la chambre il n'y n'avait que deux cintres. Je préviens tout le monde, le chef, le premier violon, Francis se déclare content pour moi, Étienne me demande de transmettre toutes ses amitiés à Jean-Marc.

C'est parti, encore une gare, un vieux train qui se traîne, heureusement il n'y a pas trop d'affluence. Et j'arrive là-bas, au sud. J'ai l'impression que je m'y sens mieux… évidemment, j'ai une chambre à moi, je connais un peu plus de monde. Mais maintenant que nous ne sommes plus en été, la ville est triste. Ce n'est pas tout à fait une ville, ce n'est pas tout à fait la campagne, ce n'est pas non plus une station balnéaire, c'est une cathédrale, un vieux quartier « historique » qui se lézarde de partout, un théâtre. Et une avenue Victor Hugo, et la gare et le quartier de la gare, et puis un Monoprix et des bistrots. Enfin, j'ai de la chance, je retrouve ma clé tout de suite, j'ai eu la bonne idée de ne pas la mettre au fond de la valise. Des fois, je ne suis pas trop bête. Je range un peu, je me fais un café, il en restait, et je vais au conservatoire.

Le directeur est tout content de me voir, il m'offre un café qui est tout aussi mauvais que le mien, bon, c'est l'intention qui compte et je ne serai pas énervée. Oui, le concert c'est dimanche, avec la chorale. On répète ce soir, et puis demain après-midi, toujours dans la salle en bas, le concert est dans la cathédrale, dimanche en huit, c'est le concert de la Sainte Cécile[11], c'est toujours un événement important. Il me signale qu'il a secoué les puces au comptable de la mairie et que je devrais recevoir bientôt mon virement pour le remplacement. Il serait temps…

En sortant, je tombe sur Yves, l'altiste, qui me salue gentiment, il me dit que je leur ai manqué, ils ont eu une opérette à jouer, Madame Renée s'est fâchée après l'autre violoniste, Jojo a eu un accident, il est tombé d'un escabeau, pas trop grave, mais il n'y a personne pour le remplacer en ce moment. La routine.

Jean-Marc me saute au cou, je lui transmets le bonjour de son copain, j'ai mon petit succès en racontant que nous avons joué sous la direction de Varinieff, tout le monde me demande comment il dirige, comment il fait travailler, comment la chanteuse a interprété le grand air… Je passe la soirée avec Jean-Marc et Caroline, ils sont indignés quand je leur rapporte les propos du directeur, et n'en peuvent plus de rire quand je leur décris comment nous avons traité le régisseur.

Le lendemain, j'ai du courrier, décidément on pense beaucoup à moi, trois lettres. Un relevé de banque, bon, cela n'a rien d'un mot d'amour, je sais que l'état de mon compte n'est pas brillant. Une lettre d'Isabelle, enfin ! Alors, qu'est-ce qu'elle dit, ma copine ?

---

[11] Sainte Cécile est la patronne des musiciens, et les sociétés musicales donnent souvent un concert dans une église le dimanche le plus proche de la Sainte Cécile, le 22 novembre.

Elle m'engueule. Sympa ! Elle me reproche d'avoir quitté Paris. Enfin, non, pas vraiment, elle comprend que c'est pour des raisons de boulot, mais est-ce que c'est vrai que j'étais mal vue à cause de Bibi ? Me suis-je renseignée ? Bon, les concerts en Espagne, c'est une expérience, mais m'exiler dans un endroit que je ne connais pas, où apparemment les collègues ne sont pas sympas... Elle me décrit son expérience, elle se tape des heures de transport, elle subit des grèves... Mais tant pis, elle reste à Paris. À Bordeaux, elle se plaisait, mais il n'y avait pas de poste dans la région, alors elle est rentrée dans la capitale. Et elle me dit de venir loger chez elle, elle peut en parler à son père, maintenant qu'elle a un travail, il ne lui refuse plus rien, et même il discute avec elle. Alors que quand elle était lycéenne puis étudiante, il condescendait à lui adresser trois mots par semaine, une fille, ce n'était pas à lui de faire son éducation. Maintenant, elle lui tordra le bras pour qu'il me trouve un logement, il a assez de relations pour ça, et elle me garantira.

Elle termine en me parlant de Manuela, « qui s'embourgeoise », mais son bonhomme est très sympa. Et puis, elle me dit que des choses importantes vont se passer, une femme ministre de la Santé veut faire légaliser l'avortement, le débat va commencer prochainement... Je ne dois pas rater cela, ce débat sera historique, la télévision le retransmettra, les journaux, les radios. Ça, c'est sûr, je suivrai, on nous a assez prises pour des poubelles ! La liberté, pour les femmes, c'est aussi de dire « non » !

Je relis la lettre, j'ai l'impression de revenir d'exil, je retrouve une ambiance, un « chez moi », c'est comme si je tenais enfin un bout d'un fil qui me raccroche à ma vie, mon passé et mon avenir à la fois. Je peux le parcourir, ce fil, l'allonger, mais je ne veux pas le casser, je suis moi, je ne change pas, je peux apprendre, mais pas me transformer. Et voilà que penser à Paris me fait penser à Jorge. Zut, encore du vague à l'âme ! Je ne le connais pas, Jorge, c'est une fixation que je fais, il est bien gentil, il me plaît, ce serait réciproque que cela ne m'étonnerait pas, mais le baiser du soir du concert pouvait n'être qu'un jeu. Pourquoi est-ce que je me fais du roman ?

Du coup, j'ai oublié la troisième lettre, que je trouve sous mon sac une heure après. C'est Juan. Lui et Élie se sont réconciliés — ouf ! —, mais ils ont de gros problèmes de finances, Juan passe toutes ses soirées à jouer en boite, dans des pianos-bars, partout où l'on cherche un pianiste, la journée, il donne des leçons dans tous les coins de Barcelone et de sa banlieue. Élie, qui a son neveu à entretenir, bosse aussi, du coup ils se croisent plus qu'ils ne se voient, leur appartement est un dortoir et le moindre moment de libre est employé à emplir le frigo pour la semaine, histoire de ne pas mourir de faim en rentrant à pas d'heure. Aucune nouvelle de Conchita, simplement un bonjour de Luis, qui donne à tout le monde le bonjour de Jorge. Ce dernier est revenu quelques jours à Barcelone, en passant par Rome, ils ont fait une petite fête, ils ont invité Juan et Élie, mais tous les deux étaient occupés, on a demandé après moi, on a dit que j'étais en tournée, et Jorge est reparti à Paris. Re-zut, Juan, pourquoi me parles-tu de Jorge ?

Je manque chialer, je me retiens, que faire, m'imposer la chasteté, ou au contraire me taper tout ce qui passe, pour éviter de penser, ou me faire ça toute seule en rêvant au beau visage de l'autre ? Sortons, si je peux voir quelqu'un et discuter, cela me fera penser à autre chose.

Je vais au théâtre, je rencontre « Ursula », qui me raconte avec force gestes ce qui est arrivé à son mari, deux des gamins complètent la description, elle a eu très, très peur, mais en fait il n'a que des côtes fêlées, on le garde à l'hôpital parce qu'il a des petits problèmes, il tousse beaucoup alors qu'il ne fume que très peu, dans un théâtre on ne peut pas. Un petit veut ajouter quelque chose, il se prend une taloche parce qu'elle est fatiguée, on la dérange tout le temps à lui demander les clés de ceci, de cela, où son mari range tel ou tel outil, comment marche telle commande... Tout ce qu'elle peut faire, c'est donner des clés, ils peuvent se débrouiller, non ?

J'en conviens, elle me fait rire. En plus, elle m'apprend que « la petite Anna » est revenue dans la troupe des danseuses, elle est gentille, elle lui a apporté des fromages faits par un copain qui a des moutons. Ah, vivre à la campagne, elle dit que quand son mari reviendra, on s'achètera des moutons et on fera aussi des fromages, elle sait le faire, elle est de la campagne, en Suède. Ah, aussi, il y a un gars qui a demandé après vous, le régisseur de l'orchestre. Alain ? Oui, c'est ça.

Bon, qu'est-ce qu'il veut ? M'embêter, ou me faire passer un bon moment ? C'est vrai que je l'ai éconduit plusieurs fois, il a de la constance, ou il s'en fout, il tente le coup sans insister. Oui, c'est son genre. J'entre dans les coulisses, pour voir s'il n'y est pas, je vais même dans les loges du fond, là où j'ai dormi quelque temps, j'entends du bruit, bon, ne dérangeons pas. Je m'éloigne, je m'entends appeler, c'est Enrico, habillé en empereur romain, une couronne de laurier en carton posée de guingois sur sa tête. Dans l'encadrement de la porte, j'aperçois un mec, à moitié habillé, qui allume une clope, malgré l'interdiction.

— Alors, Miss ? Est-ce que je fais un beau Jules César, comme ça ?

— Ah, superbe ! Aléa Jacta Est !

— Kezaco ?

— C'est de César, ça veut dire « le sort en est jeté » en latin !

— Ah, bon ! C'est pour mercredi, il y a un spectacle pour enfants, je fais l'empereur romain.

— Mon cher ! On entame une carrière théâtrale !

— Eh oui ! Et je remplace un peu Jojo, tu as su ce qui lui était arrivé ?

— Oui, je viens de chez… Ursula, elle m'a raconté.

— Toi aussi, tu l'appelles Ursula, la belle Suédoise ! En fait c'est Margrete, mais elle s'en moque, on l'appelle comme on veut. Dis donc, tu avais disparu ?

— Je bosse à… dans l'orchestre du théâtre, pour une saison.

— Ça marche ? Comment ils sont, là-bas ?

— Bons musiciens, bons chanteurs, un chef débutant, mais on a des vedettes invitées, un régisseur cafard et un directeur vieux cochon.

— Alors c'est pareil qu'ici ! Il y a des beaux danseurs ?

— Ça, je n'ai pas eu le temps de voir, on bosse comme des dingues. Anna va bien ?

— Ça irait mieux si elle bazardait son con de mec, mais bon, elle bosse ici, Jojo a eu pitié d'elle. Heureusement, elle a chassé sa copine la camée plombée, elle en a eu marre des morpions. Et je crois qu'elle veille au récurage de son berger d'occasion, je l'entends grogner que tous ces produits, « ça use la couche d'ozone », mais je peux dormir dans ma piaule sans danger.

— Ah, ça, c'est un progrès. Dis, tu n'as pas vu Alain, le trombone, le régisseur ?

— Ah, non... Attends, si, je l'ai vu parler avec Ursula. Va voir au café. Ouais, j'arrive ! » Son mec a eu l'air de s'impatienter, je ne sais pas si c'est pour une partie de radada ou pour terminer son travail d'habilleuse, je les laisse vaquer à leurs occupations.

Je sors et me dirige vers la mairie, le square, je constate qu'ici, rien ne change. Le cinéma passe toujours trois pornos — sous-titrés en espagnol —, un nanar de style western et un dessin animé. Au café, personne, je traîne dans le square, je passe devant une librairie et j'achète un journal, il y a une photo de la ministre et on annonce le débat à l'assemblée. Je fais le tour du quartier, je me retrouve dans l'avenue de la gare, ah, non, pas par là, je ne vais pas aller à la gare juste pour me promener, ça suffit ! J'achète à manger et je rentre. Passant devant la banque, j'ai une inspiration, je demande mon solde, et ouf ! Plus de découvert. Je demande les détails, oui, le virement vient d'arriver. Je retire un petit quelque chose, surtout pour pouvoir prendre mon billet, et je rentre un peu plus légère, drôle d'expression pour quelqu'un qui a des poches alourdies.

Le lendemain, je rencontre Alain, qui commence par me féliciter, me parle avec déférence, en quel honneur déplie-t-il ce tapis rouge ? Il me parle d'un journal espagnol qui annonce un enregistrement d'une création contemporaine, il me dit qu'il y avait une photo de la chanteuse et des musiciens, et l'on m'a reconnue. Tiens, tu lis les journaux espagnols ? Il m'explique qu'il est allé voir son cousin, qui tient un hôtel à Rosas, il a vu le journal et il l'a montré à tout le monde. La chanteuse, c'est bien celle dont tu as parlé, celle qui a créé des scandales chez les vieux franquistes coincés, qui s'est tapé un curé, et qui a enregistré à Darmstadt une création de... Oui, c'est elle ? Je ne savais pas que tu jouais dans des concerts internationaux, c'est quand, l'enregistrement ? On achètera le disque, tu peux en être sûre. Tu veux que je te donne une photocopie de l'article ? J'en ai fait plusieurs.

J'accepte volontiers, mais je me demande ce que c'est, cet enregistrement. Aïe, peut-être ont-ils pris quelqu'un d'autre, vu que je n'ai pas pu venir à Barcelone. Il faut que j'appelle Juan… mais il ne doit pas être là… Ah, mais j'ai les coordonnées de Luis, appelons-le, je peux aussi appeler Amparo. Flûte, ça va encore coûter, le téléphone. Mais c'est pour des raisons professionnelles. Voyons.

Je fonce à la poste, je piétine devant les cabines qui sont comme par hasard prises d'assaut, mais qu'est-ce qu'ils ont ces gens à vouloir bavarder avec Maman, Fiston, la tante à héritage, le copain-qui-leur-fait-les-devoirs ou l'élu(e) de leur cœur, j'ai une urgence, moi ! Bon, j'appelle chez Luis, personne… ah, si, sa copine, elle me répond qu'il va revenir, on peut me rappeler ? Je donne le numéro du conservatoire puisque nous y répétons cet après-midi, je n'ai qu'à arriver tôt et traîner après. J'espère que la secrétaire comprendra et saura qui je suis. Ou que l'on appellera avant qu'elle arrive, le concierge ou le directeur comprendront plus vite qu'elle.

J'avale à grand-peine un sandwich, je n'ai pas d'appétit, je vais au conservatoire, je préviens le concierge que j'attends un appel, et me cale dans un petit coin de la salle de spectacle avec la partition, histoire de me dérouiller les doigts et les neurones. Mais je joue assez distraitement. D'abord un mal d'amour, ma copine qui m'engueule, et puis une occasion professionnelle ratée. Je me dis que c'est en Espagne, je n'y suis pas installée, le concert n'était pas payé, c'est Élie qui a tout assumé de sa poche, et puis je me suis renseignée, il n'y a pas pour le moment de concours pour les orchestres, je ne parle pas assez l'espagnol pour pouvoir enseigner, bref… Oui, mais un enregistrement d'une création, avec Conchita, c'est une grande chanteuse, elle est comme elle est. Je rumine en faisant des gammes, lorsque le concierge m'appelle : « Téléphone, pour vous ! » Je cours au secrétariat. C'est Luis, qui a l'air soulagé de m'entendre.

— On te cherchait partout, tes copains m'avaient dit que tu travaillais ailleurs, Amparo a essayé de trouver un autre violoniste, mais comme l'œuvre est difficile, il faut un bon, et on n'a pas beaucoup de répétitions. C'est dans un mois, à Barcelone, au studio Z... tu connais ? Non, je te donne l'adresse. Note-moi aussi tes coordonnées, je peux envoyer un télégramme, au cas où il y ait une urgence. Tu pourras ?

Et comment, évidemment, je pourrai. Mais question finances... Il me rassure : aucun des musiciens ne travaille pour rien, il a fallu trouver un autre percussionniste, celui qu'on a débauché est un grand bonhomme, il veut que la rémunération soit normale, vu le travail, le matériel qu'il se charge d'apporter. Une question me brûle les lèvres, même si cela me fait prolonger la conversation : qui organise ? Mais c'est Conchita elle-même, elle a circonvenu Castillo qui finance le disque, avec la collaboration du journal xxx... organe culturel officiel, ça va faire du bruit ! Sur le même disque, il y aura la pièce de Castillo, jouée par le torero. Bon, d'accord.

En plus, il me dit combien nous sommes payés, et il y aura des royalties si cela passe à la radio, et cela amènera sans doute d'autres concerts, bref c'est le Pérou.

Je me raisonne, il ne faut pas trop rêver, mais quand même, je suis aux anges. La secrétaire arrive, je raccroche en ayant donné toutes mes coordonnées à Luis, ayant tout noté en ce qui me concerne, je salue la dame qui me demande « pourquoi je lui mobilise son bureau pour téléphoner ». Je ne prends pas la peine de lui répondre, je suis en retard pour la répétition, on me regarde de travers, on va croire que je joue les vedettes. Mais oui, j'en suis une. Ça vous en bouche un coin, non ?

XXVI.

Et me voilà de retour dans la fosse, il faut que je me fasse à la notion de voyage, de tournée. Quand les finances ne sont pas trop catastrophiques, tout va bien, j'ai été payée juste après le concert, le directeur y a tenu, il cherche visiblement à m'attirer pour le prochain poste libre. Bon, il est bien gentil, et tout le monde ne me fait pas la gueule, tout de même. Madame Renée m'adresse un peu plus la parole, Alain ayant montré le journal à tout le monde. C'est Liliane qui a l'air la plus contente, elle me demande « C'est quand, le disque ? C'est du contemporain, c'est un peu dur à entendre, non ? Mais je vous promets que je l'écouterai ». Au marché, Madame Vidal discute toujours autant avec ses ennemis politiques et néanmoins copains, au théâtre, Ursula crie sur ses gamins qui n'en font qu'à leur tête, il y en a un autre en route, elle a oublié de dire au mec — ou à Jojo, après tout peut-être une partie de la smala est-elle quand même légitime — de mettre une capote, Enrico se lance dans le théâtre, pour l'instant il est figurant, il joue les bandits calabrais, les gitans ou les soldats romains, et aussi les Mexicains ou les indiens de westerns.

Bon, présentement, j'ai simplement changé de fosse d'orchestre, nous alignons nos notes avec le chef titulaire, en attendant François Borget. Mais les esprits sont occupés par l'événement qui va avoir lieu à l'assemblée, le débat sur l'interruption de grossesse, défendu par Madame Simone Veil. Nous irons tous au café après la répétition, la télévision retransmettra le débat en direct, Francis en a parlé à son copain

Julien, le barman, qui a proposé au patron du café de rester ouvert, il s'occupera de tout ranger. L'épouse du patron, intéressée par le débat, a emporté la décision.

Le lendemain, nous sommes tous dans le bistrot, assis sur les chaises, sur les tables, par terre, sur les marches, et suivons le débat. Tout le monde n'est pas du même avis sur le sujet, mais beaucoup, surtout les garçons, avouent leur ignorance sur ces questions, ils se disaient que maintenant qu'il y a la pilule, il n'y a plus de problèmes, beaucoup ignorent qu'elle n'est délivrée que sur ordonnance. Francis, qui a été élevé par une mère seule, secrétaire médicale, connaît bien le sujet, Étienne et sa copine sont ahuris de voir les réactions violentes des députés opposés au projet, de la part de gens qui représentent le pays et décident du mode de vie de leurs concitoyens. Il y a donc des abrutis, chez les députés ? Des réacs pas évolués ? Tout le monde s'accorde pour trouver cette femme formidable, ils la connaissaient seulement de nom, depuis l'élection présidentielle. Mais nous devons nous rendre à la répétition, le chef va arriver. Cela va me faire drôle de revoir François Borget.

Effectivement, le chef et moi tombons dans les bras l'un de l'autre. Le directeur, qui était dans l'encadrement de la porte et avait remarqué que le collègue m'avait laissé la place de premier violon soliste, voulait sans doute me déplacer, mais la réaction du chef a de suite été de m'accompagner à la place d'honneur. C'est marqué dans le contrat, c'est le chef qui choisit !

C'est un opéra de Mozart. Cela fait drôle, pendant ce débat législatif dur, épuisant, de travailler une œuvre qui coule de source, lisse, sans aspérités, la musique de Mozart est faite d'ondulations toutes douces, de friselis taquins, elle redonne le sourire. J'ai même entendu dire qu'il fallait diffuser du Mozart dans les étables pour que les vaches donnent plus de lait, et dans les magasins pour que les gens ouvrent plus facilement le porte-monnaie. Et le Maestro François Borget, s'il n'a pas l'expérience et le génie de Varinieff, sait faire travailler, comprend l'œuvre, je dirais même qu'il fait de la répétition un jeu, il a la direction souriante. Quand il y a une indication à donner aux violons, il s'adresse à moi, bon, tout le monde sait que je le connais, et ceux qui ont joué sous sa direction savent qu'il a l'habitude de se reposer sur un des musiciens, qu'il traite comme un assistant. Tout va bien.

Nous faisons écourter la pause, pour retourner plus tôt voir le débat. Le régisseur grogne, ce n'est pas réglementaire, et surtout pour aller voir « cette bonne femme » qui parle de quelque chose d'indécent, mais enfin, pourquoi diffuse-t-on ça en public ! Il se fait huer, ne comprend rien à notre indignation, semble quêter une approbation du côté du chef, qui est d'accord avec nous et écourte la pause, de toute façon l'œuvre est délicate, mais pas fatigante.

Fin de la répétition, nous retournons au café, y restons jusqu'à fort tard. De temps en temps, une personne entre, demande ce qui se passe, et se voit imposer le silence. Julien sert les clients le plus discrètement possible, la recette est bonne, la patronne fait discrètement déplacer les gens qui gênent le passage. À un moment, un député compare la ministre aux tortionnaires nazis, ce qui provoque un tollé général, ceux qui n'ont pas entendu se font expliquer. Elle qui a sur le bras le tatouage des camps de la mort ! Comment peut-on être aussi monstrueux…

Cela dura trois jours et deux nuits, entre deux répétitions de Mozart. Heureusement, le débat prit fin avant la générale. Quand on annonça que la loi était adoptée, il y eut une seconde de silence, puis un « ouf » de soulagement. Le « ouf » était non seulement pour l'adoption de la loi, mais aussi pour Madame Veil. On se demandait comment elle pouvait tenir… Que cela nous serve d'exemple, si l'on sait ce que l'on veut, on doit tenir, tenir jusqu'à avoir atteint son but.

Du coup, je me sentais ridicule avec mes peines de cœur, mes nostalgies de Paris, qu'est-ce que je cherchais, après tout ? À exercer la profession de musicienne. Jean-Seb ou Mozart peuvent être joués n'importe quand, n'importe où. La représentation fut exceptionnelle, nous rejouâmes l'opéra quelques jours plus tard, il y eut un déplacement dans cette ville dont le théâtre était moche, la fosse sale, ah, tiens, elle avait été nettoyée, l'électricité avait été revue, François Borget était content et il me demanda quand je rentrais à Paris. Je lui parlai de la création à laquelle je devais participer à Barcelone, il fit un peu la grimace, n'étant pas spécialiste de la musique contemporaine, mais il me donna ses coordonnées en me faisant promettre de le contacter « quand je rentrerai ». Ça, je ne savais pas quand. Mais je t'appellerai, c'est sûr, lui répondis-je. Il insista, je devais venir, il y avait plusieurs anciens collègues qui se demandaient quelle mouche m'avait piquée, pour partir à l'autre bout de la France. J'hésitai, puis lui lâchai tout d'un coup que j'avais vécu avec quelqu'un qui m'avait fait du tort dans le métier, que l'on m'avait dit que… Il fut très étonné : qui t'a dit ça ? Je lui donnai le nom du collègue. Lui ? Ah, oui, il est entré à l'orchestre de… Tu connaissais le chef, je crois… Ah, tu as passé le concours ? Oui, c'est lui qui a été pris.

Heu… oui… Ma cervelle tourne comme un maelstrom, et je me dis que j'étais la reine des idiotes. Bon, c'est vrai que j'étais en panne de boulot. Mais apparemment le gars si obligeant m'avait doublée. Bon, aussi, François est quelqu'un de gentil jusqu'à la naïveté, les choses sont peut-être plus compliquées que cela. N'empêche, c'est tout de même à vérifier.

Quelques jours plus tard, je vis Francis arriver avec un visage décomposé : Gilberte ? Oui, la pauvre... Ses parents avaient condamné la télévision lors du débat, de toute façon ils l'empêchaient de la regarder, sauf des films « corrects pour les jeunes filles », et encore, quand ils estimaient qu'elle avait assez travaillé son alto. Comme tous les jours, elle devait jouer, jouer encore, elle avait eu malaise sur malaise et un matin avait été incapable de se lever, prostrée, raide comme un piquet. On l'avait transportée en neurologie, et de là en psychiatrie. Francis et une collègue qui connaissait sa sœur avaient contacté cette dernière qui avait porté plainte contre les parents. Mais le mal était fait. Francis avait essayé de la voir, à l'hôpital, elle l'avait regardé sans le reconnaître. Il était parti à la fois effondré et fou de rage contre des parents qui avaient traité leur fille comme on n'ose pas traiter un chien savant. Il avait envie de partir d'ici, il y avait deux semaines d'arrêt, il pouvait aller chez sa mère, mais est-ce qu'il n'y aurait pas un endroit où jouer ? Je profitai de ce que le directeur et le comptable étaient partis déjeuner pour m'introduire dans leur bureau et téléphoner au théâtre, je demandai à ce que l'on aille chercher Alain, ou qu'on lui fasse la commission. Il était présent, il me répondit aussitôt par l'affirmative, un bon trompettiste, c'est intéressant, qu'il vienne pour l'opéra de cette semaine.

Rebelote, gare, train, mais cette fois en compagnie du collègue qui, arrivant dans la fosse, retrouva plusieurs musiciens qu'il connaissait et trouva à être hébergé par l'un d'eux. Liliane me prit à part, et me demanda si j'avais assisté au débat... elle n'avait pas tout suivi, je lui racontai, elle me dit que c'était un moment historique. Pour une fois, elle n'avait pas rêvé. Même Madame Renée, qui n'était pas particulièrement pour la libéralisation des mœurs, m'en parla, elle avait été soufflée par le courage de cette femme. Certains avaient des opinions contraires, mais savaient rester corrects. Il y eut bien quelques commentaires stupides, mais il n'existe pas de vaccin contre l'imbécillité.

XXVII.

Enfin, c'est le moment, j'arrive à Barcelone. Juan et Élie me reçoivent gentiment, Élie est un peu déçu de ne pas prendre part à cet enregistrement, mais Juan le morigène en lui disant qu'il faut laisser payer ceux qui ont du fric. En plus, Conchita lui a téléphoné, en lui demandant de venir y assister, elle n'oublie pas que c'est lui qui a lancé l'idée de cette création. Pour une fois que la diva n'est pas intéressée... Élie se sent mieux en constatant qu'on ne l'oublie pas. Mais il n'a pas envie de rencontrer Castillo. Pourquoi viendrait-il ? Lui fais-je remarquer. Ce n'est pas son œuvre que nous enregistrons, elle l'a déjà été à Madrid, le studio barcelonais a reçu la bande pour faire le montage. Ah, le pianiste ? Tu crois que Conchita l'a emporté avec elle dans sa valise ? Dis, elle a d'autres « fonds de penderie » pour se maintenir en forme, non ? Le qualificatif fait s'écrouler de rire mes deux amis.

J'arrive la première, suivie par le compositeur qui m'explique avec volubilité ce qu'il souhaite, je lui fais signe de ralentir le débit, il s'excuse et continue en français. Les autres musiciens arrivent, Conchita viendra dans une heure, le temps que nous remettions le tout en place. Il faut changer ceci, cela, ralentir ici, jouer plus fort là, ici le violoncelle doit doubler la partie de violon, on ajoute un peu de percussion là... Conchita arrive subrepticement dans le dos du compositeur, l'empoigne par les cheveux et lui dit qu'il n'a rien à changer, on refait pareil, pour les nuances c'est elle qui décide. Le jeune homme paraît effondré, puis louche sur le décolleté de la diva et lui fait signe qu'il lui laisse la responsabilité de l'enregistrement avant de disparaître dans la cabine de prise de son où Élie vient d'arriver. Amparo se tourne vers moi avec un sourire, on se regarde, tandis que le percussionniste, qui est quelqu'un de chevronné, sort sa gomme pour effacer les modifications et fait quelques réglages de son matériel. Tout se passe bien, mais au bout de quelques heures nous commençons à sentir la fatigue.

C'est là que l'on voit que Conchita a l'habitude de tenir des grands rôles d'opéra, sa voix ne faiblit pas, elle nous fait signe quand quelque chose lui déplaît, on s'arrête, on reprend, elle dialogue avec les techniciens, apparemment elle ne dit pas de bêtises, ils obtempèrent. Le compositeur est dans la cabine d'enregistrement, la partition ouverte devant lui, il note quelque chose de temps en temps, on se demande bien quoi, mais il ne pipe pas mot et contemple Conchita avec idolâtrie.

Dix minutes de pause, j'ai juste le temps de saluer Juan qui s'installe lui aussi dans la cabine, et l'on refait un filage. Encore un petit passage à refaire, le technicien assure que le montage ne posera pas de problèmes, ah, reprenons encore un petit bout pour plus de précisions. Conchita va dans la cabine pendant que l'on nous diffuse l'œuvre, je trouve tout somptueux, la chanteuse veut revoir un autre passage, on obtempère. Élie et Juan, qui sont restés au fond de la cabine sans dire un mot, sont soufflés. Quand la chanteuse déclare qu'elle n'a plus rien à ajouter, même le compositeur n'en peut plus, il se laisse entraîner par Conchita qui tient à le requinquer à sa manière.

— Elle veut se changer les idées ? Demande Juan.

— Changer... pas vraiment, réponds-je. Au contraire, retendre l'atmosphère...

Élie étouffe de rire

— Retendre… quoi ? Tu me précises ? »

Luis traduit pour ses collègues, précisant l'ambiguïté de l'expression, et l'on dit à Juan de donner à son copain une leçon particulière à ce sujet.

En sortant, je demande à Luis des nouvelles de Jorge. Il va bien, il va retourner à Rome pour une ou deux semaines, mais il pense rester à Paris. Tiens, il m'a dit de te donner son adresse. Et Luis me fait un clin d'œil discret. C'est tout.

Au soir, je dévore le dîner, je m'affale sur le canapé, j'arrive à peine à répondre à mes amis. Ils abordent le sujet du débat sur l'avortement, je me réveille pour leur décrire l'ambiance, Juan est indigné d'apprendre que des députés, qui devraient être des gens sensés, posés, aux arguments corrects, se conduisent aussi grossièrement. Ils ne valent pas mieux que les vieux réacs d'ici ! Élie est philosophe, il a plus d'expérience des pouvoirs publics, en matière de mœurs les plus avancés politiquement se referment comme des huîtres dès que l'on aborde certains sujets. Parlez d'égalité de salaire, de droit au logement, de la Sécurité Sociale, tout va bien. Dès que l'on touche au sexe, beurk, c'est indécent. Je leur ai apporté un journal qui reproduit les débats, ils se disent « Eh bien, pour nous, ce n'est pas encore gagné ! » Heureusement, Élie a eu l'idée de faire un acte notarié comme quoi l'appartement est à eux deux, ainsi que le mobilier, ce que j'avais soufflé à Juan. Sur le plan matériel, ils sont parés, mais sur le plan de l'opinion… évidemment, eux, ils évoluent dans un milieu artistique, leur vie ne dérange pas. S'ils étaient ouvriers ou fonctionnaires… Je leur rebique que pour les femmes, c'est pire. Ils n'en sont pas sûrs, mais bon, nous tombons d'accord pour dire que les mentalités doivent évoluer, mais cela se fait moins vite que les lois… et surtout que la science !

On change de sujet, on ne va pas refaire le monde quand on est fatigué et que l'on vient de livrer au public une grande création musicale. On reparle de Conchita, du compositeur, Juan dit « Ouh, là là, il doit déguster en ce moment ! » « Ouais, ou alors il roupille, elle a dû l'épuiser ! » Et puis Juan me dit : « Alors, Luis t'a donné l'adresse de Jorge ? Tu vois, tu t'inquiétais... » Je manque lui sauter à la gorge : « Dis donc, il est à Paris, et moi ici, enfin, non, ici encore je n'y suis pas trop mal, mais là-bas... et surtout dans la fosse plus loin... Rends-toi compte, une ville où il n'y a plus personne dans les rues à partir de dix-huit heures trente... »

Mes amis compatissent. En Espagne, on vit le soir, se coucher avant minuit est vraiment très mal vu...

XXVIII.

Un train. Un changement. Un autre train. J'arrive au théâtre, et je me fais incendier par le régisseur et le chef réunis :

— Et alors, vous avez oublié la répétition ?

— Quelle…

— Mais ce matin ! On vous a écrit hier !

— Hier ? Par pneumatique ?

— Pneumatique ! Madame la marquise ! On a envoyé une lettre par la poste…

— Hier, par la poste ? Pour que je la reçoive ce matin, mais à quelle adresse ? »

Et voilà, ils m'ont écrit hier, pour me dire de venir ce matin. En sachant bien que j'habitais à plusieurs centaines de kilomètres… Là, c'est fait exprès, pas possible !

— On vous garde parce que l'on n'a personne d'autre ! »

Heureusement pour lui, le directeur est resté claquemuré dans son bureau. Je les incendie, les collègues arrivent, je ne suis pas la seule à avoir manqué la répétition, le courrier passe dans la matinée, personne ne l'a eu, pas même ceux qui habitent à côté. Les musiciens qui sont venus étaient passés au théâtre, ou avaient été prévenus par un collègue, bref, la répétition a dû être écourtée faute de combattants.

L'avantage pour l'administration du théâtre, c'est qu'elle ne paiera pas les musiciens pour les deux semaines passées, ils y gagnent des économies. Le temps que l'on se plaigne, que l'on mobilise le syndicat, il se passera du temps. Le régisseur fonce se planquer chez le directeur, le chef s'enferme aux toilettes. On se regarde, et nous apprenons par l'un des musiciens que l'orchestre fait cette année sa dernière saison, ensuite ce ne sera plus au mois, seulement au coup par coup. Ça me fait une belle jambe, de toute façon je n'aurais pas refait une autre saison. On prépare une plainte, pour la forme…

À part ça, que joue-t-on, à présent ? Une opérette ? Encore une ringardise… Ah, non, me précise mon voisin de pupitre, c'est une opérette marseillaise, avec des artistes célèbres. Il me les nomme, effectivement il s'agit d'acteurs de théâtre et chanteurs comiques, tous ont naturellement l'accent du Midi, le plus connu est un membre d'une dynastie d'artistes, fils d'un acteur classique et père d'un chanteur de rock, bref, on va bien s'amuser. Le chef a intérêt à travailler sa partition, eux ne vont rien laisser passer, ce sont de vieux routiers. En plus, l'œuvre est assez facile, mais il faut suivre, bien enchaîner dialogues et chansons. Et mon collègue est content, il y a aussi un parent à lui, un vieux de la vieille, doté d'une voix de crooner, mais avec l'accent de Montélimar, ça lui fera plaisir de le revoir.

La répétition est morne, il n'y a pas grand-chose à travailler sans les chanteurs. Nous verrons demain avec eux. Le chef a un sursaut d'autorité : « Et je veux que tout le monde soit à l'heure, et présent ! Pas comme l'autre fois ! Sinon, c'est l'amende ! » Il se fait huer, le régisseur regarde ses pompes, le directeur qui vadrouillait dans les couloirs parce que les danseuses sortaient de répétition s'est dépêché de s'enfermer dans son bureau. Euh… Il faudrait leur faire quelque chose, non ? Francis est pour payer un voyou pour leur casser la figure, une violoniste propose de les réveiller au téléphone toutes les heures, un autre musicien de leur faire interdire l'accès au bistrot du coin, ou de verser un laxatif dans leur café… Chacun y va de sa suggestion. Nous allons réfléchir à la stratégie à adopter.

Je remarque qu'Étienne a l'air de faire la tête, et que sa petite amie la violoniste est sortie sans lui parler. Je lui demande si ça va, il me répond que ce n'est pas terrible, vu qu'il avait invité chez lui la demoiselle en question avec son frère et un copain, et que le trio n'a rien eu de plus pressé que de se rouler des joints, se fichant de lui parce qu'il ne voulait pas entendre parler de ça. Il avait commencé par leur dire « Soyez sympas, je n'aime pas ça », et ils l'ont traité de bourgeois, de réac, de tous les noms, pour lui expliquer qu'à Katmandou d'où ils revenaient c'était courant, que là-bas c'était une vie de rêve… Il leur a sorti « Vous n'avez qu'à vous y installer » et les a virés, la demoiselle avec. Il s'en remettra, mais cela ne fait pas plaisir, évidemment. Bon, dis-je en appelant Francis, on a un peu de sous ? Si on allait au restaurant, dis, Étienne, tu en connais un, pas cher et correct ? Bien sûr qu'il connaît. Quant à Francis, la perspective d'une belle entrecôte bien garnie de frites l'attire comme un aimant. Eh, il en faut des calories, pour souffler dans une trompette ! Surtout dans l'air confiné d'une fosse d'orchestre… Le soir, Francis m'héberge, son copain le barman est absent pour quelques jours.

Le lendemain, les chanteurs sont là. Et, ce qui change beaucoup, les vedettes se penchent vers la fosse pour nous saluer, mon voisin salue son parent, on a droit à quelques plaisanteries, bon, il y a de l'ambiance. Et on va voir, tout à l'heure…

Le chef frappe dans ses mains : « Les enfants ! Allons ! En place ! » Oui, Monsieur l'instituteur, on va s'asseoir. Francis et un collègue nous ont mis sur les pupitres une petite feuille de musique.

Quand le chef dit « Allons ! Prenons le début ! » et lève sa baguette, nous attaquons en chœur quelque chose qui n'a rien à voir avec la partition. Et, sur le plateau, les Marseillais entonnent l'impérissable refrain : *« Tout, tout, tout, vous saurez tout sur le zizi »,* la chanson de Pierre Perret qui venait de sortir. Bien sûr, les vedettes connaissent toutes les paroles par cœur.

Le chef reste un instant la baguette en l'air, ses bras retombent lentement le long de son corps qui a l'air de se liquéfier petit à petit, il regarde à droite, à gauche, en bas, en haut, et, se rendant compte que tout le monde suit, fait semblant de battre la mesure, puis il esquisse un mouvement pour descendre de son siège, il se retourne et regarde dans la salle, il n'y a que des chanteurs ou leurs copains qui rigolent en reprenant le refrain, pas de directeur à l'horizon. Il nous regarde avec un air sévère, nous entonnons le deuxième couplet. Au troisième, j'aperçois la tête du directeur dans l'entrebâillement d'une porte de loge, et sur le plateau, les chanteurs s'amusent ferme. En fait, ils ont juste besoin d'une répétition pour remettre l'opérette en place, ils sont rôdés, les chœurs n'ont rien de très difficile à faire.

Bon, tout a une fin, nous nous arrêtons, et le chanteur qui a le rôle principal, ainsi que sa partenaire, se penche vers le chef en lui demandant de voir l'acte deux, puis le duo de la fin, puis les deux chœurs, ils lui indiquent un changement dans la partition, on reprend un passage et on en coupe un autre. Le chef parvient à trouver le fragment en question et à nous donner les numéros des mesures à modifier, certains n'ont pas compris, je m'adresse au chanteur lui-même et il m'indique ce qu'il faut faire, je le répète pour ceux du fond de la fosse, ça y est tout est noté. On y va, chef ?

Le gringalet constate que tout le monde est en place, au garde-à-vous, sauf lui qui ne trouve plus sa baguette, se trompe de page, commence à battre à quatre temps alors qu'il s'agit d'une mesure à trois, Francis fait hennir sa trompette, on reprend, ça y est, le train est en marche. Tiens, pourquoi est-ce que je pense à un train ? Obsession... Notre blague, cela ressemble assez à une grève des transports, je rigole toute seule, mon voisin est surpris, je rattrape la mesure que j'ai sautée, ouille, pardon, soyons sérieux tout de même. Surtout que l'œuvre est sympa, c'est de la bonne variété, les chanteurs sont géniaux, et d'où je suis j'entends les dialogues sur la scène, il y a de l'ambiance. En suivant cette bande de boute-en-train, tout le monde est d'humeur folâtre, nous nous laissons porter par l'ambiance. La chanteuse partenaire de l'acteur principal demande à revoir un passage, on lui dit de se rapprocher du bord de la scène pour qu'on l'entende mieux, on lui dit d'avancer, d'avancer encore... Elle se campe les poings sur les hanches et sort au musicien qui lui disait d'avancer « Dis donc, tu veux voir mon c... ? Faut payer, mon p'tit ! » Tout le monde se marre, on arrive à reprendre. Le chef dirige, enfin, il essaie, en fait c'est lui qui nous suit. Lors de la représentation, les spectateurs sont enthousiastes, d'autant plus que le chanteur de rock fils de l'interprète principal qui avait un concert dans la région est venu applaudir son père, et il monte sur scène pour saluer avec lui, c'est le délire chez les jeunes qui prisent plus son style musical. Dans les coulisses, on se fait prendre en photo avec les artistes, après la représentation, séance d'autographes avec les spectateurs, nous nous disputons les programmes qui restent.

Et hop, la gare, un train. Je me retrouve avec Francis —
il se rend chez sa mère – Hermine, une chanteuse, et un
chanteur nommé Bastien, à chanter « *Notre canebière* » avec
une belle fausseté de voix. C'est connu, tous les musiciens
chantent faux, et les chanteurs ne chantent jamais quand ils ne
sont pas sur scène, ils se contentent de fredonner. Sauf Bastien,
qui a une belle voix de basse, héritée de son père d'origine
russe, dit-il, et qui fait se retourner tout le monde sur le quai en
jouant les Méphisto, on ne peut lutter avec lui question
puissance. J'expose mon problème de logement pour le
prochain spectacle, mes amis me promettent de m'aider.

Hermine n'a pas l'air d'avoir le moral, on cause, elle
nous raconte les péripéties de son récent divorce, qui a porté un
rude coup à ses finances. Et encore, elle n'a pas d'enfants, elle
a réagi assez tôt. Mais vendre l'appartement, se bagarrer pour
quelques meubles ou appareils ménagers, c'est vraiment
minable. Du coup, elle a du vague à l'âme et semble avoir
besoin de se faire consoler, elle louche du côté de Francis qui a
encore dans un coin du cœur un sentiment pour Gilberte.
Finalement, il se rapproche d'elle, et les opérations démarrent.
Du coup, Bastien et moi, nous nous regardons. Après tout, on
s'ennuie, et il n'est pas trop mal, le pseudo-Chaliapine.

Entre Hermine et Francis, c'est le grand jeu, ils
manquent se casser la figure à chaque cahot du train. Bastien et
moi, nous ne sommes pas portés sur les acrobaties dans les
compartiments de chemin de fer, nous nous limitons aux petits
câlins. Ça calme quand même, c'est mignon, ça nous rajeunit
s'il en est besoin.

Francis et Bastien descendent, je discute avec Hermine
qui a retrouvé le sourire, on se fait des confidences sur nos
pratiques sexuelles respectives. Elle me vante les prouesses
d'un des musiciens de l'orchestre, il n'a pas l'air comme ça,

mais c'est un vrai taureau. Ah, bon, tu fais de l'élevage ? On étouffe de rire, sans se gêner devant les voyageurs qui se sont assis dans notre compartiment. Décidément, les chanteuses… Je lui parle de Conchita, elle s'extasie, c'est vrai, tu la connais ? Une grande, celle-là ! Sur tous les plans, paraît-il… Je l'assure que la réputation de la diva n'est pas usurpée.

Arrivée à destination, Hermine descend, je suis la dernière, des voyageurs montent, ils ont l'air abrutis, c'est vrai qu'il est cinq heures du matin, ils ne sont pas bien réveillés ou pas encore couchés. Je rentre… ben oui, chez moi. Enfin, pourquoi n'ai-je pas envie de dire ça ? Arrête tes caprices, enfin, tu as ton violon, tes doigts fonctionnent, tu peux marcher, respirer, tu arrives à avoir de quoi subsister… Je n'ai pas à me plaindre, bon, j'ai subi un presque viol dans le temps, mais il n'y a pas eu de conséquences et puis je n'avais qu'à me méfier… Je prends la pilule, j'arrive à me trouver des mecs de temps à autre. Enfin, j'aimerais bien quelqu'un de stable, mais il faut d'abord que moi je le sois. Mon violon d'abord ! Et fais tes gammes au lieu de geindre !

Sur la table, je trouve la lettre d'Isabelle, que j'ai lue et relue. Pourquoi veut-on toujours revenir sur les lieux de son enfance ? Bon, si c'est Fouilly-les-Oies, ce peut être idiot, mais c'est Paris. Et surtout, il y a les gens que je connais, les structures musicales, et on a le choix. Quoique, Isabelle est bien gentille, mais si son père me trouve un logement, encore faut-il que j'aie de quoi le payer, ici le loyer est quasiment symbolique, dans une grande ville c'est une autre paire de manches. Isabelle comprend beaucoup de choses, mais elle a du mal à réaliser que je n'ai pas d'autres ressources que mes revenus professionnels, alors qu'elle, son père lui verse une petite rente. Manuela lui avait quelquefois reproché de ne pas penser à ça. Tiens, au fait, et Manuela, qu'est-ce qu'elle devient ? Je parie qu'elle est en train de fabriquer un gosse, elle en veut, d'où le fait qu'elle laisse un peu les copines de côté.

Bon, objectif un, un boulot correct, objectif deux, Paris, ou Barcelone, ou Stuttgart où j'ai failli aller, tiens, pourquoi pas Rome, ou Madrid, et il paraît que Londres c'est intéressant… enfin une ville où la vie musicale ne se limite pas à une fosse d'orchestre où l'on massacre des opérettes et à Mademoiselle Machin prof de piano. Du coup, j'écris à mon ancien professeur, il aime à savoir ce que deviennent « ses enfants », mais peut-il m'aider ? Je n'ai jamais rien osé lui demander. Enfin, une recommandation, ce doit être possible. Bon, après le boulot, un mec… enfin, de quoi se contenter le sensitif. Et de bons amis, mes copines et d'autres, des gens avec qui on peut discuter de tout et de rien sans être catalogué anthropologiquement ou politiquement. C'est clair, tout ça, mais il faut commencer par le commencement. Tiens, je vais aller au Conservatoire et fouiner un peu, voir s'il n'y a pas des avis de recrutement, des concours, si la secrétaire n'a pas encore flanqué à la poubelle tout ce qui ne concerne pas cette bonne ville…

Il est midi, j'aperçois la trompette de cavalerie qui sort déjeuner, elle va pour fermer le bureau, le directeur l'appelle, finalement elle ne ferme pas et s'en va. Je consulte le tableau d'affichage, en louchant dans le bureau. Le directeur me voit, me fait signe d'entrer, je lui demande si je peux fouiller dans le tas de revues qui encombre une table dans le coin. « Mais fouillez, fouillez ! » Me dit-il, et il sort, se dirigeant vers une salle de cours. Je me rue vers le bureau de la secrétaire, et bingo ! Dans la corbeille, il y a des papiers à en-tête du ministère, tiens, des avis de concours, piano, non, solfège, peut-être, ah, violon, c'est pour moi. Est-ce que je les prends, ou… Si je demande au directeur, il va me faire la tête, il croit que je vais rester ici à attendre le départ à la retraite de Monsieur X... Et puis zut, c'est dans la corbeille, c'est jeté. Tiens, un autre, un avis de recrutement, le papier a été affiché, il y a des trous faits par des punaises dans les coins. Hop, dans mon sac. Bon, je me sers dans les revues. Le directeur revient, je lui montre une revue consacrée à l'opéra, une autre à l'analyse musicale, il me dit « Bonne lecture », me rappelle qu'il y a un concert peu avant Noël, je lui dis que je suis d'accord, je rentre chez moi.

La moisson a été bonne, il y a les dates du concours de professeur de conservatoire, je me dis que le directeur m'a raconté n'importe quoi, il me disait de le passer, et il laisse la secrétaire jeter l'avis. À la limite, cela me soulage, il s'en moque, il me fait des promesses pour que je sois là au prochain concert, c'est tout. Ou alors, elle l'a jeté avant qu'il ne le voie, ou bien il est dans la lune. Il y a aussi des avis de recrutement de musiciens, très bien. Les dates... celui-là, c'est trop tard, les autres, c'est dans plusieurs mois, mais tenons-nous au courant, les programmes... ouf, pas n'importe quoi, et des morceaux différents, j'ai du pain sur la planche, mais je connais ces morceaux. Au boulot !

Mon violon a retrouvé le sourire, Tchaïkovski ne me résiste plus, non, mais ! Bon, c'est juste, il me semble, c'est en mesure, mais est-ce que c'est beau ? Et le Paganini, il ne faut pas le lâcher pour le garder dans les doigts. Il faudrait que j'aille travailler un peu avec mon ancien professeur... oui, mais il faut avoir de quoi le payer... Bien sûr, il a toujours été sympa avec les jeunes, il a souvent fait travailler gratis quelqu'un qui le méritait, mais il a beaucoup d'élèves, je ne suis pas la seule... Et il faudrait que j'aille à Paris. À part ça, il y a le concert, et puis je retourne dans la fosse, on joue à Noël, et après... est-ce que je pourrai aller à Barcelone ? Parce que les fêtes de fin d'année ici, seule devant une boite de chocolats, j'aimerais mieux avoir un peu de compagnie.

J'ai écrit à Juan et Élie, ils m'ont répondu que tout allait bien, ils avaient du travail, Juan dans une boite presque tous les soirs, Élie doit organiser des soirées... Bon, vu, ils vont se croiser pendant toute la période des fêtes. Ah, Amparo, la violoniste, me demande si je suis libre en février, deux concerts avec des œuvres très intéressantes, en sextuor, ça c'est sympa, j'espère que... aïe, le deuxième est très proche de la date d'un concours, attendons avant de répondre. Il y a des choix cornéliens...

Le lendemain, je travaille, le surlendemain aussi, et le jour suivant, et brusquement je réalise que je n'ai parlé à personne depuis un certain temps, à part à la boulangère et à la caissière du Monoprix. Il fait froid, il y a du vent, il n'y a pas grand monde dans les rues. Je suis passée devant le théâtre sans penser une seconde à demander des nouvelles de Jojo, je ne suis pas allée au conservatoire, je n'ai pas revu Jean-Marc ou Caroline, quant aux autres... J'ai aperçu Louis dans un magasin, traînant comme d'habitude son spleen, il ne m'a pas vue, d'ailleurs il ne voyait rien, il s'est cogné dans un présentoir et a failli provoquer une catastrophe, ça a fait rire des clients. C'est tout. Je décide de sortir vers cinq heures, histoire de rencontrer du monde. Marrant, ça, je n'ai plus envie de voir quiconque... C'est mon violon qui est jaloux, c'est sûr !

J'émerge de ma retraite pour la première répétition, pour apprendre que Madame Renée a une bronchite, que Jean-Marc est parti, il a trouvé un autre poste, suite au décès d'un enseignant. Caroline est partie avec lui. Alain, qui me raconte la chose, m'explique que notre collègue a été très touché par les commérages qu'il a entendus au sujet de sa vie privée, et qu'il est parti dès qu'il a pu. Je regrette le copain, mais je le comprends. J'espère que lui et Caroline trouveront leur place.

Après la répétition, je prends un verre avec Alain, et lui demande des nouvelles de tout le monde. Jojo ? Il est rentré chez lui, tout va bien, mais c'est la bagarre entre lui et « Ursula », qui veut qu'ils s'installent à la campagne, qu'ils se trouvent une ferme pour cultiver des salades et élever des moutons. On rigole bien. Et Souris ? Depuis le temps...

— Mais, tu n'as pas su ? Il est...

— Eh ? Quoi ?

— Un accident vasculaire cérébral.

— Il est... paralysé ? Ou mort ?

— Mort, tout d'un coup. Il jouait lors d'une fête, il s'est écroulé, une attaque.

— Et on n'a pas pu...

— Les gens n'ont pas réalisé que c'était grave, ils ont cru qu'il avait trop bu, ils l'ont emmené se reposer. Mais quelqu'un s'est inquiété et a quand même appelé les pompiers, ils étaient occupés par un accident de la route, ils ont fini par arriver, trop tard. »

Souris, lui qui avait l'air si solide... On est peu de choses ! J'ai un choc, Alain me demande si ça va, s'excuse de m'avoir appris ça brutalement, il ne savait pas que je le connaissais bien. Ah, oui, tu as joué cet été avec lui. Voilà... Il l'a su par Enrico, et le saxophoniste du groupe, qui étaient dans tous leurs états, ils travaillaient avec lui depuis toujours, il leur avait appris le métier. C'était un bon jazzman, un gars sympa, ça a fait de la peine à tout le monde...

Je rentre chez moi, je me couche, mais je passe la nuit à me tourner et me retourner, mes pensées volent d'un côté, de l'autre, et même je pleure en pensant à ce gars, ce grand costaud si sensible, bon musicien, qui a fini sa vie dans un bal de samedi soir… Enfin, il est mort en scène…

XXIX.

Le lendemain, la vue de la chambre me donne la nausée, qu'est-ce que je fais ici, j'ai envie de partir à l'autre bout de la terre... Mais enfin, pourquoi, d'accord, j'ai de la peine pour Souris... Il a été l'un des rares à m'aider l'été dernier, en plus nous étions tous les deux de Paris, c'était un bon pianiste de jazz, un vrai professionnel... Pourquoi lui ? Et d'après Alain, il aurait peut-être pu être sauvé, ils n'ont pas réagi, se disant bof, il est bourré, laissons-le cuver... Et du coup les secours sont arrivés trop tard... Quelle c... ! J'ai beau me dire que cela aurait pu arriver partout, que l'on ne se rend pas forcément compte que c'est grave, cela me fait détester cette ville, cette région.

J'essaie de me raisonner, je l'aimais bien, mais enfin, ce n'était pas le grand amour, je le voyais de temps en temps, surtout professionnellement. Alors ? Je décide de sortir. Mais en plus, Jean-Marc et Caroline sont partis, avec qui pourrai-je causer ? Tiens, allons au marché, voir Madame Vidal.

Ma propriétaire est comme de juste en train de se disputer avec Jeanine, de l'étalage voisin, au sujet de travaux entrepris par la mairie. Quand elle me voit, elle tourne le dos à sa copine, et me demande si j'ai appris... Oui, pour Souris, on m'a dit... Elle le connaissait depuis longtemps, elle est furieuse après les gens qui ne se sont pas rendu compte, heureusement sa femme tient le choc, elle assume auprès des enfants... Sa femme, enfin, son ex...

— Son ex ? Vous voulez dire…

— Ah, vous ne saviez pas ? Oui, il était discret. Ils étaient séparés depuis longtemps, elle avait quelqu'un d'autre. Sur le plan intime, ça ne collait plus, vous voyez ce que je veux dire…

— Oui, je vois, mais je ne savais pas…

Et elle me raconte. En fait, la dame, si elle a vraiment été novice et s'est enfuie avec lui du couvent, n'a jamais été confite en dévotion, et quand son bonhomme a commencé à avoir des problèmes d'ordre intime, elle l'a lâché. Oh, ça a été d'un commun accord, et discrètement, pour les enfants qui étaient encore jeunes à l'époque. Elle habitait avec eux une autre ville, officiellement chez son patron, un commerçant. Maintenant, elle va pouvoir l'épouser, après un délai raisonnable, bien sûr.

Je me sens bête. J'ai cru à ses salades. Mais qu'est-ce qu'ils ont, les mecs, à ne pas admettre leurs défaillances ? Surtout que si ça se trouve, cela aurait pu être soigné. Ma propriétaire me le confirme, elle a eu droit à des confidences de Madame, et vu son âge et le fait qu'ils se connaissent depuis bien longtemps, elle a pris le Monsieur entre quatre yeux pour lui dire d'aller consulter, il n'a pas admis, ils ont failli se fâcher.

Eh bien ! Je m'efforce de ne rien laisser transparaître de mes pensées. Bon, c'est triste pour lui, c'était un bon jazzman, restons-en là.

Madame Vidal et Jeanine me proposent de prendre l'apéritif, j'accepte pour me changer les idées. Deux commerçants viennent discuter avec elles, de commerce, de politique… Ils ont beau être d'opinions différentes, ils sont tous d'accord pour « virer les feignants » — en parlant des fonctionnaires —, pour se plaindre des impôts, du gouvernement, et ils se demandent comment cela va tourner en Espagne, après le décès du *Caudillo.*

Je rentre chez moi avec l'impression d'être passée dans une bétonnière, d'avoir été mise au coin par la maîtresse d'école, d'avoir raté un concours, bref, je me traite d'idiote. Enfin, ce soir, nous répétons, je dois travailler un peu la partition. Il faut avoir un peu de conscience professionnelle, au lieu de pleurnicher. Arrivant chez moi, je tombe sur Enrico, qui a un petit paquet dans les bras. On cause, il n'a pas le moral à cause de Souris, mais il a un peu de boulot au théâtre, tant mieux parce les bals se font rares en cette saison. Il me montre le contenu de son petit paquet : c'est un poste de radio à piles, tout petit, mais la poignée est cassée.

— Ça te dit ? Pour vingt balles ? Je m'en suis offert un autre, un mieux, mais celui-là marche bien, il y a juste la poignée de cassée. »

Moi qui suis en manque de musique, je saute sur l'occasion, après avoir vérifié que les chaînes qui m'intéressent sont accessibles. Enrico voulait le fourguer à un copain, autant que j'en profite. Je lui saute au cou, il se demande quelle mouche me pique, mais je l'assure que pour moi c'est un cadeau royal. Je sors mon porte-monnaie, le règle et emporte mon petit trésor. Du coup, je l'allume, il y a un programme intéressant, je reste scotchée, et j'oublie de travailler la partition. Bof, rien de difficile.

Au soir, le directeur est de mauvaise humeur, il ne trouve pas de professeur remplaçant pour le poste de Jean-Marc, Madame Renée est toujours malade, il a eu des mots avec Alain, du coup il râle après le syndicat, et il ne me dit pas bonjour. La répétition se traîne, on ne peut pas répéter la fin à cause d'un trombone qui manque, l'une des timbales est en mauvais état, je me fais incendier parce que je n'ai pas pu lire la partition qui est toute gribouillée. Et Liliane est dans tous ses états, sa fille a été opérée de l'appendicite, elle n'arrive vraiment plus à tourner les pages tant elle est inquiète, ça la fait trembler. Enfin, au bout du compte, le concert est à peu près correct.

Avant de repartir pour la fosse, j'écris à Amparo : j'ai fait le point, comparé toutes les dates, je peux venir pour les deux concerts. Mais j'écris aussi à Juan et Élie, j'espère que je pourrai encore loger chez eux, on se croisera, tant pis. Je leur dis de m'écrire chez Francis, pour éviter que le régisseur ne me joue un mauvais tour en gardant mon courrier.

J'arrive au théâtre, je tombe sur Francis : pas de problème pour le courrier, mais il ne peut pas me recevoir, son copain est là, on va voir si Hermine peut me prendre, encore que ça le gêne, ou alors je dormirai au théâtre, dans le foyer des danseuses, il connaît la maîtresse de ballet. Je monte l'escalier vers le foyer des choristes, et je rencontre Bastien. Je demande après Hermine, j'explique pourquoi, il me dit que ce n'est pas la peine, je n'ai qu'à venir chez lui, il loge à l'hôtel où j'étais, le lit est grand. Je vous vois venir, Monsieur. Tiens, je n'avais pas encore de voix de basse profonde dans mon tableau de chasse.

Je redescends, Francis a l'air ennuyé, je lui dis que je vais chez Bastien, son visage s'éclaire d'un coup : j'avais compris, il a besoin de se défouler, il en pince pour Hermine qui a du tempérament, il en a marre de soupirer après Gilberte ou une autre qui lui avait également collé du vague à l'âme. Il s'en veut d'être sensible, un grand mec comme lui, je lui rétorque que jouer de la trompette de cavalerie n'empêche pas les sentiments, on est des êtres humains, tout de même ! Il est comme moi, il souhaite faire passer le boulot en premier, les sentiments après, mais on a sa sensibilité… Bon, on va se dire qu'il faut se contenter le sensitif, qu'en penses-tu ? L'expression l'amuse beaucoup. En plus, Bastien lui a parlé de moi, il espérait que les choses tournent ainsi, bref, tout va comme sur des roulettes.

Enfin, si l'on veut, les roulettes ont les pneus crevés ou sont un peu carrées, car dans le bureau du directeur, ça discute, ça hausse la voix, je reconnais celle du régisseur, mais apparemment deux musiciens et trois chanteuses crient plus fort que lui et le directeur, le chef sort la tête basse, nous regarde avec un sale œil, descend l'escalier et en bas se fait huer.

La raison de tout ce ramdam : un problème électrique nous empêche de répéter pendant deux jours, les partitions ne sont pas arrivées, on ne peut pas changer le programme, les vedettes sont prévues et les affiches, elles, sont bien là. Rendez-vous demain soir, si les réparations ont pu être faites un peu plus vite que prévu… Je demande à un collègue si l'on peut quand même travailler dans le foyer, il paraît que l'on n'a pas le droit quand le chef n'est pas là, pardon ? Chef, on a besoin de travailler, répétition ou pas ! Je râle, le bonhomme fait machine arrière, bon, d'accord, mais pas avant neuf heures du matin…

Par sécurité, je prends mon violon avec moi, Francis prend sa trompette, apparemment tout le monde fait pareil, y compris une contrebassiste qui râle de devoir trimballer son instrument, à cause de ces abrutis de feignants qui ne sont pas capables de réparer un problème électrique. Le percussionniste enveloppe les timbales bien soigneusement, range les accessoires, vérifie les fixations, on ne sait jamais, il ne faut pas retrouver des gravats dans la grosse caisse, tout de même.

Nous filons au bistrot, qui est bien moins plein que le jour du débat télévisé, on regarde les actualités, on discute, on s'échange des tuyaux, des adresses, j'apprends qu'il faut absolument passer les concours cette année, à cause des réformes, dans ce cas il faut toujours se présenter la première année, il y a plus de postes, bref il faut que j'écrive partout. Zut, je me suis inscrite en donnant mon adresse là-bas, il va falloir que j'y retourne. À moins de faire suivre le courrier, c'est pénible d'être SDF... On en est tous là, me rassure Bastien qui fait le pitre en chantant l'air de Philippe II dans *Don Carlos* de Verdi, et en forçant sur la dernière phrase : « *des caveaux... de l'Escurial* ». L'évocation du quatuor « El Escurial » me fait éclater de rire, je m'excuse et m'empresse de décrire les personnages. Deux musiciens me demandent pourquoi, après avoir vécu une expérience pareille, je suis encore là, dans ce trou... Et alors ! Il n'y a pas de poste permanent là-bas, c'est tout. Un autre nous parle d'une des représentations à venir : dans le vieux théâtre où il y a eu un court-circuit... Ça promet ! Et il y a un altiste remplaçant, méfiez-vous, les filles, c'est un obsédé, et un lèche-bottes. Un de plus...

Bon, la nuit est tombée, et Bastien me serre contre lui, on se tient chaud. La nuit est plutôt courte, on n'arrête pas, on a de l'énergie à dépenser. Bon, je constate que les voix de basse profonde ont des ressources, et même je crois que je vais m'attacher à cet histrion. Tiens, le mot lui va bien, il rigole de tout, ne perd pas une occasion de faire le pitre.

Je ne sais pas d'où il est, apparemment pas d'ici, puisqu'il vit à l'hôtel, on parle de musique, des orchestres, des troupes de théâtre, mais raconter nos vies n'est pas à l'ordre du jour. Il ne me vient pas à l'idée de regarder son adresse sur sa carte d'identité, apparemment lui non plus ne se préoccupe pas de ces détails, bien que nos affaires soient étalées sur la table de nuit. Entre deux effusions, on discute de l'interprétation des opéras de Verdi, des « emplois » au théâtre — j'apprends qu'il est aussi acteur — et surtout on ne mentionne pas les opérettes que l'on trimballe d'un vieux théâtre à un autre. Au matin, on a les yeux dans les poches, il nous a bien fallu ça pour supporter le chef, le régisseur, le délégué syndical, le directeur et la nouvelle panne de courant qui même dans ce théâtre pourtant bien équipé survient dans le foyer, suite à une maladresse d'un machiniste. En bas, ça scie, ça cloue, ça donne des coups de marteau, ça transporte des câbles, des caisses de matériel, j'entends râler, apparemment c'est sérieux. Est-ce que l'on va pouvoir jouer ? Bof, on déchiffrera la partition pendant la représentation. Le tout est que le chef suive les chanteurs... et ce n'est pas assuré...

Je passe au bistrot, Julien me dit que Francis n'est pas encore arrivé, il était avec Hermine. Bon, compris, on a tous les deux trouvé chaussure à nos pieds. Oui, bon, c'est un peu insultant de traiter les humains de godasses, mais enfin, il y en a de confortables, non ? Oui, c'est bien ça, confortable. Non, je ne crois pas que Bastien ressemble à une paire de charentaises, Hermine non plus, mais c'est mignon.

Tiens, voici qu'entre un violoniste, le grognon qui œuvre à côté du régisseur, enfin, il a semble-t-il retrouvé le sourire. Je lui fais signe de s'asseoir à ma table, il ne se fait pas prier et me demande ce qui se passe au théâtre, il s'est fait sortir du foyer par les techniciens, la panne est sérieuse, et les normes de sécurité ne sont pas respectées. Je m'aperçois qu'il est en fait assez sympa, on cause, et j'apprends la raison de son attitude renfrognée : il me montre son bras droit où court une longue cicatrice. Il y a quelques années, il a fait une mauvaise chute, fracture du bras en plusieurs endroits, on l'a réparé, mais sans penser que pour un musicien, une raideur au niveau d'une articulation risquait d'être dramatique. Il y a eu une bataille juridique, il était tombé dans une salle de concert à cause d'une rampe qui avait cédé, normalement l'employeur était responsable, et en plus on lui avait sorti qu'« il pouvait faire un autre métier, vous n'avez qu'à vous mettre prof ». Du coup, il avait fait une tentative de suicide, heureusement un infirmier était arrivé à temps, il a été soigné pour dépression, et il a pu gagner son procès et toucher une indemnité. Ceci lui a permis d'aller dans une clinique spécialisée pour se faire réopérer, et il peut rejouer du violon. Bon, il a eu du mal, au début, il souffrait, il n'arrivait plus à jouer des pièces pourtant faciles, il lui a fallu du temps et de la patience. Mais maintenant, il est de nouveau opérationnel. Cependant, quand on disparaît pendant trois ans, on est vite oublié. Et il n'a plus tout à fait le même niveau, quand même. Il me précise qu'il était dans un grand orchestre, mais que son interruption lui a valu de prendre le premier poste possible, du coup il est ici. Mais à part le chef et son voisin le régisseur, il ne se sent à présent pas trop mal, il trouve l'ambiance bonne. On se moque de ce régisseur, mais qu'est-ce qu'il fait là ce mec, il joue comme une savate… Le collègue m'apprend qu'il est là depuis des années, qu'il a toujours beaucoup travaillé pour l'orchestre, s'occupant du matériel, allant jusqu'à vérifier les ampoules des lumières des pupitres. Maintenant, il a pris de l'âge, il en a un peu assez, mais il veut quand même être utile, alors il s'occupe des partitions, le chef machiniste et l'électricien ne veulent plus le voir dans les ateliers, ni lui ni aucun musicien ou choriste, chacun son boulot.

Étienne arrive, il vient d'apprendre que la jeune violoniste vient de se faire remercier — on dit comme ça pour être poli — parce que cela fait deux fois qu'elle manque sans explications, et en plus quand elle est revenue elle n'a rien eu de plus intelligent à faire que de rouler un joint dans le foyer, en compagnie d'un figurant du même style. Le violoniste, qui fume, nous certifie en montrant le paquet qu'il s'agit de tabac normal, acheté au bureau d'en face, et qu'il ne lui viendrait jamais à l'idée de fumer dans les vestiaires du théâtre. Étienne, qui s'est assis avec nous, le rassure, la plupart des musiciens font attention sur ce plan, quand même. Je m'empresse de dire que je n'ai jamais beaucoup fumé, on tient à sa santé et à son porte-monnaie. Mon collègue me signale qu'il n'en a vraiment pris l'habitude que pendant son service militaire, ils avaient droit à des rations de cigarettes. Oh, oui, je me souviens des « Troupes »[12] que les copains bidasses nous apportaient au Conservatoire, elles vous arrachaient la gorge. Comme les poilus de 14… « Et la gnole ? » Demande Étienne. « Non, mais il y avait du vin ». Les mentalités et les genres de vie évoluent… Quand on était gosses, à la maison, on nous donnait souvent à boire « de l'eau rougie », le peu de vin désinfectait vaguement l'eau. Maintenant, cela choquerait, on se cuite au whisky si on est riche, à la bière si on ne l'est pas.

---

[12] Les « Gauloises Troupe » faisaient partie des rations des soldats jusqu'en 1975. Elles ont continué à être vendues dans les casernes jusqu'en 1990. Le service militaire a été aboli en 1996.

XXX.

Et une opérette sabotée, une ! Pourtant, ce n'était pas bien difficile, mais le chef n'arrivait pas à suivre. Il faut dire, à sa décharge, qu'il y avait un chanteur… tiens, le même que lors de la première opérette là-bas, mais il ne s'était pas amélioré, c'était pire encore. Oh, il avait un joli timbre, mais il ne chantait pas en mesure, et j'ai su par Bastien qu'il avait eu des mots avec sa partenaire, qui ne pouvait pas le supporter. Mais il s'agissait de gens connus, enfin, qui étaient connus il y a vingt ans, les retraités s'en souviennent, ils applaudissent à tout rompre quand il y a un air qu'ils reconnaissent. Mon collègue s'était collé au premier violon, il avait un œil sur la partition, un œil sur la scène, enfin, ce que l'on peut en voir depuis la fosse. Le chef battait la mesure, il ne s'est pas trompé, nous avons pu nous arrêter tous ensemble à la fin de chaque air. Mais il ne fallait pas chercher les détails.

Le lendemain, nous partons exporter cette malheureuse opérette vers le vieux théâtre poussiéreux. Dans la fosse, on a vaguement fait le ménage, mais il y a toujours la colonne du trou du souffleur, qui bouche à moitié la vue du chef aux musiciens du fond. Et, dans l'autocar, heureusement j'étais avec Bastien, car il y avait l'altiste, le remplaçant, on m'avait prévenue, il n'arrêtait pas de raconter des histoires toutes plus idiotes les unes que les autres, il ennuyait deux violonistes qui l'ont envoyé paître, il a fini par dire « heureusement que là-bas, j'ai de quoi me distraire ! » Je me suis demandé de quoi il parlait, j'ai voulu me renseigner, Bastien et Francis m'ont fait « chut ! » et, quand nous sommes arrivés dans la salle, le trompettiste m'a montré une des ouvreuses.

— Celle-là, elle est spécialisée dans les urgences.

— Les… quoi ?

— Eh, tu dors ? Quand un mec a un besoin…

— Ah, bon ! Elle prend combien ?

— Bonne question. Je n'ai pas été réduit à ça. Sûrement pas cher. Notre imbécile d'altiste va se la faire, espérons qu'elle pourra le faire tenir tranquille jusqu'à la fin, qu'on ne l'entende plus.

Le violoniste, qui est à côté de nous, fait la grimace :

— En plus, il n'a rien d'un virtuose ! Il joue trop fort.

— Oui, j'ai remarqué, il est raide. Ah, ça, il a du métier, il suit, il joue juste, mais dès qu'il faut appuyer un peu, il force. Ses *forte* sont des *fortissimo*. La musicalité, avec lui, il ne faut pas y compter. »

On nous appelle, je me concentre sur ma partition, les besoins sexuels de cet altiste ne m'intéressent pas vraiment. Nous nous accordons, les lumières… Tiens, tout marche, ils ont changé les ampoules, quand même. On attaque.

Les choses se passent normalement, c'est-à-dire aussi mal que possible. Sur le plateau, le chanteur démarre son air trop tôt, les danseuses se bousculent, le chef tourne deux pages à la fois, nous tâchons de continuer, bon, on arrive à la fin de l'air, le duo est à peu près correct, et nous nous arrêtons pendant les dialogues, il y a un assez long moment sans jouer.

À ce moment, je vois l'altiste se lever et disparaître derrière la colonne du trou du souffleur. Un moment se passe, je croise le regard de Francis qui me désigne cet endroit, mais que… voilà le gars qui ressort, l'air un peu rouge, en refermant sa braguette. Non, mais… il n'a pas… À la fin de l'acte, nous nous levons, je passe derrière la colonne : il y a un trou à la bonne hauteur.

Francis, qui m'a suivie, se marre :

— Alors, tu vois, il passe son machin par là, et la fille est dans la colonne. Vu ou je te fais un dessin ?

— Pff… C'est vraiment idiot. Il a besoin de ça pour s'exciter ? Drôles de fantasmes !

— Je t'ai dit que c'était un con. Voilà, tu as vu. »

L'altiste en question ne se limite pas à être un obsédé sexuel. C'est aussi un cafard. Étienne a un peu traîné pour arriver dans la fosse, c'est son collègue qui a attaqué le morceau le temps qu'il s'asseye, l'altiste l'a vu et l'a signalé au chef et au régisseur. Étienne proteste, il ne s'est rien passé. Le premier violon proteste également : un qui joue comme une brute, un chef qui bat de travers, des chanteurs qui ne suivent pas et le régisseur qui joue faux, vous ne trouvez pas que vous exagérez ? L'altiste essaie de pontifier, il se fait huer, le chef essaie de nous dire de parler plus doucement, le public va entendre, on répond qu'on s'en moque… Le régisseur et le chef disparaissent, l'altiste essaie de jouer les gros bras en traitant le violoniste de tous les noms, Francis le prend par le col et le pousse vers sa chaise.

Quand nous revenons, il nous fait signe de regarder vers la colonne. Ah, bon, il lui en faut encore ? Ça va, on a compris, pas la peine de repasser le film. Non, le collègue a l'air d'insister.

On attaque l'acte deux. Ça roule comme sur des roulettes complètement voilées, rien d'étonnant, à un moment les choses se remettent en place, on suit, le chef bat la mesure, il ne donne plus aucun départ, il est perdu. On suit quand on entend les chanteurs, ça va à peu près.

Fin du ballet, par extraordinaire aucun danseur, aucune danseuse ne s'est cassé la figure. Je pose mon violon sur mes genoux, je regarde vaguement vers la colonne, l'altiste s'est glissé derrière. Tiens, il ressort presque aussitôt, se rajustant en grommelant « Quel est l'idiot qui… ». Tout le monde se détourne, on a tous le nez dans nos partitions, alors qu'il n'y a rien à jouer. Les dialogues se poursuivent, là-haut. À un moment, j'entends un petit bruit, un reniflement, un petit gémissement… Mais… il y a un chien, par là ? Un bruit de porte discret, un frôlement. Bizarre.

À la fin de l'acte, Francis et Étienne se pavanent :

— Alors, vous avez apprécié le numéro ?

Je n'ai pas compris…

— On a empêché la fille d'aller dans la colonne, et on a mis à sa place le chien du concierge, un berger allemand.

— Oh ! Pauvre chien ! Je vais porter plainte à la S.P.A. !

— Mais non, son maître était au courant, il est venu le rechercher tout de suite après. Le chien est gentil, il ne mord pas. C'est peut-être dommage…

— Ç'aurait été drôle qu'il apprécie encore plus le chien que la fille…

— Il est déjà obsédé, n'en fais pas en plus un zoophile !

— De ce mec, rien ne m'étonnerait ! Titre du prochain porno à sortir en salle : « Les fantasmes du trou du souffleur » !

— Non, « La fosse en folie » !

Je leur dis qu'ils sont vraiment des gamins pour faire des blagues pareilles. Bon, enfin, l'obsédé cafard a eu une bonne leçon, apparemment il a eu peur de se faire mordre. Durant le retour, il s'est assis tout seul, il n'a pas essayé de draguer qui que ce soit, on ne l'a pas entendu, et, à l'arrivée, il n'a salué personne. Bon, ça repose. Et puis, ça me fera une bonne histoire à raconter aux copains. Quoique, ils auront du mal à me croire…

XXXI.

À Noël, nous avons joué une autre opérette. Les choses se sont mieux passées, nous avons eu le temps de répéter, il n'y a pas eu de nouvelle panne. Entre deux représentations, il y a eu un concert à l'église, avec un petit Bach, juste pour moi, pour me faire plaisir. Et en plus, c'était bien payé.

Bastien est gentil, on s'amuse bien, j'ai l'impression de faire une cure. Je ne pense à rien, je travaille mon violon, on mange, on dort et on se contente le sensitif. Le dernier point étant le plus important, en fait, on n'arrête pas. Pourquoi, je n'en sais rien, peut-être pour s'empêcher de penser.

De quoi pouvons-nous parler ? En fait, uniquement de métier, de sentiments, et un peu de cinéma, c'est la seule distraction possible, et encore quand nous avons une soirée de libre. À minuit, on ne trouve plus que deux pornos et un western de série B, C ou D, à moins que ce soit un film de karaté. Dans les rues, on voit traîner des hommes et des femmes qui ont l'air de s'ennuyer ferme et qui finissent comme nous au cinéma, les gens parviennent parfois à se parler pour boire un verre ensembles, éventuellement tirer un coup si affinités, plus tard il y a quelques bidasses bourrés qui vont voir le porno du jour, à moins qu'ils ne draguent ou ne fassent le coup de poing avec les voyous qui traînent.

Entre deux répétitions, nous regardons les nouvelles à la télévision du café, Julien nous refile les corbeilles de pain qui traînent et même des biscuits apéritifs qui dorment sur les tables. Francis loge tantôt chez lui tantôt chez Hermine, il a dragué une autre nana, une vendeuse, il a l'œil sur une troisième, qui habite… Ben alors, dis-je au copain, tu veux battre les records de l'altiste ? En fait, il veut s'étourdir. Il y arrive très bien, apparemment. Étienne est comme d'habitude, il fait son travail, il donne ses cours, il râle seulement chez le disquaire local qui ne parvient pas à lui dégoter l'enregistrement qu'il juge historique du Boléro de Ravel ou du concerto pour clarinette de Mozart. C'est vrai que le domaine culturel n'est pas très fourni, dans le coin. Nous faisons partie des rares représentants de l'élévation de l'esprit… Tu parles… Une qui râcle sur son violon comme une forcenée, un qui drague, un qui chante à tue-tête, quand il n'est pas en train de me sauter, et les autres à l'avenant. N'empêche que les gens payent pour nous entendre, le dimanche.

Ayant besoin d'un peu de lecture et ne voulant pas trop dépenser, j'ai entraîné Étienne et une collègue violoniste dans une brocante où nous avons pu trouver notre bonheur, il y avait des polars d'occasion au poids, nous nous les sommes partagés. J'ai pu marchander quelques ouvrages d'analyse musicale intéressants, que leur possesseur trouvait encombrants dans ses tiroirs. Moi, cela ne va pas m'encombrer l'esprit !

Bastien est surpris : tiens, tu lis ça ? Ça sert à quoi ? Je me retiens de me moquer de lui, il a une belle voix, déchiffre n'importe quelle partition, mais n'a aucune notion de style, et l'authenticité de l'interprétation lui est parfaitement indifférente. Il baisse dans mon estime, mais bon, il est sympa, gentil, et pour la bagatelle c'est l'apothéose !

Quant à Francis, quand il écoute une symphonie, il guette le passage où jouent les trompettes, pour étudier la technique, mais ces messieurs sont incapables de dater une œuvre. Toute une éducation à faire. Seul Étienne a un peu de conversation touchant à la culture musicale, on peut discuter, mais les copains charrient « les théoriciens » que nous sommes.

Hermine s'y connaît en musique vocale, mais sa pratique instrumentale s'est bornée à quelques années de piano et elle ne cherche pas à étendre sa culture sur ce sujet. En revanche, je l'écoute quand elle discute de l'interprétation des opéras, elle a eu un bon professeur, elle sait qu'on ne chante pas Verdi comme Mozart. Mais Jean-Seb, elle aime moins. Alors je suis en manque, musicologiquement parlant. Je me dis qu'un concert intéressant m'attend à Barcelone, au moins. Ne nous plaignons pas.

Bref, ces messieurs-dames sont des musiciens, mais leur mentalité est celle de sportifs : c'est moi qui ai la voix la plus puissante, ou qui joue le plus vite *« Le vol du bourdon* [13] *»*. J'ai même fait la course sur ce morceau avec Étienne, et me suis aperçue que la clarinette pouvait aller plus vite que le violon… Enfin, pas de beaucoup, on a tous les deux mis moins de 2 minutes, il paraît que l'on peut parvenir à environ une minute... Ça avait amusé Hermine de nous chronométrer, mais elle avait jugé que la plus rapide était la pianiste accompagnatrice, qui déchiffrait comme une locomotive et enfilait ses notes comme une Ferrari sur la piste de Monza. J'en avais convenu, ayant assisté à quelques répétitions durant lesquelles je ne passais pas tout mon temps à mater Bastien, tout de même. Mais tout ce déballage de performances était bien loin de la musicalité !

Noël était passé, et la dernière représentation avait lieu le 31 décembre. La saison était finie, la municipalité avait supprimé les crédits pour l'orchestre et les chanteurs permanents. On annonçait un opéra pour la mi-janvier, mais en

---

[13] *« Le Vol du Bourdon »* est une œuvre de Tchaïkovski, qui a la particularité de se jouer très rapidement.

effectif réduit. Et on ne nous demanda pas d'y participer, à part à Étienne qui enseignait au conservatoire local. Francis allait chez sa mère en attendant de passer un concours, Hermine avait un autre engagement en vue.

Bastien, lui, attendait du courrier. Il arriva le dernier jour, il avait un engagement pour un film. Où ? À Paris, je t'emmènerais bien, mais je loge chez un copain… Il avait l'air ennuyé. Bon, ça va, pas la peine de me raconter des craques, tu as quelqu'un. Enfin, non, pas tout à fait… Tu es marié ? Non, mais mon boulot… Quoi, tu es escort-boy ? Non, pas vraiment…

J'aimais bien Bastien, mais quand je couche avec quelqu'un, j'aime mieux savoir où il habite, s'il est marié ou père de famille, on ne réagit pas de la même façon selon que l'on a une aventure pour une heure, une nuit, un week-end ou trois mois. Ça m'énervait, j'avais l'impression de lui servir de passe-temps ou de paillasson, bien qu'il s'en défendît constamment. Un jour, il devait aller téléphoner tôt le matin, il sortit, je dormais encore. Enfin, je faisais semblant de dormir. Cette fois, je regardai ses affaires, son portefeuille : il habitait la banlieue parisienne. L'enveloppe : une production cinématographique. Le titre du film ? « Minettes, minettes ». S'agissait-il d'histoire d'ados se pâmant devant une rockstar, d'un film érotique ou porno, ou d'un documentaire pour amateurs de la gent féline ? Le nom de la production me disait quelque chose, j'avais dû voir ça sur une affiche. Bon, bref, je m'habille et je vais bosser au théâtre, j'en ai encore le droit pendant quelques jours, le temps que notre paye arrive.

Je ne me presse pas, et même je fais un crochet pour passer devant le cinéma. Un film de série B, un dessin animé le dimanche en matinée, un film porno… Tiens, voilà ! La production, c'est celle du film où doit jouer Bastien. Donc, il est acteur porno. Et alors ? Si ça lui plaît... Apparemment, ça paye correctement. Le fait qu'il se débroussaille les parties intimes à la tondeuse ne m'avait pas surprise, les danseurs le font, même certains sportifs. Mais c'est marrant, je suis un peu son entraîneur, alors ? Tiens, je vais lui demander comment ça se passe, je suis curieuse.

Ça a l'air d'agacer Bastien que je le sache, pour lui c'est une descente aux enfers. Mais il s'était retrouvé sur le pavé, et son physique avantageux l'avait fait remarquer un jour qu'il était figurant dans un péplum en Italie où il étudiait le chant. Depuis, il alternait les productions cinématographiques et l'opéra. Et alors, on gagne sa vie comme on peut ! J'avais bien fait la manche... Non, je n'ai jamais pensé à tourner des pornos, d'ailleurs je n'ai pas le physique, et travailler le violon m'occupe beaucoup. Mais tu fais ce que tu peux. D'accord, tu le fais aussi avec des mecs, et alors ? Je lui avais raconté Bibi. Eh bien non, il aurait voulu me le cacher.

Mais du coup, nous partons ensemble pour Paris. J'ai un concours dans quelques jours, j'ai téléphoné à Isabelle, qui m'a dit de venir chez elle. Du coup, je me demande pourquoi j'ai gardé ma chambre, là-bas, chez Madame Vidal. Enfin, je ne sais pas si je vais trouver du travail, il y a quelques représentations là-bas, et je vais ensuite aller à Barcelone. Et même si je réussis le concours, je ne commencerai pas avant trois mois. J'ai écrit à Juan et Élie, leur racontant, même l'histoire de Bastien, ils vont bien se moquer de moi !

Je quitte Bastien dans le hall de la gare, je prends le métro. Tiens, qu'est-ce que j'ai ? J'ai envie de pleurer, tout d'un coup. Mais enfin, je ne tenais pas tant à lui... Je suis trop sensible, voilà. Gardons notre sensibilité pour Tchaïkovski, notre équilibre pour Jean-Seb et nos rêves pour Debussy. Je serre mon violon contre moi, en réalisant que je suis de nouveau à Paris, les odeurs me reviennent en bloc, les bruits, les voix, l'humidité — il a plu, comme de juste chaque fois que je prends le train. Et voilà que d'un coup je pense à Jorge. Est-il à Paris ? Je l'ai un peu oublié, est-ce que je tiens encore à le revoir ? Oui, tout de même. Mais nous n'avons pas commencé la moindre histoire, et il voyage, il faut arriver à l'attraper, cet oiseau. Pourquoi est-ce que je chasse toujours les bizarres, les inaccessibles, ceux qui ne font que passer ?

Et j'arrive chez Isabelle, qui me prend dans ses bras comme une mère poule qui retrouve ses poussins.

— Alors, qu'est-ce que tu as fabriqué ? Viens, tu vas me raconter.

— Tu ne travailles pas aujourd'hui ?

— J'ai changé de jour avec une collègue, j'irai samedi. J'ai appelé Manuela, on va se retrouver ce soir.

— Génial ! Elle est comment ? Toi, tu n'as pas changé.

— Ben… elle non plus, à part qu'elle a pris quelques kilos, si tu vois ce que je veux dire.

— En cloque ? De combien ?

— Sais pas trop, je ne m'y connais pas.

Ben, moi non plus, la maternité n'est pas un sujet qui nous préoccupe. On a toutes les deux eu des mères qui nous ont tellement faites ch… On n'a pas envie de les imiter. Parce que, maintenant, on a le droit de choisir ! Mais Manuela, elle a toujours rêvé de ça. C'est son choix. Et Isabelle, sa vie privée ? Oh, rien d'intéressant. Quelques bons copains, elle a fait une cure de « nature » l'été dernier, dans une communauté hippie, les mecs étaient sympas, les filles aussi. Non, répond-elle à ma question muette, elle ne s'est pas tapé toute la communauté, il y avait quelques camés en dégénérescence, et certains avaient une hygiène plus que douteuse. Mais au moins, elle a appris à faire la cuisine, à traire les chèvres, elle a découvert la poterie, elle me montre une de ses œuvres, en précisant que ce pot de fleurs n'a de valeur que parce qu'elle l'a fait elle-même, elle me montre une photo d'elle devant une fermette, avec une robe indienne et des fleurs dans les cheveux, le look ad hoc pour tenir un mouton en laisse.

À part ça, elle est toujours aussi bordélique, heureusement elle peut se payer une femme de ménage qui remet les accessoires en place. Sauf son bureau, l'ancien bureau de président-directeur général hérité de son grand-père, immense, où tout est méticuleusement classé. Elle me demande de ne pas y toucher, sauf si je veux écrire, mais il y a assez de place pour ne rien déranger.

Je m'installe, on cause, j'ai l'impression de l'avoir quittée la veille, et pourtant j'ai tant de choses à raconter… elle aussi, et son métier la passionne, tout autant que moi la musique, et comme c'est aussi le cas de Manuela, on a ça en commun.

Justement, la troisième de la bande arrive. Seule avec son gros ventre. Ben alors, comment je fais pour t'embrasser ? Débrouille-toi, mon mec il arrive bien à me baiser, alors… Enfin, ça commence à être difficile, il va être au régime sec quelque temps.

— Et alors, demande Isabelle, qu'est-ce que tu as fait de Denis ?

— Je lui ai dit « c'est une soirée entre filles, privé ! » Il garde le chat. Enfin, c'est le chat qui le garde. Et il a un bon bouquin, il n'est pas trop malheureux. En plus, il a eu une journée fatigante, à l'hôpital.

— Il fait quoi ?

— Infirmier. Il a commencé par être prof de sciences nat' dans un collège, il n'en pouvait plus, et en plus la paye est arrivée la première fois au bout de trois mois, un an après il y a eu une grève, bref, ses parents devaient le dépanner, ça l'ennuyait, il a loupé l'agrégation. Du coup il a suivi une formation accélérée d'aide-soignant, là il a eu le déclic, c'était son truc, il a pris des cours et est devenu infirmier. Je l'ai connu en allant voir un médecin à l'hôpital, pour le suivi d'un jeune enfant dont je m'occupais. On a fait connaissance à la machine à café.

— À la machine à café ? Ciel ! Des amours fonctionnaires !

— Dis donc, toi ! Il y en a ailleurs, des machines à café !

— Ben oui, mais c'est la seule chose qui travaille huit heures par jour, dans une administration. Du calme, je ne parle pas des hôpitaux, on ne s'y tourne pas les pouces.

— Mais, au fait ? Demande Isabelle. Une puéricultrice, une magistrate, et toi ? Quand est-ce que tu rejoins les corps de l'état ?

— Aïe, c'est vrai ! J'ai des concours à passer. Mais pas uniquement comme professeur, nous, nous cumulons l'enseignement et l'exécution, il y a des auditions d'orchestre.

Manuela est plus romantique :

— Alors, et tes amours ? Le beau Jorge, si je me souviens bien…

— Là, rien n'est fait. Je soupire après un fantôme. J'ai compensé avec un nommé Bastien. Chanteur d'opéra, basse profonde, mais aussi acteur porno.

— Quoi ? Tu cherches encore à te distinguer ! Y a-t-il des gens non musiciens, dans ton tableau de chasse ?

— Hem… Il y a eu Hervé, que vous avez connu, le journaliste. Mais vous savez comment ça s'est terminé. Jorge, mon rêve lointain, est architecte.

— Espérons qu'il ne partira pas au bout du monde, celui-là !

— Euh… il se promène entre Paris, Rome et Barcelone.

— Aïe ! En attendant Tokyo ou Sidney ?

— Manu, tu exagères ! Reprend Isabelle. Ne va pas la décourager, enfin ! Elle aussi, elle voyage !

— Oui, d'accord, pardon. Comment va Juan ?

— Très bien, il s'entend bien avec son ami Élie, il joue dans des boîtes, il donne des leçons de piano. Et je dois retourner à Barcelone pour un concert.

— Avec la fameuse chanteuse ?

— Non, pas ce coup-ci.

— Mais dis donc, tu nous as écrit cette aventure, mais raconte ! Avec tous les détails !

— On a bien dit : TOUS les détails ! »

Et voilà, je raconte mon histoire. Je raconte aussi l'été, la manche, Souris — là, elles ont de la peine pour ce pauvre gars — et Enrico, ses minettes de la soirée et ses mecs de la nuit, Jean-Marc et Caroline, Alain — bof, lui, il n'est pas gênant, c'est pour l'hygiène, conclut Isabelle — Barcelone, le concert, la rencontre avec Jorge, et Conchita, le concert à Madrid, le quatuor *El Escurial* — là, c'est l'hilarité générale.

On marque une pause, le temps de réchauffer les plats chinois qu'Isabelle a achetés, et de se servir, on m'adjure de ne pas raconter la suite, on va s'étouffer dans le riz cantonnais, c'est Isabelle qui nous raconte ses journées au Palais de Justice, les procès, la misère du monde, et pour égayer l'ambiance les gens qui viennent assister au procès. Des étudiants en droit, bien sûr, qui prennent des notes, consultent des manuels, mais aussi des retraités qui viennent là comme au théâtre, c'est gratuit, ils s'installent avec du chocolat, des bonbons, même des sandwiches et des canettes de coca. En sortant, ils rangent tout leur bazar bien proprement, dans des sacs de marchés, des sacs à dos, des gibecières, enveloppant le tout dans du plastique et du papier aluminium, on sait respecter les lieux sacrés, le bois bien ciré des sièges qui ressemblent à des travées d'église, certains ont amené des petits coussins, les sacs sont encore plus gros. Certes, il y a un gardien qui les vérifie à l'entrée, mais il n'a rien contre les coussins ou les tablettes de chocolat, et en plus il finit par connaître les gens, et même ceux qui sont les plus assidus et qui font les honneurs des lieux à leurs amis leur présentent les nouveaux. Là, on commence à rire, on imagine le tableau. Oui, mais nous, explique Isabelle, on a le nez dans nos dossiers, on n'a pas eu beaucoup de temps pour étudier les cas, quelquefois on les découvre pendant le procès, enfin quelques secondes avant l'entrée des personnes concernées. Alors, on n'a généralement pas le temps de regarder le public, sauf si un cas idiot traîne en longueur.

Au dessert, j'ai la permission de continuer. Je reprends un peu en arrière, pour récupérer le fil de l'histoire — l'hilarité reprend — et j'arrive à Francis, Hermine et Bastien. Et puis le directeur, ce vieux phallocrate — bien fait ! me disent mes copines quand je lui raconte son bureau renversé — et le régisseur cafard, et la petite nana qui pensait que se rouler des joints était anodin, et le coup du trou du souffleur. Là, c'est « quelle horreur ! Tomber si bas... Ils ont quel âge, ces mecs ? » Et enfin Bastien, ça les amuse beaucoup. Mais je garde le meilleur pour la fin : le débat à l'Assemblée, le combat de Madame Veil pour le droit de choisir. Là, le sujet nous passionne, il nous occupe toute la soirée.

Et je me dis que ce combat ravale au rang de petit tracas anodin mes états d'âme, que si l'on veut quelque chose, il faut s'y accrocher de toutes ses forces. Mais égaler cette femme, ce n'est pas évident. Isabelle, qui a connu des personnes l'ayant côtoyée dans la magistrature, peut en parler, elle a une telle force de conviction ! C'est notre modèle, vouloir et se donner les moyens de pouvoir.

XXXII.

Je me suis décidée à contacter mon ancien professeur au Conservatoire. Il venait de prendre sa retraite, mais continuait sa carrière de virtuose, et était toujours suivi par ses anciens élèves, son fan-club. Depuis longtemps, je travaillais seule et avais ressenti le besoin de conseils de sa part. Lui et sa répétitrice étaient les seuls en qui j'avais musicalement confiance. Mon appel au téléphone l'avait réjoui : « Mais venez, venez ! Je croyais que vous m'aviez abandonné ! » Une de ses grandes qualités était qu'il se rendait compte que si un musicien a toujours besoin de conseils, il doit tout de même gagner sa vie et que, quand on joue en orchestre, ou quand on enseigne, on ne choisit pas son répertoire, il faut toucher à tout, et parfois on abîme sa technique, il faut retravailler des classiques bien carrés, basiques.

Nous avions discuté, je lui avais raconté mes expériences de fosse d'orchestre, il avait levé les yeux au ciel « Ces opérettes ! Mon Dieu ! On les joue toujours… Bon, c'est amusant avec de bons interprètes… » Il m'avait raconté qu'un de mes anciens condisciples, un garçon plutôt brillant, enseignait dans un conservatoire, mais tirait l'essentiel de ses ressources en enregistrant des musiques pour des génériques ou des publicités. Bonne ou mauvaise, toute musique pour lui se mesurait d'après le montant de son cachet. Notre professeur le comprenait, mais le déplorait. « Enfin, s'il est heureux comme ça… » Fut sa conclusion. Mais alors, et vous ? Eh bien, je me présente à... oui, très intéressant ! Allez-y, jouez-moi Tchaïkovski, voyons si vous avez progressé depuis la dernière fois ! Cette dernière fois remontait à quatre ans, mais j'étais toujours son élève.

Il m'avait écouté, assis dans son fauteuil, il ne me regardait qu'à peine, et brusquement m'avait interrompue : « Stop ! Ce passage doit vous être facile, vous vous crispez ! Vous devez le jouer calmement, vous le pouvez si vous le voulez. » Ce conseil était la clé. Je redevenais élève, il savait nous pousser, nous freiner, canaliser nos forces, « gardez toujours des réserves », disait-il souvent. J'étais ce que je jouais, je devais me donner les moyens de pouvoir. Verdict, docteur ? Tout va bien, continuez, ayez confiance.

Je lui racontai ce que l'on m'avait dit, qu'un ancien ami m'avait fait du tort, lors du concours de... Il avait levé les yeux au ciel : pour lui, il n'y avait pas d'homme, pas de femme, ni jeune ni vieux, il n'y avait que des musiciens. Certes, il entendait parfois des propos sexistes, il était conscient de ce qu'une femme doit surmonter des obstacles, cela le dépassait. « Ont-ils seulement entendu parler de Ginette Neveu, ces imbéciles ? » Cette grande violoniste morte à trente ans[14] avait été son modèle, il nous avait fait entendre ses enregistrements, et nous avait signalé qu'elle avait obtenu un prix lors d'un concours international, devançant le grand David Oistrakh. Même s'il considérait qu'il était souvent absurde, sinon inconvenant de juger, classer des musiciens, il n'admettait que les concours de recrutement, les prix internationaux — il en avait obtenu plusieurs — lui donnaient la nausée, il avait eu l'impression d'être un sportif de haut niveau.

---

[14] La violoniste Ginette Neveu (1919-1949) fut une virtuose de renommée internationale. Elle mourut à trente ans dans un accident d'avion aux Açores, dans le même avion se trouvaient son frère Jean, pianiste, et le boxeur Marcel Cerdan.

Concernant mon histoire, il confirma ce que m'avait déjà raconté François Borget, le « bon copain » qui m'avait conseillé de disparaître était entré dans l'orchestre à la place que je convoitais. Je m'étais fait avoir. Je n'avais plus de logement ? Mais pourquoi n'étais-je pas venue le trouver ? Il connaissait du monde, il m'aurait aidée à trouver une chambre. Osez donc, ma chère !

Je terminai en lui racontant mon aventure espagnole. Le nom de Conchita le fit sourire, il connaissait évidemment sa réputation, mais la tenait pour une grande interprète. Peu importe ses frasques, les à-côtés, c'est amusant, mais l'important est ce qu'elle fait passer, comme vous me dites. Oui, vous avez vécu là une aventure musicale intéressante, continuez. Et puis, travaillez pour vos concours. Il faut bien les passer !

Oui, en effet. Il faut bien. Cela ne me gênait pas, j'avais regonflé mes batteries.

Et voilà, je viens de passer un concours. Tout va bien, j'attends le résultat au café, avec une ancienne copine de conservatoire qui se présentait aussi. Elle, elle n'a guère d'espoir, elle n'a pas eu assez de temps pour préparer son morceau, elle n'est pas très contente de sa prestation, mais bon, ce sera pour la prochaine fois, elle a déjà un poste de professeur dans un conservatoire de banlieue, elle n'est pas à la rue. Au jury, il y avait mon professeur. Cela ne me donnait pas un avantage particulier, il était vraiment impartial et même plus critique avec ses anciens élèves.

Mais, dans la discussion, la collègue me confirme que j'ai été idiote. Quand François Borget m'a dit que j'avais eu tort de croire celui qui m'avait conseillé de me faire oublier, je m'étais dit que François était un peu naïf, ne voyant jamais le mal. Quand mon professeur m'avait dit que ce collègue avait pris la place, j'en avais eu la confirmation. En plus, la copine me dit que le régisseur de l'orchestre où je m'étais présentée était un sombre macho, qui cherchait à toute force à ne pas engager de femmes. Il avait une excuse, la sienne, violoncelliste, l'ayant récemment plaqué avec fracas... Encore que peut-être avait-elle raison, le gars était odieux... Je lui racontai qu'il m'avait parlé de « mon copain », elle me dit que ce n'était qu'un prétexte. J'avais été victime du sexisme de quelques individus, il nous fallait pour nous imposer être meilleures, à poste égal. Il y a du chemin à faire... Mais aussi, il nous fallait oser, au lieu d'avoir des complexes et de prendre la fuite.

Et puis, j'avais réussi l'épreuve éliminatoire. Deuxième épreuve demain. Et dans trois semaines, un autre concours. Quelques jours auparavant, j'avais essayé de téléphoner chez Jorge, il n'y avait personne. J'étais passée devant chez lui, je m'étais sentie ridicule, à guetter un visage derrière les rideaux, je m'étais promis de ne pas recommencer, je n'avais plus quinze ans !

Et voilà, j'ai décroché un poste. Dans un grand orchestre parisien, pour la rentrée de septembre. Du coup, je me demande si je dois me présenter ailleurs... Non, tout de même, il faut passer l'examen de professeur. Et repartir à la pêche aux remplacements. Du coup, j'avais contacté François Borget, je lui avais donné l'adresse d'Isabelle, oui, il y a le téléphone, mais c'est chez une amie, et elle n'est pas toujours là, il faut laisser un message, il y a un répondeur. Le maestro m'avait félicitée, invitée à déjeuner, on avait parlé de Mozart, d'un prochain concert pour lequel il pouvait avoir besoin de moi, et il m'avait donné des invitations pour un opéra, je me promis d'y aller avec Isabelle qui adorait le chant lyrique. Je retrouvais mes bases.

J'avais seulement regardé le titre de l'opéra, « *Thaïs* », de Massenet, sans me soucier des interprètes. En arrivant à la salle, Isabelle, voyant l'affiche, me demanda : « Eh, regarde ! La soprano, ce n'est pas ta Conchita ? » Eh oui, c'était elle. Et c'était l'opéra dans lequel elle avait fait son strip-tease à Barcelone. Pour une coïncidence… Mais l'œuvre était belle, bien interprétée, bien jouée, et si évidemment Conchita, dans le rôle de la courtisane défiant un ermite anachorète, s'était dévoilée au deuxième acte, cela faisait partie de l'œuvre et voir un sein ne gênait personne. À la sortie, je me précipitai vers la coulisse — je connaissais la salle — et donnai mon nom au cerbère qui défendait la porte pour pouvoir entrer. Il revint nous ouvrir un instant après, Conchita était ravie de me voir, Isabelle eut droit à une belle dédicace, ce fut une bonne soirée.

Mais, présentement, je partais pour Barcelone, retrouver Amparo, Luis, et les autres. Cette fois, je me suis payé une couchette, j'en avais assez de voyager assise ou accroupie sur ma valise dans le couloir. Conservons-nous en bon état physique ! J'arrive à Port-Bou, nous descendons, nous passons la douane… Mais, là-bas… Mais c'est Jorge ! Il descend d'un wagon-lit. Je l'appelle, il ne m'entend pas, il y a du monde qui passe la douane… Quand j'arrive sur le quai, je ne le vois plus. Je monte dans le train, je fais tout le wagon, le suivant, encore un… Ouf, le voilà ! On s'embrasse, toi ici ? Pour le concert ? Oui, j'y serai, mais pour le moment, je descends à Figueras, je vais à la maison de Dali. Tu veux venir ? Ah, non, on m'attend à Barcelone. Le trajet est trop court, on n'arrive pas à se raconter toute notre vie. Il descend, j'ai l'impression de l'avoir perdu, j'ai froid tout d'un coup, je me morigène, c'est ridicule, je le reverrai au concert.

J'arrive chez mes amis, je prends la clé chez la gardienne, il n'y a personne. J'appelle Amparo, qui me confirme le lieu et l'heure de la répétition, je répète un peu l'œuvre dont elle m'a envoyé la partition à Paris. Et je vois arriver Élie et sa sœur, suivis du neveu avec sa copine. Ouf, ils ont fait la paix. J'apprends que c'est au moins la trois millionième fois qu'ils se fâchent depuis leur enfance, mais là il était question du neveu, la sœur disait « c'est mon fils, enfin ! », mais elle a finalement admis que son rejeton n'était pas obligé de devenir acteur ou cinéaste, étudier le droit ne l'empêchait pas d'être évolué. Évidemment, elle a à son tour passé un savon à Élie pour avoir joué les mécènes en face d'un Castillo, qui n'était qu'un macho profiteur du régime. Élie, lui, exhibe fièrement une lettre du dit Castillo qui l'appelle « cher ami », l'invite dans son club de golf, et l'assure de sa considération, lui disant qu'il a rarement rencontré un « caballero » comme lui. Trop aimable !

Les œuvres au programme sont difficiles, nous travaillons toute la journée. Le concert a lieu, j'aperçois Jorge dans un coin de la coulisse, il me fait signe et repart dans la salle. À la fin du concert, nous allons chez Luis, et je passe le reste de la soirée dans les bras de Jorge.

Au moment de partir, un instant d'hésitation… l'appartement de Luis est petit, chez Juan et Élie ce n'est pas mieux… Jorge m'entraîne, nous sortons, son frère n'insiste pas, nous allons dans un hôtel près de la gare. Je porte mon violon, et le sac avec ma tenue de concert, Jorge a pris son sac de voyage, nous avons l'air d'avoir raté notre train, cela fait moins ridicule vis-à-vis du réceptionniste. La nuit se passe, enfin, Jorge et moi restons l'un contre l'autre, en fait nous ne faisons pas de prouesses, mais nous avons l'impression d'être soulagés, l'attente avait été longue, mais j'ai l'impression que nous nous sommes toujours connus. Je sais que c'est lui. Numéro trois ? Non, pas de classification ! Pourquoi pas donner des notes, tant qu'on y est…

Au matin, Jorge se lève l'air triste, il doit prendre l'avion pour Rome, mais ensuite il retourne à Paris. Nous sortons, il prend un taxi, je suis rassurée de voir qu'il n'aime pas les effusions sur le trottoir, il se contente d'un rapide baiser, et il s'en va. Je sens un vide, mais j'ai l'impression d'avoir tourné une page. Je veux bien attendre, si je sais quoi… J'ai son adresse, il a la mienne, enfin celle d'Isabelle, en plus de celle de Juan et même celle de ma chambre, là-bas.

XXXIII.

Je mets ma chambre en ordre, je vais la quitter. Madame Vidal me dit que c'est dommage, mais elle comprend bien, ici j'aurais toujours eu des problèmes. Je passe à la banque, on me dit qu'il me faut un justificatif de domicile pour transférer mon compte, c'est vrai, je n'y pensais plus. Je passe au Conservatoire, le directeur me saute dessus : alors, le concours de professeur ? C'est dans deux semaines ? Je vais téléphoner à... pour vous recommander. J'ai la confirmation, votre collègue prend sa retraite, ce sera un bon travail pour vous. En attendant, il y a le concert dimanche prochain, vous êtes là ? Bien sûr, je suis là, je ne crache pas sur l'argent. Mais après, ne comptez plus sur moi, j'ai vu qu'il n'y avait pas d'opéra ni d'opérette de prévus au théâtre avant trois mois. Après le concert, je ramasse mon cachet, et je file prendre mon train. Aïe, j'espère qu'il ne va pas harceler Juan et Élie au téléphone pour me retrouver... Bon, dès que je suis un peu fixée, je le préviens que je ne reviens pas dans la région. Soyons correcte.

Je débarque chez Isabelle, elle me dit que ce week-end, elle a quelqu'un. Mais pas d'inquiétude, son père a fait jouer des relations, il y a un studio pour moi, en proche banlieue, elle me donne l'adresse pour signer. Le loyer, combien ? Ouf, c'est raisonnable. Le dépôt, mon père s'en est chargé, je t'ai dit qu'il ne pouvait plus rien me refuser, et il ne sait pas quoi faire de son fric. Ah, il n'y a pas de meubles, mais un copain va t'apporter un matelas et une table, j'ai deux chaises pliantes à te passer, plus un réchaud et de la vaisselle. Manuela ? On ira la voir demain soir, je rentre tôt, elle est fatiguée, c'est pour bientôt. Tiens, tu as du courrier. C'est Amparo, qui me dit que l'enregistrement de Conchita va sortir, elle me l'enverra, et nous aurons des royalties à la clé. Elle me contactera s'il y a un autre concert.

Je trouve mes marques, je peux travailler mon violon, les murs sont épais et à côté il y a un dépôt d'archives, je ne gêne personne. Je contacte François Borget, histoire de le remercier pour l'opéra, il me dit qu'il a besoin d'un violon, il arrive à me donner la date et le lieu, je le sens troublé, il vient d'apprendre qu'il va être papa. Je ne savais même pas qu'il était marié, ah, si, vaguement, en tous cas il est content, il revient d'une tournée intéressante, il organise... Aïe, si c'est lui qui... Bon, on verra, j'aime bien travailler avec lui, quand même.

Je passe au café près du conservatoire, et je tombe sur des collègues, même celui qui m'a soufflé la place. Il m'apprend que ça va mal, le régisseur a cogné sur un ingénieur du son, il est sous le coup d'une plainte, et une pianiste soliste a donné une interview où elle décrivait la façon dont on se comportait avec les femmes dans cet orchestre, elle a pris la défense d'une petite violoniste japonaise très jeune, qui s'était quasiment fait agresser et n'avait pas osé répliquer. Je rigole, on me demande ce qu'il y a de drôle, je raconte ce que ce misogyne m'a sorti. On me demande, qui est « mon copain ». On s'étonne : « Robert ? Le machiniste du théâtre... » J'apprends que Robert-Bibi ne s'appelle plus « De Marchi », mais a repris son nom d'état civil et est devenu machiniste dans un théâtre. C'est vrai qu'il avait toujours été bricoleur.

— Ça, bricoleur, tu peux le dire ! Me sort un des assistants. D'ailleurs, il est plutôt marrant, et avec lui les nanas ne risquent rien…

— Ben oui, chacun son tour ! répond une copine. Mais alors, pourquoi te l'a-t-on reproché ?

— Je le connaissais bien, j'ai un temps logé chez lui, le gars devait le savoir. Un homophobe de plus.

— Il a dû se faire embêter !

— Ah, je ne pense pas, Robert n'a rien d'un frustré, il n'insiste pas quand on ne répond pas à ses avances.

— C'est vrai, reprend le collègue, il est surtout avec… zut, comment s'appelle-t-il, l'acteur qui joue les comiques, le petit brun frisé qui parle un peu du nez…

On le lui dit. Et c'est ainsi que j'apprends le dénouement de l'histoire. Apparemment, personne ne sait, ou on a oublié que Bibi a été mon premier grand amour. Moi qui croyais que la chose était de notoriété publique… Bon, je me prenais pour le centre du monde ! Du coup, j'apprends que plusieurs musiciens ont quitté cet orchestre, qui a encore quelques contrats à honorer. Eh bien, j'y vais.

— Tu n'as pas peur ! me dit la copine.

— Et alors ? Ce sera ma vengeance. Qui dirige ?

— Garde à vous ! Ce sera Varinieff, le terrible.

— Génial ! J'ai déjà joué avec lui.

— Décidément, me dit le collègue, c'est ton jour de chance. Eh, Jean-Louis, tu t'en vas ? »

Le collègue qui m'a supplantée prétexte un rendez-vous et sort, il a l'air sacrément gêné. Tout de même, il a sa petite vengeance, il nous laisse sa consommation. C'est combien, le café ? Bon, à six, on peut y arriver…

Je note les coordonnées du bureau de l'orchestre, je téléphone, on ne me connaît pas, ah, une ancienne élève du Maître…, mais bien sûr ! Normalement, ils font une audition, mais là, ils sont pressés par le temps. On est plutôt content de me trouver, on me donne les lieux et heures des répétitions.

Commentaires d'Isabelle et Manuela : « On te l'avait bien dit ! »

XXXIV.

Le concours de professeur s'est bien passé, j'ai discuté après les résultats avec mon maître, qui m'a donné quelques conseils pédagogiques, la liste est parue, je suis bien placée. À moi de jouer, on m'a suggéré de solliciter les mairies ou les directeurs plutôt que d'attendre de recevoir un avis de vacance de poste.

Jorge est revenu de Rome. Pour trois jours, pendant lesquels nous ne sommes pas sortis de chez lui. J'ai juste pris le temps d'aller à une répétition.

Et puis, il devait travailler avec son designer, et puis je me suis rendue à Metz pour un concert, puis à Rouen, avec Borget, le concert a été comme de juste organisé à la va-comme-je-te-pousse, mais ce chef est vraiment un mozartien. Il me propose de jouer pour une fête commémorative en banlieue parisienne, tu as un petit morceau de Bach de prêt ? Évidemment, cher ami, un Jean-Seb, il n'y a qu'à demander ! Du coup, l'adjoint au maire a pris mon adresse, au cas où ils voudraient embaucher un professeur.

Le temps a passé vite, nous sommes en juin, je pense à l'année dernière, je tendais ma sébile sur les terrasses de café. Pourvu que cela ne se reproduise pas ! Bon, je commence à travailler à l'orchestre en septembre, j'ai déposé ma candidature pour des postes, j'ai joué à droite et à gauche. Borget ne m'oublie pas, il déplore seulement que je n'aie pas le téléphone, il a du mal à envoyer un télégramme. J'ai fait une demande, mais il me faut être patiente. Manuela a eu une petite fille, Isabelle sort depuis trois mois avec le même mec — un record — et n'est pas toujours libre le week-end, c'est un signe. Je termine une série de concerts, je suis membre du jury dans deux conservatoires, j'ai passé deux entretiens pour des postes de professeur, et maintenant, l'été arrive, je dois jouer avec Borget quelque part dans le Périgord, je ne sais pas si cela va payer beaucoup, mais il m'a promis que l'on mangerait bien.

Juillet se tire, je reviens de notre tournée dans le Sud-ouest avec un panier de victuailles, je rends visite à mes parents, j'ai droit à « Ah, bon, tu as un travail ? Tâche d'économiser, pour nous acheter une petite maison pour nos vieux jours ». Ils ont du boulot tous les deux, ils n'ont pas encore l'âge de la retraite et ils sont en bonne santé…

En revanche, la mère de Manuela, qui est aux anges de se voir grand-mère pour la sixième fois, me dit « Alors, maintenant, tu vas pouvoir te marier ! »

Quant à celle d'Isabelle, elle me conseille de m'habiller autrement, et son père m'a expliqué comment placer d'éventuelles économies. Il est le seul à avoir changé d'attitude, il discute avec sa fille qui me dit qu'il est presque devenu féministe, il connaît les détails de la loi Veil, tout cela parce qu'il avait été très impressionné de voir une fille, la sienne, prêter serment.

Mes fonds sont un peu justes, je ne sais pas trop quoi faire en août, et voilà que Jorge me manque, on s'est écrit, il est allé à New York, puis à Berlin, il va revenir à Paris. Et j'ai reçu une lettre de Juan, qui me reproche de les oublier, qu'est-ce que j'attends pour venir à Barcelone ? Du coup, j'écris à Jorge à son adresse à Berlin, il me répond aussitôt, il va venir là-bas voir sa famille, ça tombe bien.

Je déteste les gares, mais si je veux y aller… Bon, allons, je prends le train… un train de plus…

TABLE DES MATIÈRES

Autres Ouvrages de Micheline Cumant :

- *Monsieur Barbotin, Maître en Musique – Ou les tribulations d'un génie méconnu.*

Sous le règle de Louis XV, naît un garçon nommé Barbotin, enfant gâté par ses parents et qui rêve de gloire : musique, théâtre, opéra, rien ne résiste à sa veine créatrice ... sauf les musiciens et le public ! Se prenant pour un génie méconnu, il parvient à la célébrité ... comme dindon de la farce ! Ses prétentions le font choisir comme cible de plaisanteries, et aussi de mises en scène, d'un groupe de pseudo-amis qui ne reculent devant rien pour se distraire aux dépens du malheureux musicien.

168 pages, BoD, décembre 2012.

- *Le Réveillon de Socrate.*

Dans un petit immeuble parisien vivent des professeurs, un écrivain, un homme d'affaires, un étudiant, une retraitée, un officier de police, des commerçants et la gardienne qui connait tout le monde et voit tout.

Mais, un beau jour, un crime est commis dans la maison. Et il y a Socrate, le chat de la narratrice, qui a tout entendu ... C'est évident, les chats savent toujours tout !

148 pages, BoD, avril 2013.

- *Le Prince et ses Bouffons.*

David est professeur de piano. Il a la vie de tout le monde, les soucis de tout un chacun, avec un petit plus : la musique. Un jour, il rencontre un Prince qui lui fait entrevoir une autre dimension de son art, de sa vie et même de lui-même. Il fait connaissance de toute une galerie de personnages qui vivent et pensent autrement, gardant soigneusement au-dehors les contingences sociales et les bouleversements politiques, ou alors les traitant avec humour. Au centre de ce cénacle, il y a le Prince russe, étalant sa foi, sa richesse, son amour pour l'art et distribuant son amitié comme ses chèques à qui montre qu'il a quelque chose en lui ... Mais peut-on jouer du Liszt, a-t-on le droit de montrer sa foi en l'art entre deux courriers administratifs et au milieu de circonstances dramatiques ? Et l'amitié peut-elle rester intacte malgré tout ...

308 pages, BoD, octobre 2013

- *Je m'ennuie...*

S'ennuyer ... concerne tout le monde et toutes les époques ! Que l'on soit une artiste peintre, une comptable, un chevalier du Moyen-âge, la Comtesse

du Barry, une vache, un soldat en 1940 ou la Tour Eiffel, nous sommes tous confrontés à ce vilain parasite que constitue l'ennui. Cette série de nouvelles décrit des personnages qui ont tous en commun de s'ennuyer dans une vie monotone et grise et que cet ennui pousse à agir d'une façon ... logique ou non, selon les circonstances personnelles et historiques. Même les vaches et les pianos peuvent le dire !
142 pages, BoD, novembre 2015.

- L'Ombre descendit sur le jardin.

Sonia a quinze ans, l'âge où l'on se découvre, mais aussi où l'on se sent responsable et où l'on se culpabilise de ne pouvoir changer le monde. Au moment où des sentiments s'éveillent en elle, elle voit sa sœur aînée, qui a toujours été pour elle un soutien, un modèle, sombrer dans une déchéance dont elle ne comprend pas tout de suite la cause. Seule , Sonia est seule à pouvoir affronter la réalité, ne sachant à qui ou à quoi attribuer la responsabilité de ce malheur.
132 pages, BoD, juin 2016.

- Les Eaux Profanées.

L'histoire commence dans les temps reculés où régnaient les génies de la terre et des eaux. Le géant Eochaid a indiqué aux compagnons du roi Habis un emplacement pour bâtir leur ville. En échange, ils devront respecter la fontaine sacrée. Puis, de nos jours, à Angers, un homme disparaît, on découvre une source souterraine … Étienne en cherche la raison, mais s'agit-il d'une banale nappe d'eau, ou de la source sacrée qui lui vaudra la vengeance du géant réveillé du fond des âges ? A-t-il rêvé, ou les légendes continuent-elles à vivre parmi nous ?
108 pages, BoD, juillet 2016.

- La Mort dans les Cromlechs.

Le superintendent Quint-William Rockwell espérait bien passer quelques semaines de vacances dans sa maison du Wiltshire, tout près des alignements d'Avebury. Mais on découvre un cadavre… un meurtre est commis… Il semble que l'on ait observé un rituel macabre… Et tout tourne autour d'une jeune cavalière dont il semble qu'elle n'ait laissé personne indifférent. La police locale, désarmée, finit par solliciter l'aide de l'homme de Scotland Yard qui, prenant conseil de son vieil ami, l'ancien magistrat Seamus Casey-Wynford, s'emploie à reconstituer les faits, mais aussi les ressorts psychologiques qui ont pu amener quelqu'un à devenir une sorte d'ange exterminateur. Fin musicien, le superintendent Rockwell démonte, examine les actes et les caractères comme s'il analysait une fugue de Bach, mais tout en conservant la sensibilité d'une œuvre de Chopin…
240 pages, BoD, août 2016.

- *Nestor, un cheval dans la Grande Armée.*

« Et nous, les petits, les obscurs, les sans-grades… » Ainsi débute la tirade du vieux grognard Flambeau, dans la pièce « L'Aiglon » d'Edmond Rostand.

Dans la Grande Armée de Napoléon Ier, il y a les hommes, mais il y a aussi les chevaux. Eux qui pendant des siècles ont porté les hommes à la guerre, et à qui on n'a jamais rien demandé, ne sont-ils pas aussi des « obscurs et sans-grades » ? La parole est donnée au cheval Nestor, qui rejoignit l'armée impériale au lendemain d'Austerlitz et participa à l'aventure de la Grande Armée jusqu'à Waterloo. En compagnie de son cavalier, le simple soldat Henri Fourneau, il va suivre Napoléon dans sa conquête de l'Europe, mais aussi dans la retraite de Russie et affrontera la coalition des alliés au cours de la bataille qui mettra fin au Premier Empire.

« Nos chevaux, ce sont nos jambes », dit le cavalier. Loin des spéculations politiques, des stratégies militaires, des luttes de pouvoir, les soldats, pour beaucoup arrachés au monde paysan, souvent illettrés, soignent leurs chevaux qu'ils considèrent comme leurs amis, cherchent à tirer de petits profits, et méditent sur les desseins des grands. Avancer, se battre, tuer… La guerre, c'est leur métier, celui du soldat et celui du cheval.

276 pages, BoD, juillet 2017.

Retrouvez les ouvrages de Micheline Cumant sur www.bod.fr et sur www.babelio.com

Retrouvez Micheline Cumant sur son blog : michelinecumant.blogspot.fr